BERNHARD MOSHAMMER

DER HOLZAPFEL ADAM

ROMAN

MILENA

Eines Morgens kreisten, wie um Aas,
räuberische Vögel, perlenglatt,
über dem granitnen Leib der Stadt,
die geduckt und müde lag zum Fraß.

1

Großstadt Zone B / Winter / Adam

WENN ICH DIE TÜR hinter mir schließe, wird es erst still, bevor das Summen des elektrischen Lichts und das Rauschen des Heizkörpers sowie die dumpfen Geräusche der Nachbarn einsetzen. Die Welt bleibt draußen, ich schließe meine Augen und halte für einen perfekten Moment die Luft an.

Mein Körper kommt zur Ruhe, sogar das Jucken auf meiner Kopfhaut schläft langsam wieder ein, wahrscheinlich vertrage ich nur das Shampoo nicht. Es schäumt so stark, dass ich immer handgroße Batzen auf den Rest meines Körpers verteilen und so immerhin bei der Seife sparen kann. Ich lasse das Wasser in der Dusche höchstens zwei Minuten laufen, so komme ich gut mit den Rationen zurecht. Mit den Lebensmittelmarken habe ich kein Problem, ich brauche nicht viel, tatsächlich esse ich fast jeden Tag Pizza bei *Danieles Pizza*. Daniel ist mein Freund. Dazu kommt die jedem Bürger zustehende Obst- und Gemüseration, die, so sagt die Gemüsehändlerin, nur wenige Bürger in Anspruch nehmen. Sie legt mir immer etwas extra dazu, einen Apfel oder eine Gurke, was sie eben gerade hat. Nur bei Brot und Kuchen bin ich maßlos, der Duft von Bäckereien hat es mir angetan – genau wie die Verkäuferin in der *Brothütte*, dem kleinen Eckladen unten an der Kreuzung am Van-der-Bellen-Platz. Die mit dem roten Zopf. Mit offenen Haaren sieht sie noch besser aus, wie eine Lichterlohe, ihre Haare strahlen, ja glühen regelrecht, wenn die Sonne draufscheint.

Hier in der Großstadt ist das Licht der Sonne trüb und milchig. In der kleinen Stadt ist es viel klarer. Im Dorf so scharf, dass es schmerzt.

Ich schaffe es nie, an der Bäckerei vorbeizugehen, ohne etwas zu kaufen oder zumindest kurz vor der Tür innezuhalten, tief einzuatmen oder durchs Fenster zu glotzen. Als ich ihren Namen zum ersten

Mal auf dem Schild an ihrer Brust las, durchfuhr mich ein warmer Schauer aus der Vergangenheit: Veronika. Das war eine Frau, die sich richtig um mich gekümmert hat, die mir eine Mutter war, meine dritte nach Tante Maria und meiner richtigen.

Jedenfalls starrte ich sie an, ohne zu zwinkern. Rumena sagt, es sei meine Schuld, wenn manche sich durch diesen intensiven und für mich typischen Blick eingeschüchtert oder belästigt fühlen, Veronika schien aber kein Problem damit zu haben, sie lächelte schüchtern zurück, seitdem organisiere ich meinen Einkauf so, dass ich nur von ihr bedient werden kann. Ein paar Mal hat sie schon versucht, mich auszutricksen, meinen Plan scherzhaft zu durchkreuzen, hat mit ihrer Kollegin Platz getauscht oder sich, kurz bevor ich dran war, spontan aufs Klo entschuldigt, aber ich habe ihre Spielzüge immer durchschaut und umgehend ausgeglichen. Was natürlich zu noch mehr Lächeln auf ihrer Seite geführt und die angenehme Spannung zwischen uns erhöht hat.

Ich habe erkannt, dass ich zwar schüchtern, aber auch angstfrei bin. Ich habe keine Angst, vor nichts und niemandem, schon gar nicht vor Frauen.

Seit Veronika in meinem Kopf wohnt, besuche ich, sooft ich kann, das *Student's Gym*, obwohl ich kein Student bin. Ehrlich gesagt war ich erst vier- oder fünfmal dort. Es macht keinen Spaß, dazu kommt, dass die guten Geräte, die meine Daten gespeichert haben, immer kaputt oder von Idioten okkupiert sind. Von den pumpenden, vor Kraft strotzenden Mädchen kann ich aber meine Augen nicht lassen. Natürlich sind auch unter ihnen Idioten, aber ihre Idiotie ist harmloser und freundlicher, sie schüchtert mich nicht ein; abgesehen davon sind die meisten Menschen grundsätzlich nett. (Zitat Rumena: »Solange man sie nicht kennenlernt.«)

Ich bin dreiundzwanzig Jahre alt. Und immer noch Jungfrau, wie Rumena kopfschüttelnd anmerken würde. Trainiert habe ich aber schon mehr als genug, schätze ich. Es ist ein seltsamer Akt: Solange er andauert, erscheint er einem als das Sinnvollste – danach, und zwar bereits eine Zehntelsekunde danach, als das Sinnloseste. Rumena nennt es in Anlehnung an die karge Sprache meiner Tanten *Stangenarbeit.*

An meiner Zimmerwand hängen: ein Jagdmesser, ein aus zwei dünnen Ästchen gebundenes Kreuz und ein paar Fotos von Bäumen, die ich selbst gemacht habe. Dann eines mit einem alten Haus drauf, eines von Elvis Presley und eines von zwei alten Frauen vor einer Waldhütte. Die Augen der einen, einer drahtigen mit markanten Kieferknochen und nur einer Augenbraue, stehen halboffen, als würde der Schlaf sie nicht freigeben wollen. Das rechte Auge der anderen, einer rundlichen mit schwarzer Stoffklappe über dem linken, scheint regelrecht aus ihrem Gesicht springen zu wollen, so wach und zu allem bereit wirkt sie. Das sind meine Tanten.

*

Die Bulgarin Rumena kümmert sich um ehemalige Huren, die keinen Platz in der Gesellschaft finden können. Sie verschafft ihnen Jobs als Verkäuferinnen, Putzfrauen, Busfahrerinnen oder sonst was in der Art, nimmt sie bei sich auf oder hilft ihnen, halbwegs anständige Wohnungen zu finden oder bei Amtsangelegenheiten. Sie hat einen Arzt aufgestellt, wir nennen ihn Doktor Valium, der ihnen ohne Erklärungen ihrerseits und Vorhaltungen oder Belehrungen seinerseits Valium, Cipralex oder zumindest Schlafmittel verschreibt. Die meisten von ihnen hätten ihren alten Berufsalltag nie ohne das benebelnde Zeug ertragen, sagt Rumena, und warum sollte ihr gegenwärtiger Alltag sie zu neuen oder perfekten Menschen verzaubern können? So logisch und klar denkt Rumena. Sie ist mein Engel, mein Leuchtturm, meine vierte Mutter.

Die Frauen sind allesamt beschädigt, Mängelexemplare ihrer Spezies, desillusioniert und ernüchtert. Zu lange sei der Wert ihrer Körper auf ein paar Euro reduziert worden, sagt Rumena, ihre Träume hätten sie irgendwo in schäbigen Zimmern oder schmutzigen Gassen liegen gelassen oder vergessen. Es waren aber ohnehin nur mit Bleistift auf feuchtes Papier gekritzelte Träume, längst verblichen oder ausradiert. Das sage ich, Adam. (Rumena nennt mich meiner Ausdrucksweise wegen oft *heilig*, *geschwollen* oder *Kitschbruder*, weil ich manchmal die Bibel zitiere oder Gedichte schreibe, die sie zum Heulen bringen und die ihrer Meinung nach eher Schlagertexte sind. Mir ist das egal, ich mag Schlager, sie bringen mich zum Lachen, Weinen oder Tanzen, und mehr kann man von Musik nicht verlangen.)

Ja, die Frauen haben viel durchgemacht, dennoch lachen sie gerne und sind zuversichtlich. Vielleicht spielen sie mir das nur vor, da bin ich mir nie sicher, ich denke aber, dass ein Mensch, der keine Zuversicht mehr hat, diese auch nicht vortäuschen kann. Und meiner Erfahrung nach zählen Huren zu den eher ehrlichen Menschen.

Rumena hat ein leer stehendes, vierstöckiges Gebäude in der Thunbergstraße mitten in B gefunden und ein wenig aufgepeppt. Nun ja, gefunden stimmt nicht ganz, es gehört Doktor Valium. Und aufgepeppt stimmt auch nicht ganz, er hat das Dach reparieren und die Eingangstür auswechseln lassen, um den Rest kümmern sich die Frauen. Rumena führt das Haus mit lauter Stimme und fester Hand.

*

Großstadt Zone A ist die sogenannte Hauptstadt, dort ist die Ordnung wiederhergestellt. Öffentlicher Verkehr, Wasser-, Strom-, Energie- und Sicherheitsmanagement befinden sich angeblich auf einem höheren Niveau als vor dem Kollaps. Sie ist für uns nicht zugänglich, also abgesperrt und den Reichen vorbehalten. Heißt es. Im Grunde wissen wir nichts über die Zone A, deswegen gibt es auch so viele Gerüchte. Dort müsse keiner arbeiten, sagen manche. Oder dass es dort keine Männer gebe. Oder aber ausschließlich Männer. Oder Menschen, die keine Menschen im herkömmlichen Sinn mehr seien, friedliche postbiologische Wesen mit unsterblichen Prothesenkörpern … was weiß ich, mir ist das alles zu hoch, aber ein *neuer Mensch*, eine neue Natur soll da existieren, eine nicht natürliche Natur; das Menschliche sei dort überholt und überwunden.

Alles Blödsinn, sagt Rumena. Ich solle nur daran denken, was die Leute für Tonnen von Schwachsinn über mich und meine Familie gesagt hätten. Das leuchtet mir ein. Schnapsideen aus der dekadenten Ära, nennt sie das dumme Gerede, lacht es weg und wechselt das Thema für gewöhnlich schnell auf Profaneres: die kaputte Klospülung, überfüllte Busse, nicht lieferbare Medikamente, Tiere (»In diesem Drecksloch sind sogar die Katzen Junkies, die Ratten schauen ihnen beim Verhungern zu!«) oder die obdachlosen Massen.

Zone B beansprucht den größten Flächenanteil der Stadt, auch Bevölkerungsdichte, Kriminalitäts-, Geburts- und Sterberate sind hier am höchsten. Wasser, Lebensmittel (je nach Verfügbarkeit), Elektrizität und Energie, also auch Brenn- oder Treibstoffe sind streng rationiert. Das System scheint zu funktionieren, auch wenn viele es stur verweigern und die Dinge selbst in die Hand nehmen wollen, auf die Straßen gehen und brüllend der Stadtverwaltung drohen, wobei sie freilich nichts in der Hand haben außer Steine und Stöcke. Die Brennstoffrationen im Winter sind lächerlich, also wird in Hinterhöfen oder auf Wiesen fleißig Holzkohle produziert oder Müll verbrannt. Das ist so illegal wie ungesund und gefährlich, aber es wärmt.

Die Abfallentsorgung in B läuft auf einem halbwegs erträglichen Niveau. Vor ein paar Jahren mussten wir noch maskiert durch die Straßen rennen, so ekelerregend war der Gestank der meterhohen Müllberge. Mittlerweile kommt die Müllabfuhr recht verlässlich, wenn auch viel zu selten. Auf eines kann man aber seinen Arsch verwetten: Wenn Wahlen anstehen, streiken die Mistkübler – ist anscheinend ein ewig vielversprechender, wenn auch jämmerlicher Versuch, das wahlfaule Volk zu motivieren.

Jedenfalls brennen in den kalten Monaten regelmäßig ganze Häuser ab, weil die Leute ihre Feuerstellen verheimlichen wollen. Müll und Schrott wird in Küchen und Zimmern verheizt, auch ohne Kamin und Holzofen, und angeblich sind dabei schon viele verbrannt, erstickt oder an der verdreckten Luft erkrankt und langsam gestorben. Nicht immer kümmert sich die Feuerwehr rechtzeitig um die Brände, zuweilen sogar absichtlich. Schwarze Ruinen stehen traurig zwischen überfüllten Hochhäusern, und an so manchem Morgen im Herbst oder Winter umhüllen dichte Rauchschwaden die Dächer, durch die das Sonnenlicht zart oder auch gewaltsam in die Stadt einbricht – man ist fast versucht, es schön zu finden, wenn die Nebel langsam durch die Straßen ziehen wie fremde Wesen aus einem Fantasyfilm vergangener Zeiten.

Zone C ist die schlimmste, ein unregulierter Ort der totalen Freiheit, gefährliches Niemandsland. Sie wird auch *Offene Zone* genannt. Dort leben die Outlaws und Kriminellen. Drogen, Waffen und Diesel werden auf offener Straße vertickt; seit Langem versuche ich schon einen Stromgenerator zu ergattern, ernte aber nur Gelächter. Ganz will ich die Suche nicht aufgeben, so aussichtslos sie auch scheint; an so was komme man nur mit Beziehungen oder sehr viel Geld, heißt es.

Ein Menschenleben ist in C nichts wert. Gewalt, Krankheit und Tod seien dort so normal wie hier ein warmes Croissant von Veronika, sagt Rumena, dort herrsche das Gesetz des Dschungels. Was, genau genommen, ja irgendwie auch mein Gesetz ist. Sie glaubt mir das nicht, aber auch dort habe ich keine Angst. In den Provinzen, wo ich aufgewachsen bin, geht's ja nicht anders zu. Mich in C zu bewegen, schärft also meine Wachsamkeit.

In B sind Polizei und Militär permanent präsent, wenngleich sie vorwiegend passive Beobachter bleiben, die Leute in Ruhe (krepieren) lassen und nur selten eingreifen, was den Überwachungsapparat absurd und sinnlos erscheinen lässt. Der Unterschied ist also letztendlich weniger groß, als man anehmen möchte – und dennoch: C ist das viel härtere Pflaster, ein Urwald, ein unbewachtes Gefängnis, in dem die Insassen die Macht übernommen haben und nun um die Hierarchien kämpfen, und zwar mit Fäusten und Waffen. Kein Polizist geht nach C, um Verbrechen aufzuklären oder gar zu verhindern. Was in C passiert, passiert einfach.

Rumena warnt mich eindringlich vor meinen Ausflügen. Ich hätte keine Ahnung, predigt sie, der Abschaum der Großstadt, die verrückten Junkies – sie betont immer, dass das nicht bloß so dahingesagt sei, sie meine die tatsächlich durchgeknallten Fentanyl- und Meth-Zombies, die wie Geister die Ruinen von C bevölkern, im buchstäblichen Untergrund hausen, die Abwassertunnel füllen, in Lüftungsrohren schlafen oder in den alten Einkaufszentren residieren wie selbsternannte Könige des Drecks –, die zu allem fähige Verzweiflung der Klimaflüchtlinge sowie die Gewaltbereitschaft der dort regierenden Banden sei mit nichts zu vergleichen, was ich auf dem Land kennengelernt hätte.

Ich vertraue ihr, und dennoch …

Zone B also, da leben wir jetzt, am Rande des alten *Englischen Viertels.* Getrennt, versteht sich. Darauf habe ich bestanden. Auch meine kleine Wohnung – es ist eigentlich nur ein Zimmer – gehört Doktor Valium. Er begnügt sich mit hundertfünfzig Euro Miete, und auch darauf habe ich bestanden, er wollte sie mir eigentlich für nichts überlassen. Sogar die Heizung funktioniert stundenweise, und er berechnet mir nicht einmal Extrakosten. Rumena ist bei guten Menschen immer skeptisch, vor allem bei Männern, und ich kann sie schon verstehen – Männer sind nun einmal gefährlich –, aber erstens bin ich auch einer, und zweitens kann sie es sich gar nicht leisten, seine großzügigen Angebote auszuschlagen, zumal er ein wirklich ehrlicher und anständiger Kerl zu sein scheint. Ein *Mitmensch*, wie sie in der Kirche sagen. (Wahrscheinlich könnte er sich sogar ein Leben in A leisten, aber offenbar will er das nicht; *hier* werde er wirklich gebraucht, sagt er. Ist das nicht erstaunlich?) Von den dreihundertfünfzig Euro, die jeder gemeldete Bürger von der Stadt erhält, bleiben mir also zweihundert zum Leben. Plus Marken. Plus die paar Euro, die ich von Daniel bekomme, dem ich in der Pizzeria aushelfe. (Mein eigentlicher Lohn ist Pizza.) Irgendwie geht sich alles aus, aber bald werde ich mich wohl nach einem richtigen Job umschauen müssen. Ich könnte natürlich sofort fix bei Daniel anfangen, aber das will Rumena nicht, sie hält die Idee für unterambitioniert, und Daniel gibt ihr recht.

Rumenas Haus ist ein Refugium für gefallene Mädchen, gekidnappte Ukrainerinnen, geflüchtete Russinnen, Afrikanerinnen, vertriebene Iranerinnen, Asiatinnen, die nie gefragt wurden, woher sie kommen, sowie ungebildete Landpomeranzen aus der unendlich scheinenden Weite dieses Landes. Wenn sie Arbeit finden, ziehen sie für gewöhnlich in eine eigene Wohnung und machen Platz für Neue.

Auch ich zähle zu den Landpomeranzen, und ich muss sagen, die verwirrende und allesfressende Vielschichtigkeit der Großstadt beruhigt mich, sie macht mich klein und konkret, schärft meine Wahrnehmung, also kümmere ich mich um mich und Rumena und die Frauen. Das Leben hier ist dem abgeschiedenen Waldleben, das mich geprägt hat, gar nicht so unähnlich. Die Probleme der ganzen Stadt hingegen kann ich nicht fassen, und jene, die das vorgeben zu können, betrachte ich mit großem Misstrauen.

Viermal pro Woche haben die Frauen fließendes Wasser, aber keine Heizung. In Rumenas Wohnung im Erdgeschoß steht immerhin ein alter Holzofen, der nicht ganz dicht ist, aber funktioniert, also halten die Mädchen sich in der kalten Jahreszeit tagsüber zumeist dort auf, ehe sie ihre Nächte unter dicken Decken oder in Mäntel und Anoraks gehüllt auf ihren eigenen Zimmern verbringen. Ich habe ihnen ein Lied geschrieben:

Einsame Mädchen
Warten in Pfützen
Zu straffe Zöpfe
In zu großen Mützen
Mondlicht im Wasser
Blinkt ihnen zu
Einsame Mädchen
Ich oder du

Das *Ich oder du* ist nicht gut, ich weiß, aber mir ist nichts Besseres eingefallen. Ich wünschte, Ekaterina würde noch leben, sie war eine der Prostituierten in der kleinen Stadt, bei denen ich aufgewachsen bin, eine wahre Dichterin. Ihr würde sofort ein guter Schlussreim einfallen, aber sie ist längst tot, hat sich aufgehängt, was ich ihr nicht verdenken kann. Mittlerweile. Hier die zweite Strophe:

Einsame Mädchen
Stehen in Schlangen
Ein Lächeln zum Gruße
Kann niemand verlangen
Mondlicht im Wasser
Schimmert sie an
Einsame Mädchen
Fragen: Wie lang?

Wie lang
Wie lang
Wann fängt das Leben an?

Übrigens: Das Holz oder was auch immer zum Heizen benötigt wird (Kunststoffmüll, Kartons, Gestrüpp, Laub oder auch Plastik), besorgt ihnen wer? Richtig, der Holzapfeladam. Rumena will das nicht, ich soll nur ja nichts Illegales tun, beschwört sie mich – immerhin ist das Heizen mit Holz verboten –, sie ist dann aber doch immer dankbar, wenn ein Feuer im Ofen knistert. Die Frauen haben schon so viel durchgemacht, sie sollen nicht auch noch frieren müssen.

Also schleiche ich mich regelmäßig in die leer stehenden Häuser der Übergangsbezirke B/C und plündere dort Gärten und Inneneinrichtungen, was ich halt kriegen kann und was nicht schon längst geplündert ist. Ich selbst nenne es freilich nicht Plündern und es wird auch offiziell geduldet, solange es keine Besitzer gibt, die es sich aktiv verbitten. Das passiert eher selten, und wenn, dann mit angeheuerten Securitykräften, abgerichteten Hunden oder skrupellosen Fremden, die einfach behaupten, Grund- oder Hausbesitzer zu sein – so oder so mit Gewalt. Das Problem sind eher die anderen Plünderer.

Den abgemagerten Hunden und Katzen, die in Zone C – aber auch hier in B – frei herumstreunen, gehe ich aus dem Weg, man weiß nie, mit welchen Seuchen die einen beschenken könnten. Ich traf schon auf Viecher, die ich nicht einmal benennen kann, graue Wildkatzen, Vögel mit Schwingen, viel zu groß für herkömmliche Stadtvögel. Schlangen, Rehe, Hasen. Und Ratten natürlich. Eines der Mädchen will gar einen ausgewachsenen Bären am Busbahnhof B gesehen haben. Die in der Sonne brütenden Müllberge in den Straßen tun das Ihrige, um Tiere und Ungeziefer anzuziehen, angeblich sogar Wildschweine. Der Wald erobert allmählich die Stadt, Kletterpflanzen machen sich über verlassene Häuser her, fressen das Mauerwerk, schlucken den Dreck und verstecken die passive Zivilisation unter ihrer Schönheit; aus manchen Fenstern ragen ganze Bäume – die Natur, die echte, alte, ewige Natur ist eine schleichende, stille Macht, und ihr Wesen ist bestialische Unbekümmertheit. Das Menschengemachte scheint sich zunehmend ängstlich oder planlos in den Untergrund zurückzuziehen.

Und dann die Wölfe! Einmal war ein ganzes Rudel in einer Seitengasse beim Student's Gym, die standen einfach da und glotzten mich still an. Ich erstarrte und wartete geduldig, bis sie sich wieder verzogen. Immer wieder sehe ich ein paar von denen tot in den Straßengräben liegen, erschossen oder vergiftet. Nicht nur ist der Mensch des Menschen Wolf (den Spruch habe ich von meiner Tante) – nein, auch der Wolf selbst ist es, und der Mensch weiß sich zu wehren. Also weiß auch ich mich gegen die verdammten Viecher zu wehren.

Ich habe eine Pistole, eine Glock 17. Ist zwar aus dem letzten Jahrhundert, aber meine Tante Maria meint, das sei egal, sie habe sie immer geputzt und manchmal, wenn auch selten, verwendet, und sie funktioniere einwandfrei. Sie hat mir das Schießen beigebracht, zuerst auf Bäume, dann auf Tiere, Wildschweine, Rehe, Hasen, Vögel. Ihre Schwester, Regina, wollte sie mir nicht überlassen, aber Maria hat sie mir dennoch mitgegeben, für alle Fälle. Ich trage sie immer bei mir, benutzt habe ich sie noch nie. »Pass ja auf«, sagt Daniel immer. »Wenn du eine hast, wirst du sie auch verwenden.«

Tante Regina hat mir auch etwas geschenkt, ein dickes, recht mitgenommenes Buch: *Die Lyra des Orpheus*, eine Lyriksammlung aus dem zwanzigsten Jahrhundert. Die Gedichte sind zwischen zweitausendzweihundert Jahre alt und wurden von unzähligen Dichtern in fantastischen Reimen und erhabener Sprache geschrieben und übersetzt, auch wenn sich mir die Inhalte nur ansatzweise erschließen, aber das macht nichts. (Das habe ich von Ekaterina gelernt. Sie hat gesagt, bei Gedichten gehe es mehr um die Schönheit und den Reiz des Gefühlten – oder sagte sie: Magie des Angedeuteten? Ich weiß es nicht mehr.)

Sie selbst brauche es nicht mehr, hat Tante Regina gesagt, sie könne es auswendig – und das stimmt, das hat sie mir oft bewiesen, auch wenn das nicht gerade angenehme Erinnerungen sind, denn dann war sie immer besoffen, dann hat etwas Strenges und Böses von ihr Besitz ergriffen, das der Bub, der ich damals war, nicht verstehen konnte. In der kleinen Stadt und den sieben Dörfern der Provinz West kennt man meine Tanten, sie sind die berüchtigten Holzapfelschwestern und leben ganz allein mitten im Wald. Bei ihnen bin ich aufgewachsen.

Verglichen mit der *Lyra des Orpheus* sind meine Gedichte nur Kinderreime. Bisweilen genügt ein einzelner Satz aus der *Lyra*, der etwas in mir auslöst, eine Regung oder Empfindung oder gleich eine ganze Reihe von Gedanken, die ich gar nicht kontrollieren kann. Beispiel:

Und du sahest Wölfe, denen glänzte das Angesicht.

Das *Und* am Satzanfang ist biblisch, *du sahest* klingt abgehoben und alt, also gut; und dann das Gesicht – *das Angesicht.* Warum glänzt es? Vom Regen? Vom Blut seines Opfers? Oder ist es nur der Glanz des Wolfsfells im Mondlicht?

Und du sahest Wölfe, denen glänzte das Angesicht.

Ein Satz, den ich gleich ein zweites und drittes Mal lesen muss, und zwar langsam und laut:

»Und du sahest Wölfe, denen glänzte das Angesicht.«

Von einem unbekannten arabischen Dichter verfasst und von Goethe übersetzt. Wenn ich diesen Satz klar denke, sehe ich nicht nur Wölfe vor mir, sondern ganz bestimmte Wölfe, ich sehe das Leben in der Stadt, ihre Bewohner, Menschen wie Tiere (der Unterschied ist zuweilen gering), die gefährliche Natur, die Gegenwart, die man sich nicht aussuchen kann, die einem aufgezwungen wird wie ein Mal oder ein Stempel, ein Test oder eine zu erfüllende Aufgabe, eine Pflicht …

Der Wald war der Anfang und der war leicht, die kleine Stadt war groß und mir lange unverständlich, die Großstadt aber ist eine Hölle, das reinste Chaos, eine ganze Welt voller Abgründe und Fragezeichen, die mich ungefragt und brutal inhaliert hat.

*

Die Aktivistenfreaks, *Apos* genannt, sind radikale Tierschützer und Revolutionäre, wollen das System stürzen, das System, von dem wir abhängig sind und das ohnehin gestürzt wurde, ausgehebelt und tot war und gerade erst – hoffentlich – wieder in die Gänge kommt. Ihr Hauptanliegen sind die Wölfe, sie begraben oder verbrennen ihre Kadaver, dabei machen sie Filme, singen Lieder, brüllen kindische Parolen (»Erst die Bienen, dann das Eis, nur der Mensch zahlt keinen Preis!«) und beschimpfen Passanten als Mörder oder schweigende Kollaborateure des Untergangs, während sie selbst über allem zu stehen glauben und das große Ende für unabwendbar halten. (Je näher das neue Jahrhundert rückt, desto lauter ihr Gezeter.) Sie hassen die Menschen regelrecht, filmen uns beim Müll- und Brennstoffsammeln, um uns dann als Planetenkiller und Emissionsverursacher bloßzustellen. Ich würde zu gerne sehen, was die so in ihre Öfen stopfen. Ihre Videos dienen ihnen als billige Munition in einem behaupteten Krieg, den keiner will und jeder hasst. Manche nennen ihn immer noch *Kulturkrieg*, aber Rumena sagt, Kultur sei längst Vergangenes, Beethoven oder Van Gogh, und die hätten sich um so was nicht gekümmert – Kultur sei das Gegenteil von Krieg. Und überhaupt: Krieg sei das auch keiner, nur blödes Geschwätz, das keinem helfe, »selbstgefälliger Scheißdreck« nennt sie es und noch ganz andere Sachen, die hätten alle keine Ahnung von nichts. Andererseits muss ich schon erwähnen, dass Rumena über alles und alle herzieht, ihre Wut ist ein ewiges Feuer, keiner ist sicher vor ihrem Groll, nur mich überschüttet sie mit ihrer schweren Liebe.

Die Wölfe jedenfalls sind keine Kuscheltiere, sie scheinen alles zu fressen, was ihnen unterkommt, fallen Tiere und Menschen an, ihr Verhalten ist unlogisch und unberechenbar. Angeblich ist die Tollwut zurück, ihre Körper sind mager, ihr Fell räudig, und es gibt viel zu viele. Ich hasse die Wölfe – und die Apos. Wobei: Das sagt man so leicht. Tatsächlich hasse ich nur *einen* Menschen, aber über den rede ich nicht.

*

Gleich bin ich dran. Sie hat mich bemerkt, meine Augen auf ihrem Körper gespürt und meinen bewusst neutralen, wenn auch freundlichen Blick registriert, was ein um Unauffälligkeit bemühtes Lächeln in ihr Gesicht zaubert. Ich werte es als Erfolg und atme selbstbewusst durch.

Es ist schon interessant: Manchmal treffe ich auf Mädchen, die ich mir umgehend nackt oder in erotischen Posen vorstelle, das ist gar nicht beabsichtigt, es passiert ganz von alleine und es ist mir auch unangenehm, aber manchmal behalte ich mir diese Vorstellung für meine Stangenarbeit in Erinnerung – bei Veronika ist das anders. Meine Gedanken, die immer um sie kreisen, sind gezügelt. Ich will gut sein, einen anständigen Eindruck vermitteln, ich will, dass sie mich mag. Miteinander geredet haben wir noch nie.

»Du heißt Adam, oder?«

Okay, jetzt reden wir also.

»Ja, wieso kennst du meinen Namen?«

»Die große Frau, mit der du manchmal da bist, hat dich so genannt.«

»Ah ja. Wie aufmerksam. Du heißt Veronika.«

Jetzt wird ihr Lächeln zu einem Grinsen, das ihre Zähne zeigt. Da geht ein Vorhang auf oder ein Tor oder die eine Stelle im Wald, wo man den steilen Hang raufgeht und plötzlich ist da diese stille Waldlichtung; ein Raum, fast wie ein Kirchenraum am Ostersonntag; da fliegen Libellen, so groß wie Spielzeughubschrauber, und Bienen und Hummeln, besoffen von der Vielfalt der Sommerblüten; als Kind bin ich da oft hingelaufen, nur um gar nichts zu tun, um still rumzusitzen und der Zeit beim Vergehen zuzuschauen … es ist also ein gutes Gefühl, das von Veronika ausgeht.

Jetzt zeigt sie mit dem plastikbehandschuhten Finger auf ihr Namensschild und reißt die Augen auf. Ich weiß, dass ihr Name da steht. Findet sie mich blöd?

»Ich mag deine Haare, vor allem wenn sie offen sind«, sage ich trocken, sie lächelt weiter. Ich räuspere mich, dann entsteht eine kleine, unangenehme Pause, also frage ich sie unverblümt: »Wann hast du frei?« Sie starrt mich an. »Ich meine, wir könnten spazieren gehen oder so …«

»Äh … warum nicht. Gut. In einer halben Stunde«, sagt sie schnell und leise.

»Passt. Ich werde da sein«, sage ich ein bisschen zu laut, räuspere mich, nicke, sie nickt zurück, ich gehe davon. Ohne mich umzudrehen. Meine Schritte sind fast schon ein Laufen.

Ob sie mir nachschaut?

*

Ich will Pfleger werden. Rumena will nichts davon hören, sie will, dass ich studiere und Arzt oder Politiker werde. Oder Künstler. Dabei sagt sie selber oft, dass so was wie Künstlerkarrieren ein luxuriöses Privileg des zwanzigsten Jahrhunderts gewesen seien. Ich glaube, sie hält mich für etwas Besonderes, dabei ist nur meine Geschichte besonders – im völlig wertfreien Sinne von ungewöhnlich. Sie will, dass ich Karriere mache oder die Welt rette. Das sagt sie natürlich nicht, aber manchmal tut sie, als sei ich ein Superheld oder ein Genie, dann erfasst mich ein Druck, ein mulmiges Gefühl, eine Art vorauseilende Versagensangst.

Wenn ich ihr sage, dass ich mich um andere Menschen, vor allem um Frauen kümmern will, so wie sie das ja auch tut, dass ich ihr eine große Hilfe sein würde, dass ich nächstes Jahr die Ausbildung auf der Pflegeschule *Nightingale* in der Zone A machen will, schüttelt sie nur den Kopf und raucht eine Zigarette nach der anderen. Kein Junge dürfe Frauen pflegen, verlacht sie meinen Plan.

»Das stellt sich dein kleines Männergehirn vielleicht aufregend vor, aber es ist definitiv anders, als du denkst. Dann musst du zahn-, gehör- und stimmlosen, womöglich grantigen alten Weibern die

Suppe zwischen ihre zittrigen Lippen schieben, Titten, die nur noch Lappen oder Falten sind, hochziehen und die wunden Stellen darunter waschen und eincremen, und von schlaffen Ärschen und ausgetrockneten Vaginas hast du auch keine Vorstellung, mein Lieber. Du solltest die Süße aus der Bäckerei kennenlernen und ihren frischen, festen, duftenden Leib studieren. Pflegen kannst du dann mich in zwanzig, dreißig Jahren«, grinst sie.

Überhaupt sei das eine Schnapsidee, die größte Ressourcenverschwendung. »*Pfleger!*« Sie bellt das Wort abfällig und verächtlich. Ich solle lieber nach England oder Amerika oder ihretwegen auch nach Afrika gehen, die Aufnahmekriterien für eine Schule in Zone A würde ich nie und nimmer erfüllen. Keiner aus B schaffe es nach A, und würde nicht die Universität von B bald wiedereröffnet werden? Nach ihren Tiraden hat sie immer ein schlechtes Gewissen, weil sie mir meine Träume anpatzt. Sie will übrigens auch nicht mehr, dass ich die Tanten im Wald besuche.

Das mache ich jedes Jahr einmal, immer im Sommer, wenn es in der Stadt heiß und trocken und die Luft stickig und schwer wird. Diese Besuche nennt Rumena eine Bremse. Ich weiß natürlich, was sie meint. Wenn ich in den Wald zu den Tanten gehe, bin ich nach kurzer Zeit losgelöst von allem, von der Welt, meinen Gedanken zu der Welt, von allem, was mich in der Stadt ausmacht und beschäftigt. Als hätte ich ein zweites Gehirn, das im Wald umgehend die Führung übernimmt. Rumena hält das für gefährlich, befürchtet jedes Mal, dass ich nicht mehr zurückkehre. Und ich muss zugeben, ihre Angst ist nicht ganz unberechtigt, denn die Versuchung ist groß, der Abschied schwer, und die Zeit danach, der Wiedereinstieg in die Welt ein regelrechtes Drama. Dann kämpft mein zweites Gehirn gegen das erste um die Macht, verweigert den Führungswechsel wie ein dämlicher Politiker, der es nicht wahrhaben will, dass er abgewählt, seine Zeit zu Ende ist. Tagelang liege ich untätig herum, Rumena muss mich füttern, mich beschwören und mehr oder weniger körperlich in die andere Welt zurückziehen. Die Pforte, in der ich dann feststecke, macht mich krank, fiebrig, beinahe verrückt, ein anhaltender Ton dröhnt in meinem Kopf, ich schwitze und komme nicht zur Ruhe. Also verstehe ich Rumenas Sorge, andererseits hat sie selbst keine Familie, ihr fehlt das Verständnis für meine Gefühle für die Tanten und das Leben in Abgeschiedenheit. Meine Theorie ist, dass sie mich darum beneidet, dass ihre Sehnsucht nach einer Familie so groß ist, dass sie mir meine nicht gönnen mag. Wenn ich das ausspreche, schüttelt sie freilich nur den Kopf und raucht ein paar Zigaretten.

Jetzt ist Mitte Dezember. Ein paar Monate noch, dann wird's wieder heiß. Manche sagen, der Frühling sei nur noch ein Gespenst, eine Behauptung sentimentaler Romantiker und man sollte ihn canceln. Die wollen den Frühling auslöschen!

*

Gestern erhielt ich eine seltsame E-Mail von den *Posttraumatistinnen*, einer Splittergruppe des *Feministischen Untergrunds* (*FU*), die von mir gehört haben und mich zu einer Podiumsdiskussion zum Thema ›Von der Freiwilligkeit, sich postpatriarchaler Gewalt auszusetzen‹ einladen. Ich habe keine Ahnung, was das heißen soll. So wie ich das sehe, ist die Gesellschaft von B ein einziges Chaos, ein gigantischer, stinkender, patriarchaler Misthaufen. Jedenfalls sagen sie gerne Post und meinen damit keine Briefe oder Pakete.

Es würde mich nicht wundern, wenn eine meiner ehemaligen Mitschülerinnen dahintersteckte, Sanne womöglich, oder Constantina, die waren geradezu besessen von meiner Geschichte und wollten mich immer für ihre politischen Aktionen instrumentalisieren, mich als Prototyp des neuen Mannes verkaufen. Ich mochte die beiden, weil ich eigentlich alle Mädchen mag, aber Rumena verdrehte stets die Augen und beschwor mich inständig, mich von Politik dieser Art fernzuhalten. »Die sind alle wie die Apos«, sagte sie. Ich solle lieber studieren, eine seriöse Karriere anstreben und so weiter. Sie erinnert mich täglich an meine Schulzeit, die ich, vor allem hier in der Großstadt, geliebt habe, an die Stadtbücherei, die immer ein Zufluchtsort für mich war, und an die Härte meines freiwilligen Sozialdienstes bei der Müllabfuhr, unter der ich doch recht gelitten habe, was jedoch weniger an der Artbeit lag als an den Kollegen.

Ich liebe Rumena und verdanke ihr viel, aber manchmal nervt sie mich auch. Mitunter wird sie mir, ehrlich gesagt, ein bisschen langweilig, ihre Einschätzungen werden immer vorhersehbarer für mich. Nicht, dass ich ihre Meinung nicht respektieren würde, sie hat sicher recht mit vielem, sie hat viel erlebt und ertragen, aber gerade deswegen will sie mich auch vor allem bewahren. Ihr Beschützerinstinkt will mich in die totale Passivität zwingen und wird immer extremer. Manchmal kommt mir vor, es wäre ihr das Liebste, ich würde *nichts* tun, gar nichts, kein Risiko eingehen – aber wie soll das gehen in dieser Welt, in dieser Stadt? Wie soll ich leben oder vorankommen, wenn ich stehenbleibe oder nichts tue? Natürlich weiß sie das, weiß, dass dieser Mutterinstinkt ein gut gemeinter, aber auch sinnloser, dummer ist.

Rumena ist nicht *eine*, sie ist *mehrere* Frauen. Eine will mir alle Freiheiten geben, eine andere will für mich denken und entscheiden, alles kontrollieren, wieder eine andere ignoriert mich plötzlich, ist in sich selbst gefangen und depressiv, sitzt tagelang in ihrem Haus und schweigt, trinkt und heult, will selbst beschützt und umsorgt werden. Sie ist ein bisschen wie meine Tante Regina – sie ist irgendwie beide Tanten in einer Person, und so leid sie mir manchmal tut, so faszinierend, ja interessant finde ich das auch. Manchmal nehme ich sie aus einer gewissen Entfernung wahr, geradezu objektiv, also eher kalt und gegenständlich.

Jetzt ruft sie an.

»Die Mädchen frieren, Adam.«

»Okay. Den schwarzen Kleiderschrank habt ihr schon verheizt?«

»Ja, aber du musst nichts übereilen. Morgen reicht auch. Ich will, dass du auf Nummer sicher gehst – keine unvernünftigen Heldentaten und nicht zu weit raus, hörst du?«

»Jaja. Ich kümmere mich darum. Ich treffe gleich die Veronika.«

»Was? Warum sagst du mir das nicht?«

»Aber ich sag es dir doch.«

»Wo trefft ihr euch? Brauchst du Geld? Bist du sauber? Du musst gut riechen, hörst du? Das ist ganz wichtig. Hast du sie angesprochen?«

»Ja, klar. Ich hab sie einfach gefragt. Und sie hat Ja gesagt.«

»Wie mich das freut, Adam! Ich bin so stolz auf dich. Sei einfach du selbst und … was weiß ich, du wirst das schon machen. Geh ihr nicht gleich an die Wäsche, hörst du?«

»Du spinnst. Wieso sollte ich das tun?«

»Mein Gott, wie naiv du bist, aber ich hab dich lieb. Und weißt du was? Ich treffe mich auch mit jemandem …«

»Doktor Valium?«

»Ja, wieso weißt du das?«

»Na ja. Du hast selbst gesagt, irgendwas wollen die Leute immer, vor allem die Männer.«

»Ja, aber er ist wirklich nett, zuvorkommend und vorsichtig.«

»Ich mag ihn auch.«

»Er erinnert mich an dich, Adam.«

»Bist du verliebt?«

»Nein«, sagt sie ganz trocken, dann lacht sie übertrieben, geradezu künstlich. »Das geht nicht mehr, dafür hab ich zu viel erlebt und gesehen. Aber das macht nichts. Ehrlich gesagt will ich das auch gar nicht, es würde mich nur verblenden und verblöden, also in Gefahr bringen. Nein, nein. Bist du es?«

»Bin ich was?«

»Na verliebt.«

»Nein. Weiß nicht. Vielleicht. Sie macht mich ruhig.«

»Hm, normalerweise ist Verliebtsein eher das Gegenteil. Bei dir ist das vielleicht anders … Sprich nicht zu viel von früher, das könnte sie verschrecken. Schau nach vorne. Und keine katholischen Litaneien, versprichst du mir das? Keine Mütter der göttlichen Gnade und so Zeug!«

»Ich bin ja nicht blöd.«

»Nein, aber manchmal verfällst du in diese Litaneien, ohne es zu wollen.«

»Ja, aber … ich mach das schon.«

»Ja, natürlich. Rufst du mich danach gleich an? Bitte.«

»Okay, mach ich. Bis dann.«

»Eins noch, Adam: Ich hab mich umgehört. Diese Posttraumadings –«

»Posttraumatistinnen.«

»Ja, ist doch egal. Halte dich fern von denen. Die haben schon etliche Männer entführt und verschleppt, womöglich umgebracht.«

»Blödsinn. Echt?«

»Ja. Erinnerst du dich an den … mein Gott, ich merke mir keine Namen … den Politiker, der vor einem Jahr verschwunden ist? Der ist nie wieder heimgekommen. Das waren die, heißt es!«

»Aha. Na gut. Ich muss jetzt los.«

»Bis dann, Adam. Ich hab dich lieb. Vergiss nicht zu zwinkern.«

»Jaja.«

Jetzt bin ich doch nervös. Was soll ich mit ihr reden? Soll ich ihr wirklich von mir und den Tanten erzählen? Vom Leben im Wald? Dass ich später in der kleinen Stadt von Huren erzogen wurde? Ich weiß nicht.

*

Da kommt sie, mit offenen Haaren. Ihre etwas burschikosen Bewegungen sind unsicher, weil sie weiß, dass ich sie anschaue. Sie steckt ihre Hände in die Jackentaschen, dazwischen streift sie sich wiederholt die Haare hinters Ohr, obwohl das wirklich hübsch ist, wenn ihr ein paar Strähnchen ins Gesicht hängen.

Ich blicke auf mein Handy, damit sie sich freier fühlt.

»Hey, Adam. Wollen wir?«

»Ja, sicher.«

Und so gehen wir los, ohne Ziel und Plan.

Die Dämmerung wirft ihr graues Cape über die Stadt, die Straßenlaternen gehen an, hängen im Nebel wie kleine Monde. Für ein paar Stunden, dann werden sie wieder abgedreht. Wenn der Strom knapp und strenger rationiert wird, gehen im Augenblick des Abschaltens die Notstromaggregate an, was der Stadt einen leise ratternden Grundton sowie einen verbotenen Dieselduft verleiht. Die Nächte hier sind immer schwarz, wenn auch nicht waldschwarz. Auch in den Wohnungen darf nach zehn kein Licht mehr sein. Nur die Notlichter sind an und ein paar Lampen in den Geschäftslokalen oder Busstationen. Und in den Bussen selbst. Man freut sich tatsächlich über jeden Bus, der einen hellen Lebensfaden durch die tote Nacht zieht. Eigentlich darf man die Nächte nicht grundlos auf der Straße verbringen, aber die Kontrollen sind nicht so streng und die Polizisten für gewöhnlich freundlich und verständnisvoll. Die Luft ist kalt und feucht, Rumena nennt das *Nebelreißen.* Man meint, kleine klare Kristalle einzuatmen, es riecht nach Winter, verfeinert mit ein bisschen Rauch einer wahrscheinlich nahen, wenn auch unsichtbaren Feuerstelle.

»Die Waldfinsternis ist mit nichts zu vergleichen«, sage ich wie ein Lehrer. »Die Stadt wehrt sich mit Händen und Füßen gegen die Natur. Die Bäume in der Stadt sind heilig, aber nicht wirklich natürlich. Stadtmenschen haben keine Ahnung von der Natur oder vom Landleben. Auf dem Land ist kein Baum heilig. Aber gut, man gewöhnt sich daran. Man gewöhnt sich an alles.«

Was rede ich denn da?

»Ich mag Bäume, aber ich war noch nie im Wald«, sagt sie.

»Was?!« Ich bleibe stehen und schaue ihr mitten in die Augen. »Meinst du das ernst?«

»Ja, ich bin in der Stadt geboren und war noch nie in einem Wald. Nur in Parks. Bäume sind cool.«

»Das gibt's nicht. Ich meine, das geht nicht, ich werde dich einmal mitnehmen, du musst den Wald sehen und riechen und spüren. Der Wald ist das Eigentliche. Die Stadt ist pervers. Du musst im Moos liegen und Insekten studieren, sonst lebst du nicht. Es ist aber unsere Pflicht, zu leben. Meine und deine auch, verstehst du? Wir müssen leben!«

Sie grinst mich an, dabei zieht sie ihren linken Mundwinkel höher rauf als den rechten, und sagt ganz ruhig und klar, ohne eine Spur von Ironie in der Stimme: »Wow. Ist das etwa ein Heiratsantrag?«

Wir lachen ein bisschen zu bewusst und spazieren weiter. Wortlos. Dann bleibe ich stehen und höre mich sagen: »Warum nicht? Ich würde dich sofort heiraten.«

»Okay«, lächelt sie und greift nach meiner Hand. Ihre Finger sind schmal und kalt, ihr Griff ist dennoch fest. »Warum lebst du hier, wenn die Stadt so pervers ist?«

Ich antworte nicht, sie zuckt mit den Schultern und akzeptiert es einfach, also sprechen wir nicht weiter darüber. Eine Zeit lang reden wir gar nicht.

Sind wir jetzt verlobt?

In meinem Kopf sehe ich Szenen aus alten Filmen, in denen romantische Paare spontan heiraten. Aber das sind immer amerikanische Filme, ich habe keine Ahnung, ob so was hier bei uns auch geht. Und dann denke ich: Wenn wir heiraten, sollten wir uns küssen, oder? Also sage ich: »Wenn wir heiraten, sollten wir uns küssen, oder?«

Sie lacht und wischt sich mit der Hand über den Mund. Dann stellt sie sich vor mich und greift nach meiner Jacke, zieht mich an sich und greift nach meinem Gesicht. Fast schon grob zeichnet sie mit ihren zarten Fingern Linien über meine Haut, betastet meine Augenlider, die Brauen, meine Haare, meine Nase, meine Bartstoppeln, die Lippen. Ihr Atem ist warm, ihr Gesicht riecht nach irgendetwas Blumigem, vermischt mit Brotigem. Sie duftet geradezu. Ich hoffe, ich rieche nicht nach Schweiß oder so. Jetzt streckt sie ihren Kopf nach oben, also beuge ich mich nach unten, unsere Münder nähern sich einander an wie zwei Raumkapseln. Sie docken an und verharren kurz in einer, wie ich finde, perfekt abgestimmten Position. Wie gut, dass Lippen weich sind!

Geräuschlos trennen sie sich wieder und verbiegen sich, werden zu einem aufrichtigen Lächeln. Und dann, ohne es zu beabsichtigen, sage ich monoton: »Mutter der göttlichen Gnade.«

Die Tanten in meinem zweiten Gehirn antworten im Chor: »Bitt' für uns.« Ich muss mich konzentrieren, um nicht einfach in die Litanei zu kippen.

Veronika lacht laut und unbewusst, ein bisschen wie eine Ziege. Ihr Lachen ist, nun ja, originell.

»Heißt das, wir gehen jetzt miteinander?«

Sie meckert. »Woher hast du denn *den* Ausdruck?«

»Keine Ahnung. Irgendwo gehört.«

»Ich dachte, wir sind verheiratet.«

»Ja, genau. Wir sind verheiratet.«

*

Da vorne ist die Bernhardskirche.

»Wollen wir reingehen?«, frage ich sie.

»Wenn du willst. Ich war noch nie in einer Kirche.«

»Was?! Du machst Witze, oder?«

»Nein. Ich bin nicht witzig.«

»Was bist du denn für eine? Warum nicht?«

»Weiß nicht, mir fällt nie was Lustiges ein …«

»Ich meinte: Warum warst du noch nie in einer Kirche?«

»Meine Eltern hassen alles Religiöse und haben mich beschworen, keine zu betreten. Da seien nur Sektierer und Kinderficker in langen, schwarzen Kutten oder aggressive Obdachlose und Verrückte drin, sagen sie. Nicht, dass du glaubst, ich bin so eine Brave, die immer tut, was ihre Eltern sagen. Ich scheiß auf meine Eltern, aber mir wäre es, ehrlich gesagt, noch nie eingefallen, in eine Kirche zu gehen. Ich nehme Kirchen gar nicht wahr.«

Ihre Direktheit erstaunt mich.

»Das ist erstaunlich. Die Kirchen sind die schönsten Orte in der Stadt. Und die Obdachlosen schlafen hier nur, in der Früh müssen sie wieder raus.«

»Ach ja? Ich weiß nicht.«

»Aber ich weiß. Es muss ja nicht sein, wir –«

»Doch doch, lass uns reingehen.«

»Ja? Und du hast keine Angst?«

»Nein«, sagt sie und krallt sich an meiner Jacke fest.

»Was ist das?«, fragt sie erschrocken. »Hast du eine Waffe? Ist das eine Pistole?«

»Ja. Eine Glock 17.«

»Cool.«

»Ein Geschenk meiner Tante.«

»*Was*? Zeig her.«

Ich ziehe das Ding aus meiner Tasche, aber nur ein Stück weit.

»Geil. Deine Tante, sagst du?«

»Ist eine lange Geschichte.«

»Ist die geladen?«

»Ja, sonst wäre sie ja sinnlos, aber jetzt lass uns reingehen.«

Sie lacht ihr nervöses Ziegenlachen und drängt sich an mich. Die Nähe ist mir angenehm.

Wie's aussieht, steht sie auf Waffen.

Wir betreten den Vorraum.

»Der heilige Bernhard war radikal enthaltsam, hat sich eingeschlossen, die Nahrungsaufnahme verweigert und sich so lange selbst gegeißelt, bis ihm die Mutter Gottes erschienen ist. Und die hat ihm dann gesagt, dass er Propaganda für die Kreuzzüge machen soll – oder sie anführen, das weiß ich nicht mehr genau.«

»Das ist total krank.«

»Ja, er war ja auch ein Heiliger.«

Sie blickt ernst zu Boden und denkt angestrengt nach.

»Die Heiligen sind also krank?«

»Irgendwie schon, würde ich sagen.«

»Und dem zu Ehren haben sie diese Kirche erbaut?«

»Ja.«

»Bei den Bauarbeiten sind sicher viele Arbeiter verreckt.«

»Äh … keine Ahnung.«

»Ich glaube, ich will hier nicht drin sein.«

»Aber warum denn nicht?«

»Ich kann so was nicht vertreten.«

»Vertreten? Das alles ist vor tausend Jahren passiert, das hat überhaupt nichts mit dir zu tun. Komm schon, vertrau mir.«

Sie schaut mir in die Augen. Ihr Blick ist so ehrlich, dass er mich rührt. Ich glaube, sie ist ein guter Mensch. Ein guter Mensch, der auf Waffen steht.

»Na gut«, sagt sie und schluckt.

Ich stoße das große Eisentor auf, die Stille empfängt uns. Alles in Veronika sträubt sich, das kann ich körperlich spüren, aber sie ist auch sichtlich beeindruckt.

»Es ist so … still hier«, flüstert sie.

»Ja, das ist das Beste, oder?«

»Hm … ja, wahrscheinlich.«

»Einer der Mönche bei den Franziskanern singt so schön, dass ich jedes Mal, wenn er zu einer seiner Melodien anhebt, weinen muss. Wie eine Frau singt er. Seine Lieder sind mehrere hundert Jahre alt, kannst du dir das vorstellen? Ich muss dich einmal mitnehmen … Veronika?«

Oh! War das zu viel für sie? Sie nickt und blickt mich verunsichert an, als wären meine Gesichtszüge verrutscht.

Drüben neben den Beichtstühlen hinter dem großen Gitter liegen die Obdachlosen, ein Murmeln und Scheppern geht von ihnen aus, gewürzt mit einem unangenehmen, scharfen Geruch. Hinter ein paar Holztischen gehen Zisterziensermönche in schwarzweißen Kutten ihrer Sozialarbeit nach, schenken Suppe und Tee aus. Der Raum wirkt wie ein Nebengebäude, vom Kirchenschiff abgetrennt, eine sehr hohe und geräumige Kapelle. Ganz vorne auf einer Art Altar steht ein steinerner Mönch, das muss Bernhard sein. In der einen Hand hält er ein Kreuz, in der anderen ein Buch. Von hier aus betrachtet ist er eindeutig der Chef der Szenerie, wenngleich keiner ihn beachtet. Er hat keine Ahnung von diesen Menschen, von dieser Zeit, steht nur da und schweigt, als hätte ein Fluch ihn eingefroren. Und selbstverständlich haben die Menschen von heute auch keine Ahnung von ihm, dabei sind sie ihm gar nicht so unähnlich, meinen wie er das Ende der Zeit oder, wie es in der Bibel heißt, die Erfüllung der Zeiten zu spüren, auf dem direkten Weg in die Hölle zu sein, wenn nicht schnell irgendwas passiert, irgendjemand das Ruder herumreißt. Ja, die Kirchen sind wieder lauter und reißerischer, strenger und rigoroser geworden, fordern eine drastische Umkehr, alles wie schon zu seiner Zeit, im zwölften Jahrhundert – und interessanterweise sind die Gotteshäuser heute so voll wie schon lange nicht, heißt es.

Ich liebe Kirchen, aber ich besuche sie nur noch sporadisch, mir sind sie lieber, wenn sie leer und still, wenn sie das Gegenteil der Stadt sind. Vor ein paar Jahren habe ich im Chor mitgesungen, drüben im Klarissenkloster, ein paar Straßen weiter. Eigentlich sind sie der *Orden der Armen Schwestern der Heiligen Klara*, aber jeder nennt sie Klarissen. (Meine Großmutter hieß Klara, sie soll gut und treu gewesen sein, hat sich bis zum Schluss um die Holzapfelfrauen im Wald gekümmert. Ihr Haus im Dorf, das an den Wald meiner Tanten angrenzt, gehört jetzt mir.) Mit den Klarissen zu singen, hat mich regelrecht glücklich gemacht. Es war kein professioneller Chor, sie haben mich einfach in ihre Mitte gestellt und mitsingen lassen, bis der Stimmbruch einsetzte. Ich sollte sie wieder einmal besuchen. Das muss ich Veronika erzählen – aber nicht jetzt, es würde sie nur überfordern, fürchte ich.

Meiner Tante Regina würde es hier gefallen, sie gäbe eine gute Kämpferin im Sinne Bernhards her, hat sich eine Zeit lang für eine Heilige gehalten und dafür auch selbst verflucht und bestraft, also gezüchtigt. Hat sich Brombeer- und Haselnusszweige auf den nackten Rücken geschlagen, mitten auf den kleinen Hof vor die Hütte gestellt, sich ausgezogen und trockene Zweige gegen die bereits wunde mit offenen Striemen überwachsene rote Haut gedonnert. Das war gar nicht so einfach, also wollte sie Tante Maria dafür gewinnen. Die hat es, wenn auch widerwillig, genau *einmal* versucht; ein seltsamer Anblick war das, wie die Alte ihre eigene Schwester geschlagen, regelrecht ausgepeitscht hat – und Tante Regina schien es sogar zu gefallen; beinahe verzückt, auf jeden Fall entrückt, mit fremder Stimme keuchte sie laut eine unverständliche Litanei in den Wald, jeder Hieb schien ihr blutiges Verlangen nicht bloß zu stillen, sondern zu steigern. (Naiv betrachtet hatte der Akt auch eine sexuelle Komponente, aber was weiß ich schon.) Sie röhrte und spie ohne Kontrolle. Lange Speichelfäden hingen von ihren Mundwinkeln, als suchten sie den Kontakt zum Boden, zur Erde, dabei zitterte ihr ganzer Leib. Diese vom Schnaps befeuerten, ekstatischen Zustände hatte sie auch früher schon. (Das Kreuz auf meinem Unterarm hat auch sie mir eingeritzt.) Nach diesem einen Mal verweigerte Maria ihr jedenfalls den Dienst, wollte nichts mehr davon hören, also wollte Regina es mir auftragen, aber Tante Maria stellte sich vehement zwischen uns und drohte ihr mit allem, was ihr einfiel, prophezeite ihr die blutrünstigsten, finstersten Höllenhunde an den Hals, sollte sie sich an mir vergreifen oder mich für ihre kranken Bedürfnisse missbrauchen. Regina spuckte enttäuscht zu Boden und scheuchte uns davon. Ich bin mir sicher, sie tut es noch. Ich glaube nicht, dass sie davon lassen kann, es scheint eine Art Sucht zu sein.

Die Schwestern sind eine untrennbar verschworene Einheit, ihr Umgang miteinander ist zumeist wortlos, nicht liebevoll, aber selbstverständlich und pragmatisch. Ja, Tante Regina ist Alkoholikerin, im Rausch scheint sie alles zu ertragen, keinen Schmerz zu empfinden sowie keinen klaren Gedanken fassen zu können. Wenn sie nüchtern wird, werden die Schmerzen so groß, dass sie weitersaufen muss. Sie ist gefangen in einem gefährlichen Kreislauf, und ich frage mich immer, wie lange ein Mensch das ertragen kann. Ich weiß nie, ob ich sie noch lebend antreffe, wenn ich im Sommer in den Wald gehe.

Auch die Obdachlosen sind Gefangene eines solchen Kreislaufs. Einige von ihnen erkenne ich jedes Jahr wieder, obwohl ich mir immer denke, die können den Winter gar nicht überstehen, so wie die daherkommen, nicht auf der Straße. Aber dann treffe ich sie doch wieder, bei den alten U-Bahn-Stationen oder in der unbewachten Übergangszone B/C. Sie profitieren natürlich von der Freiheit des allgemeinen Verfalls, auch wenn das Leben hart und trostlos ist, aber das scheint sie nicht zu kümmern. Der Überlebenstrieb des Menschen muss stärker als alles andere sein, und wie's aussieht, vermag er auch das sinnloseste, unerfüllteste Dasein unbeeindruckt zu akzeptieren.

Als ich mit Rumena in die Großstadt kam, war mir der Anblick der Obdachlosen unerträglich. Ich weiß noch, wie ich auf sie zuging, sie grüßte, einer Frau meine Jacke gab und meine Essensmarken wahllos verteilte. Rumena konnte mich nicht aufhalten, also nahm sie mich mit auf die Churchillstraße. Da war eine Unzahl von denen, nie zuvor hatte ich so viele Menschen gesehen, ich fragte Rumena, woher die alle kamen, sie zuckte nur mit den Schultern. Kilometerlange Zeltreihen erstreckten sich vor mir, es hörte gar nicht mehr auf, und bald erkannte ich, dass sie keine Ausnahme, sondern Normalität waren. Und dass sie mein Mitgefühl gar nicht wollten, sie verwechselten es mit Schwäche oder fühlten sich provoziert, beschimpften mich in mir unverständlichen Sprachen und warfen Dinge nach mir.

Jetzt wird es plötzlich laut in der Kapelle. Ein Mann brüllt wild um sich. Kurz starrt er in unsere Richtung, instinktiv drücke ich Veronika an mich und flüstere: »Nicht bewegen, kein Augenkontakt.«

Für einen Moment erhasche ich sein Gesicht, es ist das eines Meth-Junkies, leer, zerknittert und bleich, dem Tod geweiht. Seine Aggression, das hat mir Jana, eine aus Rumenas Haus, deren Schwester daran krepiert ist, einmal erklärt, hat nichts mit Wut, Angst oder Psychologie zu tun, nur mit dem Fehlen von Stoff. Alles, was diese Menschen antreibt oder ausmacht, ist ihre Abhängigkeit, denen ist alles andere egal, ihr Denken ist mehr oder weniger ausgeschaltet, da ist keine Moral mehr, kein Urteilsvermögen, kein Denken, die reagieren einfach unkontrolliert auf beliebige Reize. Wie Tiere, sagt Jana.

Ich weiß nicht, was diesen Mann gereizt hat, ich verstehe seine Sprache nicht. Die anderen Obdachlosen bleiben liegen oder sitzen, scheren sich nicht um ihn, nur einer der Mönche geht auf ihn zu, will ihn beruhigen. Sofort geht der Typ auf ihn los, aber der Mönch ist groß und stark, sein sprachloses Brüllen übertönt das des Junkies, er packt ihn am Kragen und schmeißt ihn zur Seite, dann zeigt er still zum großen Tor, während der andere Mönch eine Waffe auf ihn richtet, was ein ganz schön absurdes Bild abgibt. Der Mann steht auf und verlässt leise Flüche auf den Steinboden spuckend das Gotteshaus, die Zisterzienser widmen sich wieder ihrem Suppenstand, als ob der Vorfall gar nicht stattgefunden hätte. Ich bewundere ihren Pragmatismus – und nicht nur ich, ein paar der Obdachlosen applaudieren sogar. Die Mönche gehen nicht weiter darauf ein und konzentrieren sich auf ihre Arbeit.

Veronika grinst mich fast schon verschwörerisch an und sagt: »Kannst du mir auch eine Pistole besorgen?«

»Was? Aber warum?«

»Ist das dein Ernst? Warum? Hast du gerade geschlafen? Die Stadt ist voll solcher Typen und ich bin eine Frau.«

»Ja, ich weiß, du hast recht … Bist du auch hungrig?«

»Mä-ääh.«

Ist hier eine Ziege in der Kirche? Vielleicht dort vorne in der Krippe?

»Sehr. Hör mal, wie mein Magen knurrt.«

Sie zieht mich runter und hält meinen Kopf seitlich an ihren Bauch. Da drin rumort etwas Fremdes, es klingt wie ein in einem Nachbarhaus gefangenes Tier.

»Ich hab uns was aus der Bäckerei mitgebracht.« Sie langt in ihren Rucksack. »Ich hoffe, du magst Rosinen?«

*

Gierig kauend gehen wir die breite Churchillstraße entlang und werfen vorsichtige Blicke in die ehemaligen Geschäftslokale. Früher soll das eine strahlende, mondäne Einkaufsmeile gewesen sein, jetzt ist es nur eine weitere viel zu breite Straße (die längste der ganzen Stadt) mit überfüllten Mülltonnen und von Einmannzelten okkupierten Gehwegen. Auch die Fahrbahnen sind voll damit. Auf den Schienen, die wie ausgetrocknete Schlangen sinnlos im Asphalt liegen, habe ich noch keine Straßenbahn gesehen. Die täglichen Polizeipatrouillen scheinen das Szenario längst als neue Ordnung akzeptiert zu haben. Die ehemals feine Stadt ist zu einem gigantischen, verdreckten, übelriechenden Campingplatz verkommen. Ein unbestimmter Hauch von Fäulnis hängt in der Luft – ist das nur der Müll oder sind das verwesende Tiere?

Zu der Hundescheiße, die immer schon ein Problem hier war – es gibt einfach viel zu viele Hunde – kommt die menschliche jetzt dazu. Sie entleeren sich mitten auf der Straße, in den Seitengassen und verlassenen Shops. Offiziell ist das genauso verboten wie der Drogenhandel, aber niemand kümmert sich darum. Ich verstehe es nicht. Ich weiß auch nicht, wie das mit den Drogen gehandhabt wird. Irgendwann wurden mehrere Substanzen legalisiert, weil die Situation ohnehin nicht mehr überschaubar war, aber ich glaube nicht, dass das irgendetwas an der Situation der Süchtigen verbessert oder ihre Zahl verringert hat – im Gegenteil. Und sollte die Stadt tatsächlich das Drogengeschäft kontrollieren, was ich bezweifle, so werden diese Einnahmen sicher nicht hier in B oder C umverteilt oder investiert. Hin und wieder sehe ich Menschenschlangen um ganze Häuserblocks, die an mobilen, roten Marktständen etwas von rot Uniformierten entgegennehmen, das müssen die offiziellen Drogenausgabestellen sein; angeblich durfte früher das Zeug nicht im öffentlichen Raum konsumiert werden, irgendwann aber haben die Leute einfach angefangen, sich den erworbenen Stoff umgehend an Ort und Stelle zu verabreichen; mittlerweile sind alle Anstandsgrenzen oder Verhaltensregeln, die einmal existiert haben mögen, gefallen. Weiß uniformierte medizinische Notfallseinheiten, zumeist von Polizeibeamten begleitet, verteilen Jana zufolge weitere Medikamente, vor allem Schmerzmittel.

Viele der Fenster hier sind mit Holzbrettern vertäfelt, in den windgeschützten Eingangsnischen liegen weitere Menschen, weitere Obdachlose, es müssen tausende sein. Kinder laufen schreiend oder Fußball spielend über die Straßen, junge Mütter stillen und wickeln ihre Säuglinge auf dem nackten Gehsteig.

Warum sie immer noch obdachlos genannt werden, weiß ich nicht, immerhin gab es noch nie soviel Obdach wie jetzt. Ich frage mich, warum die nicht alle nach C gehen und die leer stehenden Häuser nutzen? Andererseits: Was würde sie dort erwarten außer Elend und Not? Gibt es da überhaupt noch Strom und Wasser? Irgendeine Art von Versorgung? Geschäfte, Lebensmittel, halbwegs sichere Gegenden? Oder Arbeit? Wohl eher nicht.

Manche nennen sie auch gar nicht Obdachlose, manche sagen Punks oder Hippies, für die Apos sind sie die Armen.

Und arm sind sie zweifellos.

Verdienen die Armen nicht mein Mitleid?

Aber dann denke ich: Ich bin doch auch arm! Und dann denke ich an meine Tanten, die sich die Gleichgültigkeit dieser Menschen keinen Tag leisten könnten oder würden. Die wären viel zu stolz für so was und könnten vor allem gar nicht überleben.

Ich verstehe das alles nicht, und nach dem Unverständnis kommt für gewöhnlich die Wut, die, wenn ich es recht bedenke, Rumenas Wut ist. Eine hemmungslose, körperliche. Eine, die sich nicht gegen die großen Verhältnisse, sondern gegen das Konkrete, gegen die Menschen richtet. Rumena denkt ohne Umschweife, intellektuelles Geplänkel ist ihr fremd, sie ist Pragmatikerin. Das musste sie immer sein. Alle Menschen, die ich kenne, mussten und müssen das.

Warum also leben die Menschen so? Warum begnügen sie sich mit nichts?

Jana behauptet, die meisten Obdachlosen in der Stadt seien zuallererst eben Junkies, das Wetter sei denen egal, Kälte oder Hitze interessiere sie ebensowenig wie Hygiene, ihre Mitmenschen oder Beschäftigungspolitik; was die wollen und brauchen, sei kein Obdach oder etwa Gemüse, sondern Stoff, und der koste nun einmal Geld; die finanzielle Unterstützung der öffentlichen Hand allein zähle, die gebe es aber in C nicht, also bleiben sie hier; worauf Rumena verlässlich meint, die öffentliche Hand sei seit dem Kollaps ohnehin nicht mehr als eine nostalgische Erinnerung romantischer Optimisten an die dekadente Ära. Darauf erwähne ich, für gewöhnlich um Vernunft bemüht, die dreihundertfünfzig Euro, die ich monatlich bekomme, und dass doch jeder, der sich hier registrieren lässt, diese Unterstützung erhalte. Sie selbst doch auch! Worauf Rumena zumeist ein verächtliches Lachen von sich gibt, ihren Kopf schüttelt, ein paar Zigaretten raucht und zum hundertsten Mal von den armen Huren anfängt, die nie angemeldet waren und um die sich keiner kümmere, schon gar keine öffentliche Hand …

Wir spazieren in einigen Metern Entfernung zu den Zelten am Fahrbahnrand, mitten auf der Straße. Alle paar Schritte treffen sich unsere Blicke. Schüchternes Lächeln, Kopfnicken und unser Atemnebel scheinen uns als grundlegende Kommunikationsmittel ausreichend zu sein.

»Riechst du das?«, frage ich sie.

»Die Scheiße oder die Kotze?«

»Nein«, lache ich. »Siehst du, du bist sehr wohl witzig.«

Sie grinst schief.

»Und dein Lachen, das ist auch –«

»Ich weiß.«

»Die Bäume meine ich, da vorne ist der Queen-Elizabeth-Park. Wollen wir?«

»Aber es ist dunkel.«

»Das macht nichts.«

»Okay. Dort drüben wohne ich übrigens.« Sie zeigt auf die finstere Siedlung westlich des Parks. Ich schaue angestrengt mit zusammengekniffenen Augen, kann aber so gut wie nichts erkennen.

»Okay, ich werde dich dann nach Hause begleiten, aber vorher schauen wir kurz zu den Bäumen, ja?«

»Gut«, sagt sie und hakt sich bei mir unter. Im Gleichschritt verlassen wir die große Straße und marschieren, vorbei an der steinernen Königin, in den Park. Nach ein paar Minuten ziehe ich sie zur Seite, über die gefrorene Wiese rüber zu den Rosskastanien. Die Parks sind Naturschutzgebiet, hier herrscht Campingverbot, der Lärmpegel der Stadt ist etwas gedämpfter, der Wind in den Zweigen übernimmt die Führung, das Gebrumme der Straßen dringt nur noch leicht durch, es klingt wie Hummeln im Sommer. Ich könnte meine Aufmerksamkeit vollständig auf die Pflanzen und unterschwelligen Tiergeräusche lenken, sodass ich es ganz ausblende, aber ich darf mich nicht gehen lassen.

»Kannst du wirklich die Bäume riechen? Jetzt im Winter?«

»Ja. Also vielleicht spielt mir das mein Gehirn auch nur vor, weil ich weiß, dass hier Bäume sind … Genau genommen rieche ich momentan eher vor sich hin faulendes Laub, um das sich keiner gekümmert hat. Wollen wir uns kurz auf die Bank setzen?«

Hätte ich eine Decke, ich würde sie Veronika als Sitzpolster anbieten, aber ich habe keine Decke, und aus irgendeinem Grund wandern meine Gedanken unkontrolliert durch meinen Kopf, missbrauchen meine Stimmbänder als Trampolin und verlassen meinen Mund viel zu laut als geschwätziges Geplapper: »Einmal hatte ich eine Perianalvenenthrombose, ein Blutgerinnsel am Arsch, angeblich vom Sitzen auf kaltem Untergrund.«

»Mäh-hä-hä.«

»Das ist nicht lustig, es war extrem schmerzhaft.«

»Ja, klar … Ich wollte mich auch nicht über dich oder deinen Schmerz lustig machen, Adam.«

»Macht ja nichts, ich weiß auch nicht, warum ich das jetzt gesagt habe.«

»Na ja, ist man erst einmal verheiratet, fallen alle Schamgrenzen.«

»Ja, wahrscheinlich … verzeih mir, bitte.«

Ich nehme ihren Spruch vom Verheiratetsein gar nicht mehr als Witz wahr, sie aber meckert weiter, und nach einer kurzen Pause, in der wir unsere Rosinenbrötchen fertigessen, presst sie einen harten, trötenden Furz aus ihrem Hintern, der der ungenierten Natürlichkeit meiner Tanten in nichts nachsteht. Ich schaue sie an, sie errötet und hält sich die Hand vor den Mund, wie um ihr Lachen zu dämpfen, gleichzeitig gebietet mir ihr Blick, es ihr gleichzutun. Also konzentriere ich mich und drücke ebenfalls einen raus – einen sehr hohen, pfeifenden. Dann prusten wir beide laut, stehen auf und gehen weiter.

Mir ist schon bewusst, dass Furzen nicht besonders originell oder niveauvoll ist, dennoch steht es hier für eine Verbindung, ein Band zwischen zwei Menschen, ihr und mir. Veronika und Adam. Es ist wie von selbst passiert. Ich habe mit der Thrombosengeschichte angefangen, sie hat mit einem Furz reagiert, ich bin nachgezogen, das ist eine Kette. Da ist mehr dahinter als Trivialität oder Schamlosigkeit, es entspricht gewissermaßen einer unbewussten, heiligen Logik, einem Einverständnis jenseits der Sprache.

Sie greift nach meiner Hand, ihre ist ganz kalt. Ich versuche sie mit meiner vollständig zu umklammern.

»Da vorne ist es«, sagt sie plötzlich und bleibt stehen. Anscheinend will sie nicht, dass ich sie bis zur Tür bringe – ist es ihrer Eltern wegen?

»Danke«, sagt sie und strahlt mich an. »Das war echt schön. Sehen wir uns morgen?«

»Ich komme gleich in der Früh runter.«

»Okay«, sagt sie und gibt mir einen Kuss auf die Lippen. Dann noch einen, bei dem sie ihre Lippen öffnet und ihre Zunge nach meiner sucht. Ich gebe nach und kurz umspielen sich unsere Zungen wie zwei blinde Amphibien. Sie löst sich wieder und lächelt. »Gute Nacht, Adam.«

»Gute Nacht, Veronika. Deine Haare sind so … rot. Ich meine schön, und –«

«Und?«

»Und … du bist witzig.«

»Das hast du schon gesagt. Beides.«

*

»Ihr seid also verlobt?«, fragt Daniel mit weit aufgerissenen Augen.

»Nein, verheiratet. Es ist ein Pakt, Daniel. Ein Versprechen … ein Vertrag, verstehst du?«

»Weiß nicht.«

»Aber ich weiß es.«

»Okay, Adam. Und du bist dir sicher, dass das nicht nur so im Spaß dahingesagt war?«

»Nein. Also ja, ich bin mir sicher.«

»Das ist erstaunlich.«

»Erstaunlich ist doch gut.«

Daniel lacht. »Ja, Adam, erstaunlich ist gut.«

»Und so erstaunlich ist es gar nicht, es fühlt sich eher natürlich an. Es ist eine zwingende Logik.«

»Der kleine Adam fucking Felsenreiter«, sagt Daniel, der Serbe, mit seinem gekünstelten Italo-Akzent, während er mir ein Viertelstück einer dampfenden Pizza Margherita zuschiebt. Das hat meine biologische Mutter, die Sarah Holzapfel, einmal zu ihm gesagt, in der Hoffnung, aus mir würde einmal etwas Besonderes werden. Offenbar hat ihn das beieindruckt, denn er wird nicht müde, sie zu zitieren, auch wenn ich es nicht gerne höre – mein Name ist Holzapfel, nicht Felsenreiter. Ich bin immer noch hungrig und genieße den Gummikäse. Es geht nichts über ein warmes Essen.

»Du, Daniel … kannst du mir was besorgen?«

»Was brauchst du denn?«

»Eine Waffe.«

»Eine Waffe?! Was stellst du dir vor?«

»Keine Ahnung. Eine Glock oder so, irgendwas Kleines, es ist für Veronika.«

»Für deine Frau?«, grinst er.

»Ja«, sage ich ernst. »Für meine Frau.«

»Die noch nie in einem Wald oder einer Kirche war … Hm, ich werde sehen, was ich tun kann.«

»Den Spruch verstehe ich nie. Kannst du es nicht einfach tun?«

»Ist gut, Adam. Mach dir keine Sorgen. Ich weiß, an wen ich mich wenden muss.«

»Super. Danke, Daniel. Gute Nacht.«

»Nacht, Adam. Buona notte, bambino!«

Das ist eines der alten Kitschlieder, die bei *Danieles Pizza* immer laufen. Es hat mich früher verlässlich zum Weinen gebracht, und auch jetzt noch schlucke ich schwer, wenn ich nur daran denke – und schon geht's los, die Musik ist so butterweich wie die Stimme des Sängers, Rocco Granata:

Buona buona notte, bambino mio
Alles, was man will, das kann man nicht haben
Buona buona notte, schlaf ein, mein Junge
Sehnsucht wirst du immer im Herzen tragen

*

Am nächsten Morgen, ich habe geschlafen wie ein Baby, laufe ich runter zur Bäckerei, um meine Frau zu begrüßen, aber sie ist nicht da. Ihre Kollegin, eine auf Hals und Armen tätowierte Frau mit kurzen Haaren, sagt: »Sie ist nicht gekommen. Du bist doch ihr Freund, oder? Kommst jeden Tag hierher.«

Ich nicke.

»Sie geht nicht ans Handy. Sag ihr, sie soll gleich anrufen, sonst ist sie den Job los.«

»Okay.«

Ich habe nicht einmal ihre Telefonnummer, also laufe ich los und mache erst vor ihrer Straße neben dem Queen-Elizabeth-Park Halt. Außer Atem gehe ich zum ersten Eingang der identisch aussehenden Reihenhäuser und läute an. Nichts rührt sich, scheint unbewohnt zu sein. Erst beim vierten Eingang öffnet eine ältere Frau vorsichtig die Tür.

»Entschuldigen Sie die Störung, gnädige Frau, mein Name ist Adam Holzapfel, kennen Sie vielleicht eine Veronika, die hier in der Straße wohnt?«

Die Frau schüttelt den Kopf und verschwindet wieder hinter vier oder fünf ratternden Sicherheitsschlössern.

Wer weiß, denke ich, vielleicht ist Veronika gar nicht ihr richtiger Name. Angeblich arbeiten heutzutage viele unter Pseudonym, weil sie um ihre Sicherheit, um ihre Privatsphäre oder sonst was fürchten.

Dieses schon todgeweihte Jahrhundert hat es geschafft, so gut wie alle Menschen mit Angst anzufüllen. Wenn der menschliche Geist ein begrenztes Gefäß ist, dann war es noch nie so vollgestopft und überladen, und zwar mit Ungesundem und Unsinnigem, Fantasie- und Freudlosem, mit einem trüben, vergifteten, dickflüssigen Brei, der permanent am Überlaufen ist. Das sagt Rumena, und ich gebe ihr recht, auch wenn es ein ekliges Bild ist. Die Leute sind mittlerweile so misstrauisch und verunsichert, schauen einander nicht in die Augen und gehen grundsätzlich immer vom Schlimmsten aus. Wenn ich einen x-beliebigen Mann auf der Straße anspreche, und sei es nur einer kleinen, unbedeutenden Frage wegen, nach der Soundsostraße oder der Uhrzeit, zuckt er ängstlich zusammen. Die Frauen und Mädchen sind logischerweise noch zögerlicher, bisweilen verstört, manche richtig paranoid und aggressiv. Nur die Straßenjunkies haben die Ruhe weg, agieren immer selbstbewusster und gelassener. Sie haben sich eine arrogante Kaltblütigkeit angewöhnt, die es schafft, alle anderen nur noch mehr einzuschüchtern. Ja, auch mich schüchtern sie ein, und ich weiß, was sie stark macht: Sie haben nichts zu verlieren. Nichts. Sie haben keine Menschen, die sie vermissen, keine gesunden Körper, keine Arbeit, keinen Besitz, keinen Lebenssinn, keinen Plan, keine Sehnsucht im Herzen, keine Zukunft, gar nichts. Denen ist alles egal, also sind sie jederzeit zu allem bereit. Wenn sie sterben sollten, dann sterben sie eben, und sollten andere ihretwegen sterben müssen, so wäre das auch nur eine weitere belanglose Tatsache.

Skrupellose Menschen sind immer die mächtigsten. Nicht die Macht macht sie skrupellos, sondern die Skrupellosigkeit mächtig.

Wenn ich solche Sätze ausspreche, umarmt mich Rumena oder zeigt mit dem Finger auf mich und sagt, ich würde ganz sicher einmal Präsident werden, dabei bemerkt sie gar nicht, dass sie mich offenbar für skrupellos hält.

Das Selbstbewusstsein der Unterschichten ist also zu einer regelrechten Macht angewachsen – ein Gefühl, das die Menschen der Straße instinktiv ausnutzen. Aufgeblasen bevölkern sie die Stadt, schlagen ihre Zelte auf, wo immer sie wollen, um die jeweilige Straße zu ihrem Revier zu erklären, krallen sich die ihnen zustehenden Rationsmarken, Geldgeschenke und Drogen, um sie umgehend zu verschwenden, während die einst herrschende, um Rechtschaffenheit bemühte Mittelschichtsklasse verängstigt im Hintergrund, ja fast schon im Untergrund bleibt. Zumindest hier bei uns in der Zone B ist das so. Die Kleinen sind jetzt die Großen, die Ohnmächtigen die Mächtigen, die Stummen die Lauten und die Letzten die Ersten. Von Gerechtigkeit keine Spur. Was in der Bibel als großer Ausgleich, als Verheißung verkauft wird, ist in Wahrheit auch keine Lösung.

Wenn also einer wie ich, der harmloseste und freundlichste Mensch, vorsichtig an fremde Türen klopft, weil ihm seine Liebe abhanden gekommen ist, wird ihm mit der allergrößten, unhöflichsten Skepsis begegnet. Und so erfahre ich gar nichts.

Keiner weiß von einer Veronika, die in einer Bäckerei arbeitet. Offensichtlich hat sie mich, was ihre Straße angeht, angelogen. Es ist also nur naheliegend, auch ihren Namen sowie alles, was sie gesagt hat, anzuzweifeln. Dass sie noch nie im Wald oder in einer Kirche war. Dass wir quasi verheiratet sind. Irgendwie fühle ich mich betrogen und leer.

Es könnte ihr aber auch etwas zugestoßen sein.

Vielleicht ist sie in Not, oder verletzt, oder wurde entführt, von den Apos oder den Posttraumatistinnen oder sonst einer radikalen, politischen Bruder- oder Schwesternschaft – was weiß denn ich? Gar nichts weiß ich. Ich bin unruhig und nervös wie ein dummer, kleiner Bub.

Bin ich wirklich so naiv, wie Rumena sagt? Bin ich blöd? Kann es tatsächlich sein, dass Veronika mich verarscht hat? Lacht sie sich jetzt irgendwo mit ihren Freundinnen über mich schief? Über unseren Pakt, unsere Hochzeit, unser Furzduett? Die Gedanken quälen mich, ich hasse das! Aber ich muss das durchdenken, ich muss immer alles durchdenken, also muss ich auch folgenden Satz denken: *Vielleicht ist sie tot.*

Oh mein Gott, vielleicht ist sie das. Ich will es mir nicht vorstellen, aber ich muss. Es ist möglich, weil immer alles möglich ist. Sie könnte von irgendeinem Fremden, einem verdammten Irren oder ganz normalen Dreckskerl, der sich seinen Puffbesuch nicht leisten kann, oder von einem frauenhassenden Fremden vergewaltigt, stranguliert und aufgehängt oder irgendwo im Dreck, in der Kälte der Stadt liegen gelassen worden sein. Warum nur habe ich sie allein gelassen? Warum habe ich ihr nicht gleich eine Waffe besorgt? Oder meine überlassen? Nein, meine Glock würde ich niemals aus der Hand geben … Herrje, ich muss mich zusammenreißen, muss mein Denken mäßigen, auf den Boden zurückholen, muss mich kontrollieren. Ich bin der Chef in meinem Kopf. Ich bin der Chef!

Mutter der göttlichen Gnade! Bitt' für uns.

Die Litanei macht mich ruhig.

Mutter vom guten Rate! Bitt' für uns.

Schaltet meinen Kopf aus.

Mutter der Reinheit und Güte! Bitt' für uns.

Zieht mich runter auf den Boden der Welt.

Jungfrau würdig des Lobes! Bitt' für uns.

Macht mich eins mit allem.

Jungfrau allzeit getreue! Bitt' für uns.

Nein, nein, nein, ich darf nicht eins mit allem sein. Was auch immer ich denke, ich muss handeln, aufstehen und etwas tun. Jetzt. Ich muss sie suchen. Da läutet mein Handy.

»Adam?«

»Ja.«

»Geht es dir gut?«

»Ja, Rumena. Was gibt's?«

»Was es gibt? Die Mädchen frieren, Adam.«

»Mein Gott, das hab ich ganz vergessen. Es tut mir so leid, ich –«

»Das macht doch nichts. Deswegen erinnere ich dich ja daran. Du hast es vergessen, weil du hirnlos verknallt bist wie ein ganz normaler Mensch. Hast mich auch nicht angerufen, wie wir es vereinbart hatten. Also? Wie war dein Date? Sag schon. War's schön? Hast du dich gewaschen? Zumindest ein frisches T-Shirt angezogen? Habt ihr geschmust?«

Nach einer kurzen Pause, in der Rumena sich zweimal vergewissert, ob ich noch dran bin, sage ich: »Es war sehr schön. Wir waren spazieren, waren in der Bernhardskirche, haben geheiratet und dann im Queen-Elizabeth-Park zusammen gefurzt. Wir mögen beide Rosinen. Und unsere Zungen haben miteinander gespielt …«

Eine bodenlose Traurigkeit, die tief in mir geschlummert haben muss, ist plötzlich beim Sprechen aufgewacht und überkommt mich so brutal, dass ich sie nicht abwehren oder überspielen kann. Es ist ein dunkler Teil von mir, den ich nicht mag, eine Erinnerung oder ein Traum oder ein in mir gespeicherter Moment aus dem Wald, irgendwas mit meiner Mutter oder den Tanten, etwas von früher, ich weiß auch nicht. Als hätte ich einen Wald, eine Finsternis in mir drin, in der mein Geist herumirrt oder sich verläuft, stehen bleibt und verzweifelt. Das Stehenbleiben ist das Traurige, das Irren, das Verlorensein, das Nichtmehrweiterwissen. Da ist eine Stimme in diesem Dickicht, sie ruft nach mir und lenkt mich ab, fordert meine Aufmerksamkeit, löst mich los von allem, will jedes Band durchtrennen, das mich an die Welt, an die Stadt und an die Menschen bindet. Diese

Stimme, diese Kraft trage ich in mir, sie ist nicht unbedingt böse, mehr eine Versuchung, ein Versprechen von Ruhe und Frieden, sehr verführerisch. Jana meinte einmal, diese Stimme sei mein Heroin.

Ich habe gelernt, mit der Traurigkeit zu leben. Ich kann jedenfalls nicht weitersprechen und muss schlucken.

»Wie bitte? Ihr habt *was*??«, sagt Rumena. »Adam? Was ist los? Du kannst mir alles sagen. Was ist passiert? Warum bist du so traurig? War sie ekelhaft zu dir, die kleine Schlampe? Hat sie dich angefasst oder ausgelacht? Sag schon. Soll ich zu dir kommen?«

»Nein, es ist alles okay, Rumena. Es war schön, wirklich. Ich … ich muss jetzt los. Ich bringe euch was zum Heizen, versprochen. Bald … Ciao, Mama«, sage ich noch schnell, wie Daniel, mit gespieltem italienischem Akzent. Dann lege ich auf und schalte mein Handy aus.

2

Großstadt Zone C / Winter / Adam

ICH HALTE DIE GLOCK so fest, dass der eingefrorene Ballen meiner rechten Hand schmerzt. Bald weiß ich nicht mehr, ob mein verkrampfter Griff oder die Kälte den Schmerz auslöst. Ich sitze im Stiegenhaus eines verlassenen Wohnhauses in C, in einer mir unbekannten Gegend, die Straße ist eine Allee mit großen Bäumen. Still ist es hier, und es scheint mir auch sicher zu sein. (Ich höre Tante Marias Stimme ganz deutlich: »Die Ruhe ist trügerisch, Adam.«)

Das Stiegenhaus ist dreckig, aber leer, das ist ein gutes Zeichen. Vielleicht habe ich Glück und die Wohnungen hier sind noch nicht geplündert, die schlagende Tür im ersten Stock behauptet allerdings das Gegenteil, und ein paar kaputte Fenster habe ich ja von draußen schon gesehen. Tauben fliegen durchs Haus, über und neben mir, ein ganzer Schwarm kommt aus dem Keller geflattert. In der Ferne bellen Hunde. Ich versuche, ruhig zu atmen, löse meinen Griff und strecke meine Finger, halte sie mir vor den Mund und hauche warme Atemluft dagegen. Ich habe keine Handschuhe mit, vielleicht finde ich in einer der Wohnungen welche.

Es ist ein Altbau. Auf dem Gang über einem Waschbecken steht die Zahl 1835. Ein Lift mit kunstvoll geschwungenem Eisentor ragt wie ein Denkmal in die Höhe. Was würde ich geben, um hier einzusteigen, die Tür zu schließen, auf D für Dachgeschoß zu drücken und langsam nach oben gefahren zu werden! Die Zeit hundert Jahre zurückdrehen zu können, als alle im Wohlstand schwammen und niemand Angst haben musste, wenn er zum Einkaufen runterging – womöglich um … Blumen zu kaufen! Als man »Guten Morgen« zu seiner Nachbarin sagte und fragte, wie es ihrem Mann oder ihrer Tochter gehe, ob der Schiurlaub schön gewesen sei und so weiter. Schwester Anna aus dem Klarissenkloster hat mir von dieser Zeit erzählt – als ihre Eltern jung waren. Ihre Eltern, sagte sie, seien einfach und arm gewesen, aber das Wohlstandsniveau sei so hoch gewesen, dass selbst die sogenannten Armen der Großstadt gut gelebt hätten. Die Stadt war noch nicht in Zonen aufgeteilt, alles war eins. Mein Gott, das reinste Paradies muss das gewesen sein!

Ich gehe drei Stockwerke rauf, ich werde oben anfangen und mich nach unten arbeiten.

Die oberste Wohnungstür ist verschlossen, also läute ich an. Nichts zu hören, ist wahrscheinlich eine elektrische Klingel. Ich klopfe fest gegen die Tür und warte. Nichts. Die Tür ist uralt und nicht sehr stabil, keine Sicherheitstür, also nehme ich mein Messer, stecke es in den Spalt neben dem Schloss, erspüre den Widerstand, hake ein, versuche den Türriegel rauszupressen und drücke fest dagegen.

Heiligemariamuttergottes, ich traue meinen Augen nicht. Die Wohnung ist voll eingerichtet, ordentlich und … kultiviert. Unter einer dicken Staubschicht stehen da ganze Schränke und Wandverbauten, Regale voll mit Büchern und Kunstgegenständen sowie Sitzgarnituren, Sofas, eine Küche inklusive Geschirr (ist das Silberbesteck?) und langstieligen Weingläsern, ein Schlafzimmer mit einem riesigen Bett, und das Beste: ein Badezimmer mit Badewanne. Ich drehe das Wasser auf, der Hahn spuckt braune Batzen. Kein fließendes Wasser, nur Reste in der Leitung. War ja zu erwarten. Ich muss es zwischen siebzehn und zwanzig Uhr noch einmal probieren, aber wenn es hier überhaupt Wasser geben sollte, dann sind die Zeiten eher nicht dieselben wie in B, oder? Ich bin aufgeregt und abgelenkt, muss mich sammeln. Ich bin hier, um Brennstoff für die Frauen zu sammeln und Veronika zu finden, wenngleich ich genau null Anhaltspunkte für meine Suche habe.

Der Zufall hat mich hierhergeführt. Ich bin nach der Grenze, gleich hinter den riesigen ZONE-C-Schildern, nicht wie bisher nach links ins Grenzgebiet, sondern nach rechts, den Fluss entlangspaziert, weil ich weiß, dass in der mir schon bekannten Gegend auf der anderen Seite nichts mehr zu holen ist. Der Fluss ist die eigentliche Grenze.

Ich weiß nicht einmal, wie er heißt, ob er überhaupt einen Namen hat, alle sagen immer nur *Fluss*. Er ist zugefroren, die Eisschicht dünn, dennoch entschied ich mich, nicht bis zur großen Brücke etwa einen Kilometer weiter vorne zu gehen, sondern ihn an einer eher schmalen Stelle zu überqueren, da wo auf der anderen Seite die Fabriksruine wie ein Mahnmal steht. Ganz langsam, mit leichten Schritten setzte ich über, der kindlichen Versuchung, lustig vor mich hin zu rutschen, widersagend. Immer wieder blickte ich um mich, aber da war niemand. Wie durch die Filmkulisse einer Geisterstadt bin ich bis hierhergelaufen. Wer heute einen Zombiefilm machen will, braucht nicht viel Geld, muss nur nach C gehen. (Gibt es überhaupt noch so was wie Filmproduktionen?)

Wie kann es sein, dass auch hier – die Straße heißt übrigens Habsburgische Allee –, wo die Häuser anscheinend noch relativ gut erhalten sind, kein Mensch ist? Ist es die Entfernung? Ist der Industriepark, der sich mit seinen weiten Betonflächen und mächtigen Fabrikshallen und den ins Nichts führenden Betriebsgeleisen bis zur Brücke zieht, und den man durchqueren muss, um ohne Umwege hierherzugelangen, so abschreckend? Macht er die Leute glauben, dass da nichts mehr kommt? Bei den Hallen waren Feuerstellen, um die sich ein paar in Decken gehüllte Gestalten scharten, fast schon wäre ich umgekehrt, aber dann trottete ich stur durch das Fabriksgelände, das wie eine eigene kleine, verlassene Stadt wirkt, über die winterlichen Felder weiter, eine ganze Stunde lang. Niemand kümmerte sich um mich.

Und jetzt stehe ich hier in dieser feudalen Luxuswohnung und komme aus dem Staunen nicht heraus. Zweifellos ein Glücksfall, der mich aber auch skeptisch macht. Irgendetwas stimmt hier nicht.

Ich schalte mein Handy ein, ignoriere Rumenas tausend Nachrichten und rufe sie gleich an.

»Adam, wo zum Teufel bist du?«

»Ganz ruhig, Rumena, hör mir zu –«

»Nein, du hörst jetzt mir zu –«

»Nein, du hörst mir zu, sonst drehe ich gleich wieder ab«, fahre ich sie an. Eine Pause entsteht, in der sie schnauft und sich eine Zigarette anzündet.

»Es geht mir gut. Ich bin in C, in einer ruhigen Gegend, ich habe ein unberührtes, verlassenes Haus gefunden, ich bin in einer unglaublichen Wohnung, da bleibe ich erst mal. Morgen komme ich zu euch mit Holz für die nächsten Tage. Mach dir keine Sorgen, ich bin vernünftig und safe.«

»*Mach dir keine Sorgen*? Du weißt, wie sinnlos es ist, so etwas zu sagen.«

»Ja.«

»Bitte schalte dein Handy nicht aus, Adam. Geht das? Ich verspreche dir, ich werde auch keine Nachrichten mehr schreiben …«

»Das geht nicht, mein Akku ist fast leer, ich muss es morgen zuhause aufladen. Ich rufe vor dem Schlafengehen noch einmal an.«

»Gut, Adam … aber warum sagst du mir nicht, was passiert ist? Mit dem Mädchen …«

»Sie ist weg, Rumena. Verschwunden, wie vom Erdboden verschluckt. Nicht zur Arbeit gekommen, nicht zuhause. Ich muss sie suchen.«

»Aha. Und du bist dir sicher, dass sie nach C gegangen ist?«

»Nein, das ist nur so ein Gefühl.«

»Hm … das klingt nicht gerade logisch oder vernünftig, aber egal, du passt gut auf dich auf, ja? Und morgen erzählst du mir alles in Ruhe, okay? Adam?«

»Ja, Rumena. Ciao …« Da ist sie wieder, die Traurigkeit.

»Ciao, Adam. Bis später. Du bleibst, wo du bist!«

*

Die Wohnung darunter ist eine einzige Müllhalde. Alles liegt auf dem Boden: Zerbrochenes Geschirr, Bücher, Taschen, Koffer, Kleidungsstücke – Winterjacken! Eine passt gut, aber sie ist dunkelgelb. Egal, immerhin hat sie eine Kapuze. Und da – in der rechten Tasche stecken Handschuhe. Perfekt. Ich ziehe sie gleich über und blicke auf fremde Hände, die an meinen Armen stecken. Auf dem Sofa liegen Ordner mit archivierten Unterlagen, die ich in einen großen Koffer stopfe, das ist gutes Brennmaterial.

Nur nicht zu genau hinschauen! Ich habe meine Lektionen gelernt. Die Konfrontation mit den persönlichen, privaten Dingen der Menschen geht mir schnell zu nahe.

In der Küche, zwischen Glas- und Porzellansplittern sind Fotos und gemalte Bilder, anscheinend hat jemand die Rahmen mitgenommen. Eines der kleinen Fotos betrachte ich jetzt doch näher. Es zeigt einen alten Mann mit weichem, freundlichem Gesicht. Er lächelt. Alles wird gut, scheint er zu sagen. Er rührt mich. Ich glaube nicht, dass ich jemals zuvor so ein Gesicht gesehen habe. Ein so altes, männliches und liebes. Ich falte es zusammen und stecke es ein.

Die anderen Gruppenfotos lasse ich liegen, noch mehr Rührung vertrage ich jetzt nicht. Das war offensichtlich eine gute, wohlhabende Gegend. Ich will mir nicht vorstellen müssen, wer da gelebt hat, warum sie alles verloren und verlassen haben, ob sie umgezogen, vertrieben oder tot sind.

Das Erdgeschoß scheint komplett geplündert zu sein, Fenster sind zerbrochen, die Holzrahmen rausgerissen. Wie's aussieht, sind die Leute einfach faul und wollen nichts übers Stiegenhaus schleppen. Die barbarische Zerstörungswut, vielleicht ist es sogar eine Zerstörungslust, vieler Menschen, die selbst nichts haben, ist ein interessantes Phänomen. Anstatt das Vorhandene sinnvoll zu nutzen, vernichten sie es lieber. Soll das einer verstehen, aber gut, mir soll's recht sein, momentan beruhigt es mich sogar, denn anscheinend wurde der oberste Stock einfach vergessen.

Ich lasse den Koffer mit den Ordnern gleich unten stehen, den nehme ich morgen mit. Das Silberbesteck passt auch noch rein, vielleicht kriege ich ja was dafür. In der Wohnung darüber montiere ich ein Kinderbett und ein weißes Holzregal ab und lege die Latten zu dem Koffer. Mehr werde ich nicht transportieren können, ohne zu großes Aufsehen zu erregen. Vielleicht finde ich im Keller noch so was wie eine Scheibtruhe oder einen kleinen Handwagen für Kinder – ein Leiterwagerl, wie die alte Veronika es genannt hat.

Mein Gott, Veronika, wie soll ich sie bloß finden, wo fange ich an? Was, wenn ich sie nie mehr wiedersehe? Was soll ich bloß tun?

Da sticht ein Gedanke in mein Gehirn (ich kenne diese Stimme), ein eiskalter, der mich beruhigen will: *Ich kenne sie ja gar nicht.* Das stimmt natürlich. Ich kenne sie nur vom Sehen, gestern waren wir zum ersten und einzigen Mal spazieren und haben in einem Anflug naiver, romantischer Torheit geheiratet, uns ein mündliches Versprechen gegeben – nicht einmal das, es war nur kurz angedacht, angerissen, in einem Satz angesprochen, als verrückte Idee oder Vorschlag. Es war ein Witz. Oder aber todernst. Mir hat es jedenfalls genügt. Man muss nicht immer alles aussprechen oder ausbreiten, manchmal reicht ein Gedanke oder eine Idee. Und dennoch: Ich kenne sie gar nicht. Sie ist eine Fremde, natürlich ist sie das. Sie weiß nichts von mir und ich weiß nichts von ihr. Sie war noch nie im Wald, sie mag keine Kirchen, wir passen überhaupt nicht zusammen.

So denke ich, während ich wieder nach oben gehe, kurz glaube ich auch daran, ehe mich die Traurigkeit wieder übermannt. Diese Traurigkeit könnte eine Liebe sein – oder *die* Liebe, die große Liebe, wie sie in den Schlagern besungen wird. Wer weiß, vielleicht passen wir ja sogar perfekt zusammen, vielleicht bin ich für sie geboren, um ihr die Kirchen und Wälder zu zeigen, mit ihr Kinder zu zeugen – und wenn es die Liebe ist, wenn sie erst einmal in einem drin ist, kann sie dann überhaupt wieder verschwinden? Ist sie, selbst wenn sie nicht mehr gefühlt wird, dennoch hier? Ich weiß nichts von der Liebe … Schhhh, Adam, ganz ruhig, ein Schritt nach dem andern.

Ich werde morgen erst zu Mittag losgehen, die Grenzposten sind erfahrungsgemäß nur in der Früh besetzt, danach kümmert sich niemand mehr um die Außenzonen, was sie zwar gefährlicher, aber auch freier macht.

Ich nehme mein Notizbuch zur Hand und schreibe:

Das Gefährliche ist eine Konsequenz der Freiheit. Ich mag meine Freiheit, also muss ich das Gefährliche aushalten.

Nachdem ich lange auf die Allee, die umliegenden Häuser und durch die Luft wirbelnde Schneeflocken gestarrt habe, entfache ich ein kleines Feuer auf dem Balkon. Alle paar Minuten bläst eine Sturmböe durch die Straßen, dann droht das Haus ins Wanken zu geraten, so sehr werden die Efeublätter, die sich an ihm festgefressen haben, durchgeschüttelt. Hier scheint wirklich niemand zu sein und ich muss mich ein bisschen aufwärmen. In der Küche in einem Vorratsschrank finde ich eine Thermosflasche, Teebeutel (englischer Schwarztee, meine Wasserflasche ist nur mehr halb voll, ich muss es mir gut einteilen), und Dosen: Gulasch, Bohnensuppe, Linsen. Ich entscheide mich für die Linsen. Aus dem Kamin nehme ich ein Gitter und ein paar Ziegelsteine – im Kamin selbst will ich kein Feuer machen, Rauch aus dem Schornstein erscheint mir doch zu auffällig –, und lege es auf zwei Stapel, die ich neben der Feuerstelle aufbaue.

Die Linsen schmecken fantastisch.

Es ist natürlich nicht vernünftig, hier zu übernachten. Die Ruhe und die Großstadt gehen nicht zusammen. Im Wald ist es nie wirklich ruhig, und wenn doch, weiß man, es braut sich was zusammen, dann wird man aufmerksam und hellhörig. Die Ruhe ist trügerisch – ja, Tante Maria, hast ja recht, aber was soll ich machen, die Frauen verlassen sich auf mich. Und meine Frau, Veronika, ist verschwunden. Was sagst du? (Aah, du warst diese Stimme.) Ich soll *was*? Ihr nicht vertrauen? Ich soll *niemandem* vertrauen? Haha, du hast leicht reden mitten im Wald. Wenn du mit Menschen zu tun hättest, müsstest du auch hin und wieder vertrauen. So läuft das nun einmal. Ich hab dir doch erzählt von den Menschen, denen ich mein Vertrauen geschenkt habe und auf die ich mich dann auch verlassen konnte. Das eine bedingt das andere.

»Das waren Frauen, Adam.«

»Aber Veronika ist ja eine Frau. Und der Daniel? Auf ihn kann ich mich voll verlassen. Und der Doktor, von dem hab ich dir doch auch erzählt – und vergiss nicht, ich bin auch ein Mann. Und ganz allein? Selbst du hast deine Schwester. Das wäre ein trauriges Leben in der Stadt, so ganz auf sich selbst gestellt. Davon gibt's genug und es sind ziemlich trostlose Existenzen, das kannst du mir glauben. Und Rumena! Was hätte ich ohne Rumena gemacht?«

»Die heilige Romana hat nur auf Gott vertraut. Die ist ihren Eltern davongelaufen, das waren schlechte Menschen. Sie hat in einer Höhle gelebt. Ihr ganzes Leben lang in einer Höhle, hörst du? Die war auch allein. Und die ist eine Heilige.«

»Heilig sein ist nicht so schwer, Tante. Allein in einer Höhle sitzen ist leicht. Du hast keine Ahnung von der Stadt. Ich habe ein Gespür entwickelt für die Menschen, so wie du für den Wald und die Tiere. Die Menschen sind wie die Tiere. Manche sind Wildschweine, manche sind Rehe oder Hasen.«

»Tiere sind Tiere. Menschen sind Menschen, keine Hasen. Und Männer sind schlimmer als Wildschweine.«

»Ja, Tante Maria, so hast du's gelernt und erfahren.«

»Gelernt und erfahren, ja.«

»Pass auf: Wenn ich zu euch in den Wald komme, dann freust du dich, oder? Dann bist du glücklich.«

»Ja. Wann kommst du?«

»Bald. Aber was ich sagen will: Dann bist du glücklich, weil du mich lieb hast.«

»Ich hab dich lieb, Adam.«

»Ja, und du vertraust mir … Oder? Tante Maria?«

Weg ist sie, verstummt.

»Ich hab dich auch lieb, Tante Maria.«

*

Mitten in der Nacht weckt mich Lärm. Ich schrecke hoch und laufe zum Fenster. Im Haus schräg gegenüber flackern Lichter, ich höre Stimmen und näherkommende Autos, unter den Bäumen stehen bereits zwei. Das sind Busse. Ich meine Menschen zu erkennen, die aus den Bussen steigen und der Reihe nach still das Haus betreten. Andere weisen sie an, halten Taschenlampen auf sie und schieben sie weiter. Eine Frau brüllt in einer mir fremden Sprache, ich kann nicht einmal schätzen, was für eine Sprache das sein könnte, ist das afrikanisch oder albanisch oder so was? Klingt wie eine Fantasiesprache. Wer ist das? Was machen die da? Die Menschen sind vollbepackt mit Taschen und Säcken. Das müssen Flüchtlinge sein.

Ich kauere auf dem Balkon und beobachte die Szene. Langsam gewöhnen sich meine Augen an das Licht, das nur vom Himmel oder den Taschenlampen auszugehen scheint, die eine oder andere Schneeflocke mischt sich ins Bild. Bleibt ja, wo ihr seid, denke ich. Wagt es nicht, mein Haus zu betreten, ihr Arschlöcher! Schnell hole ich meine Glock.

Die Brüllende streitet sich mit einem ruhigeren Mann, der aber nicht nachzugeben scheint. Sie stößt ihn weg von den anderen, er steigt wieder in den Bus ein, nur um kurz darauf etwas Großes, Schweres rauszuziehen. Ein anderer, kleinerer, nein, es ist eine Frau, öffnet das Gartentor – mein Gartentor –, der Mann legt seine Last auf den Boden und läuft noch einmal zum Bus zurück. Die Frau geht zum Eingang – zum Eingang meines Hauses –, ich kann sie die Tür öffnen hören.

Ich halte die Luft an. Wenn sie raufkommen sollte, werde ich richtig Lärm machen, um sie einzuschüchtern. Ich stelle mir vor, wie ich selbst reagieren würde. Ich würde keine unnötigen Konfrontationen suchen und besetzte Wohnungen auf jeden Fall meiden, also werde ich auf Töpfe schlagen oder ein Regal umstoßen, reden oder singen, wenn nötig einen Schuss abgeben.

Sie kommt aber gar nicht nach oben, sie sucht etwas, zumindest schlussfolgere ich das aus den groben Geräuschen aus dem Erdgeschoß oder dem Keller – ein Scheppern und Krachen erfüllt die bis vor Kurzem noch stumme Nacht.

Die Frau verlässt das Haus wieder. In ihrer Hand hat sie eine Schaufel oder einen Spaten, den sie dem Mann, der draußen auf sie wartet, aushändigt. Er beginnt auf dem Flecken Wiese zwischen Zaun und Haus eine Grube auszuheben. Noch bleibt der Schnee nicht liegen. Die beiden sprechen nicht, die Frau steht neben ihm und zittert, er keucht und sticht auf den kalten, harten Boden ein.

Ich weiß, was das wird.

Nach ungefähr einer Viertelstunde schmeißt er die Schaufel zur Seite und zieht seine Last, einen Leichnam, ich wusste es … es sind sogar zwei, sie sind nicht einmal zugedeckt, auf die Wiese und legt sie in die Grube, dann wirft er in hektischen Bewegungen die ausgehobene Erde darüber.

Jetzt stehen sie vor dem Grab, der Mann keucht schwer. Ich kann ihre Gesichter nicht erkennen. Er weint und hält seine Frau, vielleicht ist es auch seine Tochter oder Schwester, fest im Arm. Dann stimmen sie ein Lied an – nein, es ist eher ein Gebet. Nehme ich jedenfalls an, also bete ich mit ihnen. Nur in Gedanken, dabei denke ich an alle, die ich selbst schon zu Grabe getragen habe: meine Mutter, Vroni, Ekaterina, Magdalena …

Sei mir gnädig, Herr, ich sieche dahin. Heile mich, Herr, denn meine Glieder zerfallen. Meine Seele ist tief verstört.

Die Psalmen sind die schönsten Gebete, ich habe sie immer mit den Franziskanern zusammen gelesen, solange, bis ich viele davon auswendig konnte. Wenn ich sie vor meiner Tante Regina aufsage, bewundert und respektiert sie mich von einer Sekunde auf die andere, ich kann sie damit einbremsen und zur Ruhe zwingen. Das ist meine magische Karte, die ich gegen sie in der Hand habe, aber nicht zu oft ausspiele.

Herr, wende dich mir zu und errette mich, in deiner Huld bring mir Hilfe.

Ein kurzes hartes Geräusch stört das feierliche Begräbnis. Scheiße, ich bin mit dem Fuß gegen die Feuerstelle gestoßen, dabei ist das Gitter runtergerutscht. Es war nicht laut, aber die zwei Gestalten im Garten zucken zusammen und starren nach oben. Sie können mich nicht sehen, nein, nein, aber sie haben definitiv erkannt, dass sie nicht allein sind. Wieder halte ich die Luft an und verharre still. Die Frau flüstert panisch auf den Mann ein, sie hat Angst, beide haben Angst und verlassen hektisch das Grundstück, laufen rüber zu dem Haus. Die Frau mit der Taschenlampe erwartet sie, schimpft verächtlich und knallt die Tür hinter ihnen zu. Ein neuer Bus parkt sich ein, ich höre noch mehr Autos langsam lauter werden, sehen kann ich sie nicht.

Die Wildschweine kommen. »Wenn sie auf dich zulaufen, schieß!«, zischt die Tante.

Das mit dem Schlafen kann ich vergessen, dabei bin ich noch nie zuvor in einem so gemütlichen und weichen Bett gelegen. Ich nehme eine der Matratzen und lege sie auf den Balkon, wickle mich in die dicke Decke ein. Meine Hand liegt ruhig auf der Glock. Tante Maria kann stundenlang mit dem Gewehr im Anschlag stehen, so ruhig, dass selbst die Tiere sie für einen Baum halten.

*

Es kommen noch drei oder vier Busse. Ich habe das System durchschaut: Die Frau mit der Taschenlampe ist der Boss, eine Schlepperin wahrscheinlich. Bevor sie die Neuankömmlinge ins Haus scheucht, nimmt sie von den Busfahrern Geld entgegen. Sie hat ein paar Untergebene, mit denen sie ruppig, ähnlich wie mit den Flüchtlingen verfährt. Alle scheinen dieselbe Sprache zu sprechen. Immer wieder nimmt einer der aus dem Bus Aussteigenden Reißaus und verschwindet in die Dunkelheit. Am Schluss fährt ein protziger Wagen vor, selbstbewusst mit Licht, das der Nacht zwei mächtige, wackelnde

Augen verleiht. Die Frau mit der Taschenlampe geht zu dem Auto und verhandelt mit dem Fahrer, wahrscheinlich gibt sie ihm seinen Anteil ab. Sollte sie ihren Landsleuten nicht helfen, statt sie wie eine Lagerkommandantin anzubrüllen und sich an ihnen zu bereichern? Sie behandelt sie wie Sklaven. Na ja, mich geht das nichts an und ich will auch nichts damit zu tun haben. Hier in Zone C, aber auch in B erwartet die Menschen nichts und niemand außer ein Leben auf der Straße, Armut und Drogen. So ist das nun einmal. Ach ja, vielleicht geht es da drüben ja gar nicht um Migration, vielleicht werden hier Arbeitskräfte für die Fentanyl-Produktion rekrutiert. Ob die armen Schweine dafür entlohnt werden, weiß ich nicht, aber irgendwas müssen sie ja kriegen, etwas, das ihnen ein Essen und ein Dach verspricht, ansonsten könnten sie ja gleich nach B gehen und sich registrieren lassen. Freilich ist nicht davon auszugehen, dass sie von ihrem Arbeitgeber über Alternativen informiert werden. Wenn Jana recht hat, sind ganze Stadtbezirke hier in C illegal mit der Produktion von Meth und Fentanyl beschäftigt, und zwar unter chinesischer Kontrolle. An reines Heroin komme keiner mehr, sagt sie, das sei immer mit Fentanyl gestreckt, einem Schmerzmittel, fünfzigmal so stark. Die chinesischen Kartelle seien die Kaltblütigsten und Amoralischsten, die wahren Herrscher von C, sagt Jana. Ich sehe hier keine Chinesen, aber ich sehe nicht viel und weiß nichts. An denen komme man auch nicht vorbei, wenn man einen Stromgenerator will, heißt es. Oder ein Auto oder ein billiges Schwarzmarkthandy. Ich weiß nicht, was ich davon halten soll. Dass die Herrschaft, wer auch immer sie ausüben mag, eine von Korruption und Gewalt dominierte ist, liegt aber auf der Hand. So ist das. Und sollten die Chinesen hier wirklich das Sagen haben, dann nur, weil die Mächte der Großstadt schweigen und sie gewähren, womöglich sich bezahlen lassen. Ich lasse sie in Ruhe, solange sie mich in Ruhe lassen, ich bin nur einer auf der Suche nach Brennstoff und meiner Braut, ich schlage hier nur meine Zeit tot – Zeit, die ich nicht habe.

Die Dämmerung bricht an, es schneit jetzt richtig, sogar die Straße ist zugedeckt, ein unangenehmer Wind lässt die kaputten Fenster klappern. Mitten im Garten unter mir hat sich die Wiese zu einem länglichen, weißen Hügel aufgebläht, daneben liegt ein Wattebausch in Spatenform. Auf der Straße ist nichts mehr los, die Busse sind weg, vor dem Flüchtlingshaus stehen zwei bewaffnete, schwarze Männer. Ich muss so früh wie möglich hier weg, also durchforste ich die Wohnung noch rasch nach ein paar Dingen, die ich behalten kann, was natürlich sinnlos ist, aber ich tue es dennoch. Alles, was ich anfasse und begutachte, einen Porzellanteller mit Waldmotiv, einen Toaster, einen Plattenspieler, ein paar Langspielplatten aus dem letzten Jahrhundert – die sind bestimmt einiges wert –, stelle ich jedoch wieder zurück. Was soll ich damit? Na gut, ein paar Platten vielleicht, nur so, zum Spaß. Daniel hat einen alten Plattenspieler, der wird sich bestimmt freuen. Rocco Granata gibt's hier aber nicht. Keine Schlagermusik, schade. Die feinen Leute hier haben hauptsächlich Beethoven gehört, von dem nehme ich irgendeine, dann noch eine mit einem Mann drauf, der so konzentriert und eindringlich schaut, dass ich gleich ganz gefesselt und neugierig bin: *A Love Supreme / John Coltrane* steht über seinem Kopf, von dem habe ich noch nie gehört. Sein Blick verspricht Aufregendes, als hätte er etwas völlig Neues, Erstaunliches entdeckt. Und noch eine Platte, auf der ein lachender Typ mit Gitarre und gespreizten Beinen durch die Luft zu fliegen scheint, die ist bestimmt lustig: *St. Louis to Liverpool / Chuck Berry.*

Gebannt stehe ich vor dem Bücherregal, ich muss einfach ein Buch mitnehmen, nur welches? Es sind so viele. Ich fahre mit den Fingerkuppen über ihre Rücken, als wären sie schlafende Tiere. Das Regal ist ein Frankenstein-Labor, und all diese Bücher warten darauf, zum Leben erweckt zu werden. Die schönsten sind die fetten Wälzer mit prächtigen Ledereinbänden und glänzenden Schriften, aber die sind zu schwer. Da ist eine schöne Bibel – und da, ich glaub's nicht, da steht tatsächlich *Die Lyra des Orpheus* – in meiner Ausgabe –, und gleich daneben ein ebenso dicker Band, der genau wie die *Lyra* aussieht, exakt dasselbe Design mit goldenem Rahmen, Blumengirlande und dieser alten, kunstvollen, schwarzen Schrift auf weißem Untergrund: *Der tausendjährige Rosenstrauch / Deutsche Gedichte.* Das ist ein Zeichen, würde Rumena jetzt sagen. Das nehme ich, das muss ich den Tanten mitbringen. Ich schlage es auf, es ist in Frakturschrift gedruckt, aber recht gut leserlich. Auf der ersten Seite befindet sich eine handgeschriebene Widmung: *Traudl D, der besten Maturantin der Frauenoberschule des Jahrganges 1953/54 zugeeignet.* Traudl, was für ein schöner Name …

Aus irgendeinem Grund fällt es mir schwer, die Wohnung zu verlassen. Was dachte ich denn – dass ich hier einziehe und mich in die Lektüre vergangener Jahrhunderte vertiefe? Ohne Strom und Wasser?

Ich schnappe mir noch die große, weiche Decke, presse sie in einen schwarzen Müllsack, dazu die Platten und das Buch. Schweren Herzens mache ich mich davon.

Im Keller finde ich hinter einem Stoß Autoreifen eine Rodel und ein langes Seil. Außerdem führt eine Treppe direkt nach draußen in den hinteren Garten. Das ist gut, ich habe nämlich keine Lust, auf die neuen Nachbarn zu treffen. Ich packe den Koffer, das Holz und den schwarzen Sack auf die Rodel, binde das Seil um die Sitzfläche, ziehe sie hoch, durch die Tür, rein in den frischen Schnee. Ich fasse eine Handvoll, rieche daran und genehmige mir eine Zunge. Als Kind im Wald habe ich immer Schnee gegessen, später in der kleinen Stadt haben mir die Frauen das strikt verboten, weil sie Angst hatten, dass die Luft verseucht war oder so was. Es schmeckt … nach Schnee. Ich versuche mich zu orientieren, schaue nach links – instinktiv halte ich die Luft an.

Vor mir, in ungefähr zehn Metern Entfernung, steht einer, ein schwarzer Junge, wahrscheinlich jünger als ich. Augenblicklich fährt die Spannung durch meinen Körper, meine Hand greift nach der

Glock. Ich ziehe sie raus und richte sie auf ihn. Er streckt die Arme nach vorne, zittert.

»Hau ab«, fahre ich ihn an. Er bleibt starr stehen, seine Augen so weit aufgerissen, dass sie zu platzen drohen. Er schwitzt und atmet schwer durch die Nase. Wie ein Tier.

»Hau ab!«, belle ich noch einmal tonlos, bewusst streng. Er zuckt zusammen, flüstert eine Beschwichtigung in seiner Sprache. Ich schüttle meinen Kopf, er wiederholt den Satz, dann irgendwas auf Französisch – ich kann aber kein Französisch. Soll er doch weiterlaufen und mich ziehen lassen, ich habe nichts mit ihm zu schaffen! Ich bin nur für mich selbst verantwortlich und an keiner Gesellschaft interessiert. Er aber geht in die Knie und sagt inständig: »Help.«

Oh nein, bitte nicht, ich habe keine Zeit für so was. Ich muss nachdenken, verdammt.

»I have to go … now«, sage ich streng.

»Help«, krächzt er wieder. Ich befürchte, er spricht gar kein Englisch. Er zeigt mit dem Finger auf sich, dann auf mich.

»No, no, no«, sage ich. »Ich kann mich nicht um dich kümmern. Ich werde alleine gehen … alone!«

Jetzt faltet er die Hände. Mein Gott, will er etwa beten? Mit scharfem Blick (ohne zu zwinkern – hey, das ist *mein* Blick!), steht er auf, streckt die Arme aus und geht auf mich zu. Er hat mich durchschaut, das wird mir augenblicklich bewusst, er weiß, dass ich ihm nichts antun werde. Er hat den Instinkt eines Waldmenschen, das spüre ich. Er ist von meiner Art. Es wäre sinnlos, ihm den harten Hund vorspielen zu wollen, das funktioniert nur bei schwachen Menschen, bei den Losern der Straße. (Ich bin nicht hart, nur angstfrei. Meine Tanten im Wald sind hart, richtig hart, die Härtesten, ihre Erfahrungen haben sie geradezu versteinert.) Er, das sehe ich in seinen Augen, könnte mich auch auslachen und bloßstellen, trotzdem muss ich irgendwie klarstellen, dass ich hier das Sagen habe.

Einen Meter vor mir bleibt er stehen und reicht mir seine Hand zum Gruß. Widerwillig drücke ich sie, sie ist kalt und klebrig, als hätte er sich tage- oder wochenlang nicht gewaschen, was auch sehr wahrscheinlich ist. Er stinkt nach Keller, Pisse und Schweiß. Er hat nur einen Pullover an.

Das darf doch nicht wahr sein, muss der gerade jetzt hier stehen und meinen Plan zunichte machen? Ist er auch ein Zeichen? Wie soll man wissen, was ein Zeichen ist und was nicht? Muss ich alles ernst nehmen und auf alles reagieren, was mir begegnet? Ist das meine Aufgabe? Die Fragen sind mir jetzt zu kompliziert, ich muss handeln, wieder einmal spontan handeln, ohne nachzudenken – ich lasse die Rodel stehen und deute ihm, mir zu folgen.

In der Wohnung gebe ich ihm ein paar Wintersachen aus dem Schrank. »Zieh das an, es müffelt ein bisschen, ist aber besser als dein Geruch.« Er versteht und zieht sich um, während ich eine Dose Linsen öffne, die er sogleich gierig leert, die Reste schaufelt und wischt er mit seinen Fingern aus. Ich stecke ein paar weitere Dosen in meine Jackentasche, er tut es mir gleich. In einer Lade finde ich Handschuhe, einen Schal und ein paar Hauben. Auch ich nehme mir noch was. Auf dem Schrankboden stehen Schuhe, er nimmt ein Paar und probiert sie an, stellt sie ordentlich an ihren Platz zurück und entscheidet sich für ein anderes, hält seinen Daumen in die Luft und lächelt ein weißrosa Zahnfleischlächeln.

»Komm jetzt«, flüstere ich. »Wir müssen los.«

Er starrt mich an.

»Wie du willst, du kannst auch hier bleiben. Ich gehe jetzt.«

Ich drehe mich nicht um, höre aber, dass er mir folgt. Draußen greife ich nach dem Riemen der Rodel, schaue kurz nach hinten und nicke ihm zu. Er nickt zurück, dann gehen wir los.

Den habe ich mir *eingetreten*, wie Rumena gern sagt, wenn sie ein Mädchen aufgenommen hat, das sie nicht mehr loswird. Als wären die Menschen Insekten oder Dreckbatzen oder Steine. Aber sie meint es nicht so, es ist nur so ein Dahersagen, wie ein Gedicht, das sich nicht reimt und deswegen nicht schön oder als solches erkennbar ist. Ekaterina hat oft behauptet, alles sei ein Gedicht oder hätte zumindest das Potenzial dazu, und wenn ich sie fragte, was genau sie damit meine, sagte sie nur: »Alles, Adam. Einfach alles.«

Schon wieder ein Pakt.

Er wird mich bestimmt aufhalten oder in Schwierigkeiten bringen. Wenn es zu mühsam oder zu gefährlich mit ihm oder wegen ihm werden sollte, muss ich ihn eben wieder loswerden. Ich bin nicht verantwortlich, sage ich mir wieder und wieder, für niemand, nur für mich selbst (und für Veronika, sie ist doch meine Frau!), aber soll er mir meinetwegen folgen, ist mir egal. Wahrscheinlich würde er es ohnehin tun, wie könnte ich es ihm auch verbieten, er versteht mich ja nicht. Ich kann ihn ja nicht erschießen, er ist ein Mensch und kein Wolf. Ich drehe mich noch einmal um, er grinst mich an, irgendwie freundlich oder dankbar oder brüderlich. Ich lächle. Ich darf mich nicht an ihn binden.

*

Alles ist weiß und weich. Die Wolken am Himmel sehen aus wie Wolle. (Hieß nicht die Frau in dem Märchen, die den Schnee macht, auch Frau Wolle?) Der Schneefall wird dichter, der Wind immer stärker. Genau jetzt, wo wir die letzten schutzversprechenden Häuser hinter uns gelassen haben.

Wir mussten Pausen einlegen, weil mein Begleiter bei jedem Geräusch zusammenzuckte, vor allem bei Autos, egal wie weit sie entfernt waren. Dann versteckte er sich, ohne sich zu verstecken, hockte sich hin, wo er gerade war, und erstarrte. Ich gab es bald auf, ihn streng zum Weitergehen aufzufordern, kapierte, dass seine Angst unser Wanderführer sein würde, auf gewisse Reize reagierte er, als wäre er darauf programmiert worden. Doktor Valium sagt, genau so würden unsere Gehirne funktionieren, Widerstand sei zwecklos. Ich kenne das von Rumenas Frauen. Manchmal, bei bestimmten Geräuschen oder Abläufen in der Umgebung, kippen sie schlagartig in Panikzustände. Ich habe gelernt, sie dann nicht vollzuplappern oder selbst panisch aktiv zu werden, was meinem natürlichen Impuls entsprechen würde, sondern ruhig abzuwarten, vielleicht ihre Hände zu halten oder ihnen irgendwie verständlich zu machen, dass alles gut ist, dass das, was sie fühlen oder sehen, nicht wirklich stattfindet und ich für sie da bin. Alles andere ist nutzlos, und so muss ich mich auch jetzt fremden Gefühlen unterordnen.

Ich wusste gleich, dass das noch mehr Probleme bedeuten würde, aber was soll ich machen. Einmal befahl ich ihm schroff stehenzubleiben, weil ein paar Wölfe die Straße vor uns überquerten. Einer hatte eine große Ratte oder einen Marder zwischen den Zähnen, die anderen wandten ihre grauen, schmalen Schädel, aus deren Mäulern es schäumte und tropfte, kurz in unsere Richtung, zogen aber weiter. »Die wollen nur fressen,« sagte ich leise. Er nickte unsinnig. Plötzlich stach ein heiseres Heulen ins graue Rauschen der Luft. Sie waren wieder da. Hatten sie ihre Beute verloren? Sie wirkten nervös und planlos, hungrig. Es war ein anderes Rudel, fünf, sechs, sieben, acht. Sie keuchten angestrengt, bewegten sich schleichend im Kreis, ohne sich wirklich fortzubewegen, und beäugten uns interessiert oder skeptisch, nur die Richtung ihres Blicks war auszumachen. Ich deutete dem Jungen, still zu verharren.

»Nicht bewegen«, hörte ich Tante Maria flüstern. Jetzt war ich der, der unsinnig nickte. Langsam langte ich in meine Tasche nach der Glock. Einer der Wölfe machte ein paar Schritte auf mich zu, blickte nach hinten, wie um Verstärkung einzufordern, so kam es mir jedenfalls vor. Dicht aneinander gedrängt begannen sie ein familiäres, verspieltes Ritual, schnauften und schnappten, zeigten ihre beeindruckenden Zähne. Ihr angestrengtes Atmen war ein verzweifeltes Rattern, alles an ihnen wirkte krank. »Der Regen ist dein Freund«, hörte ich die Tante monoton ihren Text aufsagen, fast schon singen. »Ja ja, aber der Schnee denkt nicht daran, sich mit mir zu anzufreunden, geschweige denn mir zu helfen«, dachte oder sagte ich.

Die Apos bestehen darauf, dass Wölfe (im Gegensatz zu Menschen) scheu, freundlich, ja ungefährlich sind. In genau dem Moment erinnerte ich mich an eines ihrer Videos, in dem sie besserwisserisch erklärten, dass man nur ruhig bleiben müsse, selbst wenn die Wölfe auf Tuchfühlung gehen, sie würden nur sicherstellen, dass ihr Gegenüber keine Gefahr bedeute, sie würden einen nur beschnuppern oder die Hände ablecken wollen. Später solle man selbstbewusst ein Wolfsheulen imitieren, sie würden friedlich in den Gesang einstimmen (»Ein beglückender Moment der Kommunikation zwischen den Arten auf Augenhöhe«) und irgendwann wieder abhauen. Die Tiere hätten Rechte, der Mensch Pflichten und so weiter. Ich weiß nicht – mit satten Wölfen in natürlicher, freier Umgebung mag das ja funktionieren, aber diese Stadtviecher sind nicht das, was sie einmal waren; die Großstadtwölfe der Gegenwart sind weder satt noch freundlich, nicht einmal natürlich, selbst ihre Freiheit ist keine echte. Außerdem weiß ich von einer getöteten Frau, mitten in B, ich habe sie selbst gesehen, als sie von Polizisten zugedeckt wurde. Ihr Gesicht – ich glaube, es war ihr Gesicht – war regelrecht zerrissen, und ich hörte die Polizisten sagen, dass das nur ein Wolf oder ein ganzes Rudel gewesen sein konnte.

Aber ich schweife ab, und zum Abschweifen hatte ich vorhin weder Zeit noch Ruhe. Ich vertraute lieber meiner Tante in meinem Kopf und meinem Instinkt, der mich in einen Survivalmode in blutroter Gefahrenzone versetzte, keine »friedvollen Nachbarn« wahrnahm, sondern gefährliche Raubtiere in unmittelbarer Nähe. Mein Begleiter wurde immer unruhiger, spuckte in den Schnee, hustete und brabbelte Unverständliches.

»Schhhhh«, versuchte ich ihn im Zaum zu halten, aber seine Angst war zu mächtig, er hatte sich nicht im Griff, gleichzeitig wurde der Wolf vor meinen Augen immer größer, der Schneevorhang immer dicker, mein Geduldsfaden dünner. Die Glock war bereit, mein Finger zuckte, und als der Typ hinter mir aufjaulte – oder war es das Tier oder der Wind? –, hielt ich die Waffe auf das mich angreifende Monster und drückte ab. Der Rückstoß war stärker als erwartet, womöglich war meine Hand zu kalt, zu kraftlos. Der Wolf strauchelte und jaulte, verschwand für kurze Zeit im Weiß. Ich drückte noch einmal ab, die anderen zerstreuten sich im winterlichen Chaos. Mein Anhängsel jubelte, klopfte mir die Schulter und strahlte mich begeistert an. Einer spontanen Idee folgend, auch sie entsprang meinem Instinkt, packte ich den leblosen Körper, zog ihn auf die Kufen der Rodel und schnürte den Rest des Seils um seine Hinterläufe. Wieder nickten wir einander zu, dann machten wir uns auf ins Ungewisse, hinein in die graue Suppe. Und hier stehen wir jetzt, mitten im Getöse.

Nie zuvor habe ich so dichten Schneefall erlebt. Ich kann mich an schneelose, grüne Winter erinnern, an eiskalte, braungraue, an Schneematsch auf der Straße oder Eis im Wald und auf dem Bach, an das ewige Weiß der Felder, an Zucker auf den Dächern der kleinen Stadt, aber nicht an so was. Und so schön und besonders, so romantisch verklärt der heilige Schnee auch sein mag, langsam wird es bedrohlich. Gottseidank habe ich dem Kleinen noch Schuhe und Jacke gegeben, seine Landsleute, die letzte Nacht einfach abgehauen sind, werden bestimmt erfrieren, wenn sie hier irgendwo im Freien rumlaufen.

Ein paar Leichen säumten bereits unseren Weg, ich weiß nicht, ob er sie wahrgenommen hat oder wie viele, ich kann mich nicht darum kümmern. An Hausmauern gelehnt, in alten Busstationen, vor kaputten Zelten liegend blickten starre Figuren ins Nichts, da waren Magere mit langen Bärten, einige von ihnen ohne Schuhe, Fremde, Flüchtlinge, schwarze wie braune und weiße, Männer wie Frauen. Kinder auch. Er hat sie bestimmt gesehen, aber so wie die aussahen, waren sie schon lange tot, also ganz sicher nicht aus seinem Bus.

Anfangs überkam mich das Bedürfnis, sie wegzuschaffen oder zuzudecken, aber wozu? Und womit? Meine Decke zu opfern, wäre dumm und verantwortungslos gewesen. Ehrlich gesagt war ich froh, dass sie tot waren, sonst hätte ich mich um sie kümmern müssen. Irgendjemand sollte sich doch um die Menschen kümmern! Aber nicht hier, nicht in C. Wer hierherkommt, wer sich hier aufhält, muss mit allem rechnen. Dennoch, auf diesem Friedhof der Namenlosen zu enden, ohne begraben zu werden, ist schon traurig. »Herr, gib ihnen die ewige Ruhe«, flüsterte ich anfangs noch vor mich hin, irgendwann akzeptierte ich die Leichen aber, als wären sie schlafende Tiere oder Teile einer geschmacklosen Installation. Der Junge, so kam es mir vor, war gar nicht weiter schockiert, er registrierte den Tod still und unauffällig, ganz für sich, wahrscheinlich war er ihm nicht fremd, wahrscheinlich hatte er Ähnliches oder viel Schlimmeres gesehen.

Ich schaue nach oben in den Himmel, aber da ist kein Himmel. Es macht keinen Unterschied, ob ich nach oben oder nach vorne blicke.

Was war das? Ein dunkles Gebilde – jetzt ist es wieder weg, es war nur ein Geist. Das muss die Fabrik sein, was sonst? Bei jedem Schritt stockt die Rodel, ich spüre den Riemen, der um meine Hand gewickelt ist, nicht mehr, ruckartig ziehe ich daran, muss all meine Kraft dafür aufwenden, und so kommen wir langsam voran.

Schrill pfeifend zieht ein scharfer Wind auf, der sich zu einem richtigen Sturm auswachsen wird, das kann ich hören – der Wind selbst sagt es mir –, also sollten wir keine Zeit an persönliche Befindlichkeiten oder Wölfe mehr verschwenden. Es gibt immer etwas Gutes, pfeift er mir sein verlogenes Mantra ins Ohr (oder ist das Tante Maria?), ich spreche es als Bestätigung aus, wie um mir selbst Mut zu machen: »Es gibt immer etwas Gutes.«

Mein Gefährte versteht kein Wort und lacht dennoch übertrieben, stimmt mir offenbar zu, er ist immer noch in Jubelstimmung. (Ist er verrückt?) Was aber ist das Gute? Ist es sein Lachen? Ich weiß es nicht. Wir sind mitten im Niemandsland, auf offener Ebene zwischen den Häusern und dem Fabriksgelände, dessen vergewissere ich mich wieder und wieder, also spreche ich auch das aus: »Dort hinten sind die Häuser, da vorne die Fabrikshallen.« Aber wo ist vorne, verdammt? Die Orientierung wird zum Ratespiel. Immerhin dringen keine anderen Geräusche, die den Jungen verunsichern und uns aufhalten könnten, mehr durch. Wir sind gefangen in der Gegenwart, das ist gut. Ja, das ist das Gute …

Die Felder liegen unscharf vor, neben und hinter uns wie etwas, das gar nicht existiert, wie eine andere, von Geistern bevölkerte Dimension, eine Nebelwand, eine arktische Wüste, ein weißes Blatt Papier. Der Schnee peitscht waagerecht von rechts nach links und von links nach rechts auf meine Wangen, hart und schmerzhaft. Unsere Fußstapfen schreiben eine Geschichte in den Boden, eine Kurzgeschichte, die, kaum erzählt, schon wieder verwischt ist, die Rodel unterstreicht ihre Sätze mit Wolfsblut. Der Junge ist dicht hinter mir. Die Sicht wird immer diffuser, ich kann unser Ziel kaum noch erkennen, bin mir nicht sicher, ob ich mir die aufblitzenden Umrisse des erhofften Gebäudekomplexes nur einbilde. Bis dahin müssen wir es auf jeden Fall schaffen, dort können wir den Sturm abwarten, um danach zum Fluss vorzustoßen. Wir setzen über, dann geht's zurück nach B, dort drücke ich ihm nochmal die Hand, wünsche ihm alles Gute und ciao, ab zu Rumena und den Frauen. Wenn alles gut geht, bin ich ihn also in zwei, drei Stunden wieder los. Dann muss er selbst schauen, wie er zurechtkommt. So der Plan.

Den Plan kann ich vergessen. Der Sturm ist schneller gekommen als erwartet, mein Gefährte krallt sich an mir oder der Rodel fest, ein Vorankommen ist so gut wie unmöglich, ich kann die Richtung nur noch vage schätzen.

Ich binde mir den Schal quer übers Gesicht, sodass nur ein Schlitz für die Augen frei bleibt, und zeige es dem Jungen, er tut es mir gleich.

Das wärmt zwar nicht, minimiert aber den Schmerz. Immer wieder stürzt einer von uns zu Boden, der Sturm bläst uns buchstäblich um, spielt mit uns, lacht unsere fragilen Menschenkörper aus, dennoch trotzen wir ihm und plagen uns weit nach vorn gebeugt Schritt für Schritt weiter.

»Geht's noch? Okay??«, brülle ich ihn an, aber er hört mich nicht, ich kann meine Stimme selbst nicht hören, nur fühlen.

Da, endlich, stoße ich gegen etwas. Ist das die Fabrik? Eine Mauer? Nein, es ist nur ein Drahtgeflecht, ein Zaun, zu massiv, um ihn einzureißen, zu hoch, um drüberzuklettern, noch dazu bei dem Wetter und mit der Rodel, also bleibt mir nichts anderes übrig, als den Eingang zu suchen. Immerhin, wir haben es fast geschafft. Der Zaun ist ein erster Erfolg, also nicke ich meinem Begleiter zu, ohne seine Bestätigung abzuwarten. Soll ich nach links oder rechts gehen? Mein Gott, ich weiß es nicht. Der Sturm erlaubt mir kein Zögern, also gehe ich einfach nach rechts los.

Bei jedem Schritt strecke ich meine linke Hand nach dem Zaun aus, Der Junge überholt mich plötzlich, will offenbar vorausgehen, ich brülle ihm nach, aber er hört mich nicht oder ignoriert mich, und schon nach ein paar Metern verliere ich ihn aus den Augen.

Die Rodel wird mir zu schwer, also binde ich den Wolf los und lasse ihn im Schnee zurück. Warum habe ich ihn überhaupt mitgenommen? Dachte ich, ich könnte ihn essen? Das wäre wohl keine gute Idee, er könnte krank oder verseucht sein, außerdem ist er viel zu mager, und wie sollte ich ihm unter diesen Umständen das Fell abziehen? Im Wald musste ich den Tanten beim Zerlegen und Fellabschwarten der Wildschweine helfen, das ist eine anstrengende Arbeit, bei der man nur langsam und schrittweise vorankommt, mit einem sehr scharfen Messer (meines wäre ohnehin ungeeignet) Zentimeter für Zentimeter der unteren Fellschicht vom Gewebe löst, regelrecht absticht … da sehe ich den Jungen wieder vor mir, er kommt mir entgegen und winkt mich zu sich.

Nach vielleicht fünfundzwanzig endlosen Metern erreichen wir einen Eingang. Zum hundertsten Mal nicke ich ihm zu, gemeinsam schaufeln wir mit den Händen das Tor frei und öffnen es gewaltsam. Nun stehen wir einer neuerlichen weißen Wand gegenüber. Keine Spur eines Gebäudes, aber es muss da sein, irgendwo, es kann sich nur noch um ein paar Meter handeln. Ich spüre meine Kräfte schwinden, muss mich zusammenreißen. Kurz frage ich mich, was im Kopf des Jungen vorgehen mag, ob er zum ersten Mal Schnee sieht, ob er froh ist, mit mir unterwegs zu sein oder alles verflucht, sein Leben, seine Entscheidung, hierherzukommen, die Kälte, mich. Keine Zeit für Antworten, wir müssen weiter, da knickt er wie eine fallengelassene Marionette ein und hockt sich in den Schnee.

»Nein, nein, nicht aufgeben, nicht jetzt!«, fahre ich ihn an. »Stand up!«

Er keucht schwer.

»Come on!«, brülle ich ihn an.

Es schüttelt ihn durch, ich weiß nicht, ob er weint oder lacht, dann blickt er zu mir hoch und stöhnt laut: »Come on …«

Soll das eine Frage sein? Nein, ich glaube, er feuert sich selbst an: »Come on!« Und noch einmal, und noch einmal.

Er rappelt sich auf und hält sich an der Rodel fest. Ich zerre daran wie an einem störrischen Pferd. Nicht die Fabrik ist das Ziel, immer nur der nächste Schritt. Und dann der nächste. Und noch einer. So gesehen ist unsere Reise ein permanentes Ankommen, eine nicht enden wollende Erfolgsgeschichte.

Vor uns ragt eine riesige Schneewehe in die Höhe, möglich, dass der Sturm sie gegen die Hausmauer geblasen hat, davon gehe ich einmal aus, auch wenn ich keine Hausmauer erkennen kann. Ich zeige auf die Rodel und schreie dem Jungen ein »Warte! Bleib hier!« entgegen, dann lasse ich den Riemen los und mache mich auf, den Berg zu besteigen.

Der Schnee scheint schwer und fest zu sein, Gott sei Dank. Unglaublich, wie schnell er alles verändern, die Welt einfach schlucken kann. Ein paar Mal sinke ich bis zum Oberschenkel ein, aber ich komme voran, immer höher, zumindest bilde ich mir das ein, die Rodel kann ich schon nicht mehr sehen, in Wahrheit kann ich nicht sagen, wo ich mich hinbewege, aber es geht vorwärts, aufwärts – und jetzt weiß ich, was das ist: Das ist kein Haus, das ist ein Truck, ein riesiger LKW mit so einer Art Kastenanhänger. Ich stehe auf seiner Hinterseite, ich muss rauf aufs Dach zum Fahrerhaus!

Oben angekommen stemme ich mich gegen den Wind, der sich mir entgegenstellt wie eine Horde sturer Schafböcke. Wenn ich jetzt falle, falle ich tief, dann war alles umsonst. Ich werde auf der Schneewehe bleiben, so kann ich mich an der Seite des Trucks gut nach vorne hanteln.

Der verschwommene Anblick des Fahrerhauses beflügelt mich und setzt ungeahnte Kräfte in mir frei. Ich kratze Schnee vom Fenster und von der Tür, versuche nicht auf den Schnee zu steigen, den ich entfernen will, um ihn nicht unnötig zu verdichten, also arbeite ich mich nach unten. Als die Tür frei ist, springe ich auf den Schnee davor und stampfe ihn fest. Ich zerre an dem Türgriff, verschwende keinen Gedanken an ein mögliches Scheitern, reiße daran, wieder und wieder, ein verzweifelter Rhythmus entsteht, den ich mit lautem Ein- und Ausatmen verstärke, als wollte ich jemanden wiederbeleben, als wollte ich jemandem das Leben retten, was genau genommen ja auch der Fall ist. Es muss einfach funktionieren. Ich zähle mit, fange aber immer wieder von vorne an – und irgendwann knackst es oben am Fenster, das Eis bricht, es ist noch nicht allzu festgefroren, ich bin noch früh genug dran, mit jedem Ruck wandert das Knacksen nach unten und auf einmal steht die Tür offen und präsentiert mir einen mehr oder weniger sicheren, trockenen Innenraum. Ich darf der Versuchung, mich da jetzt reinzusetzen, nicht nachgeben, schließe die Tür und gehe den ganzen Weg zurück, am Anhänger entlang, die Schneewehe runter, da ist sie, die Rodel, schon wieder mit einer neuen Schicht Schnee bedeckt. Aber wo ist der Typ, verdammt?

»Hey!«, brülle ich ins Nichts, der Sturm pfeift mich aus. Da ist er ja, er liegt zwei Meter neben der Rodel. Schläft er? Hat er das Bewusstsein verloren? Ist er tot? Ich stürze mich auf ihn und rüttle an ihm. Er reißt die Augen auf, die Spucke um seine Lippen ist gefroren, die Augenbrauen sind vereist, die Nase geschwollen und verfärbt, sein ganzer Leib zittert.

»Come on!«, schreie ich ihn an.

»Come on«, sagt er tonlos.

Ich helfe ihm auf, binde den schwarzen Müllsack von der Rodel los, dann deute ich nach oben zu unserem Ziel. »Come on!« Ich fasse grob nach meiner Jacke. Er kapiert und hält sich an mir fest.

Es geht schneller, als ich dachte. Wahrscheinlich, weil ich den Weg kenne und geebnet habe. Dreimal verliert er den Halt und ich muss ihn zum Weitermachen motivieren, aber irgendwann stehen wir endlich vor der mit Neuschnee zugewehten Fahrertür. Mein Wille, das jetzt zu Ende zu bringen und sie einfach zu öffnen, ist so stark, dass sie mir zu gehorchen scheint. Schon beim zweiten Ruck geht sie auf. Ich helfe dem Jungen hinein, er quält sich rüber zum Fahrersitz, ich schmeiße ihm den Sack nach, dann klettere ich auf den Beifahrersitz, ein Doppelsitz, und schlage die Tür fest zu.

Wir haben's geschafft, wir sind drin.

Das Aussetzen des Sturms bedeutet eine neue Realität. Sein Pfeifen, das eben noch so körperlich, nah und bedrohlich war, ist, auch wenn es sich nur um wenige Zentimeter handelt, in sichere Entfernung verbannt. Wie lange waren wir unterwegs? Es müssen Stunden vergangen sein, ich habe mein Zeitgefühl verloren.

Mein Handy ist längst leer …

Ich atme wie ein Rennpferd und sitze ein paar Minuten lang da, ohne mich zu bewegen, starre aufs Fenster, das nicht mehr als eine schmutzige, weiße Fläche ist. Die anfängliche Annahme, dass es hier warm sein könnte, erweist sich schnell als falsch. Ich bin so kaputt.

Mir ist klar, dass ich mich noch nicht fallen lassen darf, noch einmal handeln muss, uns so einrichten muss, dass wir mit der Hoffnung, das zu überstehen, einschlafen können, also ziehe ich den Jungen zu mir auf den Doppelsitz, nehme die große, weiche Decke aus dem Sack und werfe sie über uns. Er hakt sich bei meinem Oberarm unter, lehnt seinen Kopf an meine Schulter und schließt die Augen. Das dumpfe Geräusch – etwas scheint aufs Dach gefallen zu sein – kriegt er gar nicht mit, der Sturm rüttelt unser Häuschen grob hin und her.

Dann setzen die Schmerzen ein. Irgendetwas scheint mit voller Kraft gegen meine Knie zu drücken, gegen all meine Knochen. Ich bin so froh, dass ich endlich sitze, wenngleich der Druck nicht nachlässt, sogar stärker zu werden scheint.

Heile mich, Herr, denn meine Glieder zerfallen!

Mein Gesicht brennt, wahrscheinlich sieht es genauso aus wie das meines Gefährten, meine Gelenke schreien nach Wärme, nach Heilung oder Erlösung, nach dem Frühling. Zum Glück ist die Decke groß, ich kann sie über unsere Köpfe ziehen und sie immer noch mit den Füßen festklammern. Aus dem schwarzen Sack blickt der Mann auf dem Plattencover ernst nach links: *A Love Supreme.* Ich löse den Griff des Jungen und lege meinen Arm um seine Schulter. Es hilft nichts, wir müssen einander wärmen. Er kuschelt sich an meine Brust. Und so sitzen wir da wie zwei alte Freunde, wie zwei Liebende, unfreiwillig Aufeinandergeworfene. Unser beider Atem erfüllt unser Refugium stinkend und rauchig wie ein giftiges und doch lebensnotwendiges Gas, warm und feucht. Und wenn ich auch keine Angst habe, so überkommt mich doch so etwas wie Verzweiflung, also bete ich: »Mutter der göttlichen Gnade …«, und schlafe ein.

*

Ich erwache in absoluter Stille. Kein Pfeifen, kein Wackeln. Der Junge ist zur Seite gerutscht und schläft immer noch. Wir haben tatsächlich die Nacht durchgeschlafen. Ich weiß nicht, was wir ohne die Decke gemacht hätten, ich schätze, sie gab uns gerade einmal das Notwendige und Lebenserhaltende an Wärme, denn es ist immer noch bitterkalt, mein Körper taub. Die Fenster sind zugefroren, undurchsichtig, aber relativ hell, und durch die eine oder andere dünne Ritze dringt ein Glitzern wie ein vorsichtiges Versprechen. Ich lege die Decke über den Jungen und strecke meine verspannten Glieder von mir – es ist kein richtiges Ausstrecken, eher ein behutsames Bewusstmachen meiner Extremitäten –, dann versuche ich die Tür zu öffnen. Wuchtig werfe ich mich dagegen (und ignoriere meinen Körper gleich wieder), ehe das hoffnungsvolle Knacksen einsetzt, die Tür aufspringt und ein grelles Licht mich durch den Türspalt willkommen heißt, so stechend, dass ich meine Augen gleich wieder schließen muss. Ich drücke die Tür weiter auf – der Gegendruck auf meinen Oberarm ist immens, bestimmt sind noch einmal siebzig, achtzig Zentimeter Neuschnee dazugekommen –, blinzle und steige schließlich sachte nach unten, hinein in den Winter.

Was sich dann vor mir auftut, lässt sich nur schwer in Worte fassen, denn ich bin am Ende der Welt aufgewacht, am Nordpol, in Sibirien oder Alaska? Der Himmel ist tiefblau, es ist still, windstill, die Sonne strahlt auf alles, und dieses Alles ist der Rest, die schlafende Erde, die Großstadt Zone C, für gewöhnlich ein dreckiger Höllenvorort, heute jedoch ein unwirkliches, monotones Paradies. Vor mir die Felder sind jetzt ein Meer, ein paar Schneewechten greifen wie Wellen, wie riesige Hände in die Luft, die Siedlung, aus der wir gekommen sind, hängt in ungefähr einem Kilometer Entfernung (es könnten auch zwei oder drei sein, kein Anhaltspunkt gibt mir Sicherheit, alles ist eins) leblos und klar wie ein gemaltes Bild am Horizont. Die Hochhäuser, Kirchtürme und alten Bäume sind weichgezeichnet, kitschige Skulpturen, Schachfiguren aus Schnee.

Ich will aufs Dach des Fahrerhauses oder auf den Anhänger klettern, um mich orientieren zu können, um endlich die Fabrik hinter mir auszumachen, aber der Schnee bricht und meine Knochen schmerzen, also mache ich ein paar wackelige Schritte hinaus aufs Feld. Ein paar Mal sinke ich ein, blitzschnell verschwindet mein Bein dann in den weißen, weichen, bodenlosen Fallen. Meine Konzentration gilt jedem einzelnen Schritt. Ich darf mich auf keinen Fall verletzen, also bloß keine unbedachten Bewegungen! Wenn ich hier steckenbleiben sollte, war's das.

Ich drehe mich um und sehe unseren Truck mitten in der Landschaft stehen, wie ein Mammut oder ein einsamer Wal; ein Eiswal, seinen Kopf, in dem wir übernachtet haben, nach oben gerichtet, als wäre er mitten im Sprung eingefroren. Der Sturm hat die riesigen Eiszapfen, die an seiner Seite, wahrscheinlich an den Rückspiegeln hängen – nichts ist genau zu erkennen, alles ist Teil eines großen weißen Ganzen –, nach hinten gebogen; wie gigantische Eckzähne eines fantastischen Tieres prangen sie auf seinem Maul. Der Rest seines Körpers ist eins geworden mit der Landschaft, mit der farblosen Erde zu einer mächtigen Geschwulst verwachsen; ein kleiner Berg, na ja, ein Hügel, verloren im Endlosen. Dahinter, aber erst nach ein paar weiteren hundert Metern, ragt ein Turm in den Himmel, muss so etwas wie ein Silo sein. Das tatsächliche Fabriksgelände ist noch viel weiter entfernt, stelle ich erschrocken fest; ein weiteres unwirkliches Bild, das sich vom Rest der Szenerie kaum absetzt. Tja, die Richtung hat immerhin gestimmt. Der einsame Wal hat uns gerettet.

Das Schneeglitzern ist fast nicht zu ertragen, so strahlend schön ist es. Nie war die Sonne klarer und stärker, nie so gar nicht wärmend. Ist am Ende nur ihre Schönheit geblieben?

Und diese Ruhe ist gespenstisch, lässt mich Begriffe wie Ewigkeit oder Ende denken. Der Tod ist also nicht schwarz, nicht finster, er muss weiß sein – ist es nicht ein weißes Licht, das Sterbende empfängt?

Alles liegt wie ausgestorben vor mir. Nicht einmal Vögel sind da, keine Krähen, keine Amseln, keine Straßenköter. Was ist mit den Wölfen? Was mit all den Obdachlosen in B? Wie es Rumena und den Frauen wohl geht? Und Veronika! Wo war sie, als der Schnee kam? Ist sie noch am Leben?

Um meine Tanten im Wald mache ich mir gar keine Sorgen. In meinem Kopf existiert nichts, was sie überfordern könnte; nicht weil sie so was wie Superheldinnen wären, nein, aber ich weiß einfach, dass sie alles ertragen, mit allem umgehen können. Nichts kann sie wirklich beeindrucken. Es heißt, die Zivilisation sei ein Bollwerk gegen die ewige Macht der Natur, aber das sind die Holzapfelschwestern auch.

Mein Körper schreit nach Entleerung, also ziehe ich, allein auf weitem Feld, meine Hose runter und pisse dunkelgelbe Zeichen in den Schnee. Dann hocke ich mich hin und stecke meinen Hintern in die Kälte.

Die Eiszapfen sind mannshoch, größer als ich. Ich fasse einen an, presse kurz meine Lippen dagegen, dann die Zunge. Ich forme meine Hände zu einem Loch und hauche warme Luft auf das Eis, um es feuchter zu machen. Vorsichtig lutsche ich daran. In meiner Thermoskanne sollte noch etwas Tee sein. Und wir haben die Dosen. Wir müssen trinken und essen. Schläft der Junge immer noch?

Ich rufe ein lautes »Hey!« in seine Richtung. Nichts. Ich muss nach ihm sehen, öffne die Tür und kraxle nach oben. Er sitzt aufrecht auf dem Fahrersitz, lächelt mich an, er schwitzt und zittert … hat bestimmt Fieber. Ich durchsuche meinen Rucksack nach Medikamenten und finde ein paar Parkemed-Tabletten, aber ich darf sie nicht verschwenden, muss sie vernünftig einsetzen. Kurz verliere ich mich selbst in einem Blick durch die halboffene Tür; der Tag ist ein Geschenk, perfekt zum Weiterziehen, zum Heimgehen. Aber der Junge, ich kann ihn auf keinen Fall hier zurücklassen, er muss erst zu Kräften kommen.

Ich schüttle meine Thermoskanne, sie ist halbvoll, schätze ich. Ich nehme einen Schluck lauwarmen Tee, sein kräftiger Geschmack verkauft ihn mir als Delikatesse, als hochqualitatives Lebenselixier, fülle den becherförmigen Deckel und lasse vorsichtig etwas davon in die Kehle des Jungen laufen; erleichtert atmet er durch. Dann öffne ich eine Dose Linsen, rühre die hart gewordene, breiige Masse mit meinem Messer durch und reiche sie ihm. Er trinkt gierig daraus, erwischt viel zu viel und spuckt braune Batzen gegen das Fenster der Fahrertür.

»Schön langsam«, sage ich. Er nickt und wischt die Dose mit seinen Fingern leer, ehe er sich zur Seite dreht und augenblicklich schwer atmend wieder einschläft. Okay, sage ich mir, der wird sich erst mal keinen Millimeter von hier wegbewegen, ich muss ihn wohl ausruhen lassen, ob mir das passt oder nicht.

Auch ich genehmige mir eine Dose, obwohl ich gar nicht hungrig bin. Dann breche ich das Ende eines Eiszapfens ab, fixiere die Thermoskanne im Ablagefach der Beifahrertür, stecke den Zapfen in die Öffnung, steige nach draußen und schließe sachte die Tür. Ich halte es hier nicht aus, ich kann ihm nicht beim Schlafen zusehen, ich muss irgendetwas tun.

Wenn es nach meiner Tante Regina geht, wird die heilige Klara sich seiner annehmen, also bitte ich sie darum: »Bete für mich, Regina. Bete für ihn, meinen Gefährten. Bitte die Klara, ihm das Fieber aus dem Körper zu saugen und ihn zu kräftigen, auf dass wir weiterziehen und endlich heimgehen können. Amen.« Ich liebe es, so geschwollen mit Tante Regina zu reden, diese Sprache versteht sie umgehend, ihre Augen werden wach, ihr Geist scharf. Man muss sie nur anstupsen, wenn es ums Beten geht. Mehr noch – oder weniger: Ein Blick genügt und sie legt los, springt auf aufs heilige Ringelspiel, so hochkonzentriert und intensiv, dass kein Heiliger es wagen würde, sie zu ignorieren …

Im Zeittotschlagen bin ich gut, ja, aber hier ist nichts, nur Schnee, Schnee und nochmals Schnee. Wieder mache ich ein paar Schritte, diesmal Richtung Silo. Wo ist eigentlich der Zaun? Da vorne ragt er für ein paar Meter schüchtern aus dem Meer heraus. Kurz denke ich, dass der Schnee ein schlafendes Lebewesen sein könnte, das jederzeit aufwachen und sich aufbäumen könnte, was mich meine Schritte noch vorsichtiger setzen lässt. Lächerlich. Der Zaun muss sich jedenfalls bis zur Fabrik erstrecken, sonst wäre er doch sinnlos …

Worauf gehe ich hier? Ist es eine Wiese, ein Parkplatz, eine Verladezone? Außerhalb des Zauns, bis rüber zur Siedlung, zur Habsburgsiedlung, so nenne ich sie, erstreckt sich die nun endlos wirkende Ebene. Wie sahen sie eigentlich aus, die Felder? Waren es Erdäcker? Oder Wiesen? War da ein Teich oder ein Weg mittendurch? Ich war sehr unaufmerksam gestern, kann mich an nichts erinnern, ich wollte nur zu den Häusern. Meine Mission war der Brennstoff, sonst nichts.

Als ich vorhin rausgegangen bin, bin ich wohl einfach über den Zaun hinweggestapft, was bedeutet, dass an einem einzigen Tag weit über zwei Meter Schnee gefallen sind. Das ist schon verrückt.

Ich frage mich, was die Apos aus dem Ereignis machen werden. Na was wohl, das Ende der Zeiten natürlich. Sie bejubeln ja geradezu jedes extreme Ereignis. Und wenn sie recht haben? Dieses eine Mal? Rumena sagt, wenn einer immer das Schreckliche voraussagt, wird er auch immer wieder mal recht haben, denn das Schreckliche passiert natürlich, viel zu oft passiert es, aber es wird auch verlässlich wieder vom Schönen und Guten abgelöst oder einfach zu einer neuen Normalität, dann legt es mit der Zeit den Mantel der Schrecklichkeit ab, sodass irgendwann wieder Platz für neue Schrecklichkeiten ist. Sonne und Regen, sagt Mama Rumena, Sonne und Regen und wieder Sonne, und manchmal gibt es sogar beides zusammen, dann tut sich ein Regenbogen auf. Wenn also einer das Schöne und Gute ignoriert, immer nur das Schreckliche im Auge hat und allen androht, ist er ein Egoist, ein eitler Sack. Solchen Menschen gehe es nicht um die Gemeinschaft

– und überhaupt: Alles Arschlöcher … haha! Rumena fehlt mir, ihre sture, emotionale Vernunft. Sie ist, wie alles, unerreichbar …

Der Schnee wirkt sich nicht nur auf meine örtliche Wahrnehmung aus, er überdeckt auch die Zeit, bringt alles zum Stillstand. Gestern noch war der Weg vom Fluss zur Fabrik über die Felder zur Siedlung eine Sache von ein, zwei Stunden, die Fabrik und der Turm waren eins, der LKW ist mir gar nicht aufgefallen, heute ist alles entweder verschwunden oder steht für sich alleine da, getrennt und gespalten, unmöglich zu erreichen.

Ein Schritt nach dem andern, jeder gleich und doch ein bisschen anders. Das ist kein Gehen, eher ein abwechselndes Stehen auf einem Bein mit leichtem Vorwärtsdrang.

Wenn das hier eine neue Normalität, wenn die neue Welt eine weiße aus Eis und Schnee bleiben sollte, was hieße das für mich? Für uns? Eine neue Eiszeit! Wir würden weiterleben, uns den neuen Gegebenheiten, der neuen Erde anpassen, uns wärmer anziehen, langsamer werden, noch stationärer leben, viel mehr heizen. Angeblich, das habe ich gelesen, wird auf den Universitäten in A intensiv nach neuen Brenn- und Treibstoffen geforscht. Manche meinen, der neue Brennstoff sei dort längst in Verwendung, aber das sind wahrscheinlich wieder nur Gerüchte der Revolutionsfreaks mit Schaum vor dem Mund und Blut zwischen den Zähnen – und sollte es stimmen, umso besser, dann her damit!

In tausend Jahren würden sie Ausgrabungen machen und unsere, die eigentliche, tiefgefrorene Welt entdecken; im Wrack eines Trucks finden sie dann zwei junge Männer, steif wie die Einwohner von Pompeji nach dem Vulkanausbruch, neben ihnen ein paar Dosen mit Linsen sowie eine Platte mit einem ernst dreinschauenden Mann vorne drauf: *A Love Supreme* …

Unsinniges Denken.

Der Turm wird langsam größer. Ich glaube übrigens nicht, dass das ein Silo ist. Ein Silo ist ein Getreidespeicher, die kenne ich aus der

Provinz. Hier in der Stadt wird doch kein Getreide angebaut. Oder? Mein Gott, ich weiß so wenig. Die neue Welt verunsichert mich. Was waren das für Felder, verdammt?

Der Turm könnte eines dieser Sonnenkraftwerke sein, aber wo sind dann all die Spiegel oder Solarplatten? Ist es möglich, dass sie auf dem Boden rund um ihn angebracht sind, die ganze Fläche bis hin zur Fabrik ausmachen, die, so zugedeckt wie sie ist, nun keinen Sinn mehr macht? Das wäre freilich nicht sehr intelligent gebaut, denn die Möglichkeit von Schnee liegt auf der Hand und hätte doch die Architektur beeinflussen müssen. Andererseits: ein Sonnenkraftwerk in C? Nie und nimmer. Wobei: Die Wohnung in der Habsburgischen Allee, die schönen alten Häuser, das war irgendwann einmal eine sehr feine Gegend. Das Kraftwerk könnte ja aus dieser Zeit sein, das ganze Viertel versorgt haben … Ist doch egal, wahrscheinlich ist es gar kein Kraftwerk, nur ein blöder Turm. Ein Aussichtsturm mit Restaurant und Fitnessstudio?

Heute wäre übrigens ein perfekter Tag, um Sonnenenergie zu generieren. Kein Wölkchen am Himmel, nichts, was ihre Kraft beeinträchtigt. Im Sommer sind dies die Tage, die alle verfluchen …

Jetzt hab ich es gleich geschafft. Der Turm hat keine bestimmten Merkmale, ein fensterloses, riesiges Mahnmal aus Beton zeigt bedeutungsschwanger in den Himmel. Was ist da oben? Genau da oben, hinter dem Blau? Ist der Turm ein Zeichen? Sollte ich es lesen können? Oder verliere ich gerade meinen Verstand?

Rumena sieht in allem Zeichen: Wolken, Regen oder Schnee, Schatten, Begegnungen, Wetterumschwünge, Tiere, Träume. Sie ändert permanent ihre Pläne für den begonnenen Tag, weil sie dieses oder jenes geträumt hat. Einmal träumte sie von einer Schlange, also versetzte sie Doktor Valium, der sie zum Essen eingeladen hatte. Natürlich konnte sie ihm das nicht ehrlich sagen, also täuschte sie eine Krankheit vor, um die er sich aber erst recht kümmern wollte. Er besuchte sie und konnte keine Krankheit feststellen, sie stotterte einen

Stumpfsinn nach dem andern, ehe sie mit der Wahrheit rausrückte und ihm von dem Schlangentraum erzählte. Er lachte noch beim Verlassen des Hauses, wahrscheinlich noch in seiner Wohnung. Natürlich schämte sie sich für ihr kindisches Verhalten, dennoch kann sie sich von ihren Marotten nicht trennen. Als sie einmal ein paar Wölfe hinter einem Bus erspähte, verweigerte sie das Busfahren für mehrere Wochen. Alle Versuche meinerseits, die in ihrem Kopf so logischen Zusammenhänge mit simpelster Vernunft wegzuradieren, sind zum Scheitern verurteilt, gleichzeitig besteht sie aber auf Vernunft und Pragmatismus. Sie ist nicht zu fassen. Diese Frau ist die ganze Menschheit in einem Menschen. Und natürlich passiert mitunter genau das, was sie befürchtet oder voraussagt. Sie selbst ist der Beweis ihrer eigenen Theorien. Sie hängt am Unerklärlichen, und, wenn ich darüber nachdenke, kann ich das auch verstehen. Das Religiöse, das wiederum Rumena fremd ist, ist letztendlich auch ein Beharren auf dem Mysterium, die Bibel ist voller Zeichen und Wunder und unlogischer Behauptungen – und für mich, dem das alles in sein Wesen, in seinen Charakter eingeritzt wurde wie ein Tattoo, ist es ein unauslöschlicher, wenn auch unsichtbarer Teil der wirklichen Welt. Das Gute am Religiösen, so wie ich es handhabe, ist seine Begrenzung. Es erreicht mich nicht permanent. Es ist immer verschlossen, im Hintergrund, und ich muss mich darum bemühen. Ich gebe mich ihm hin, wenn ich eine Kirche betrete oder ein Buch aufschlage. Rumenas Zeichen sind unvorhersehbar, sie lauern immer und überall. Was würde ihr dieser Turm sagen?

Vorsichtig stapfe ich weiter. Da geht es plötzlich ein paar Meter runter zu einer kleinen, aperen Fläche. Ist dort ein Eingang? Was, wenn ich einfach runterrutsche? Als Bub hätte ich das geliebt, hätte mich ohne Zögern, wahrscheinlich kopfüber gedankenlos in den Schnee geschmissen.

»Pass auf!«, ruft Tante Maria. »Nicht so schnell! Du brichst dir noch den Hals!«

Worauf ich mich noch wilder auf meine Rodel stürze.

»Adam!!«

Ich bin so glücklich, so ausgelassen, dass alles, was um mich herum passiert, alles was sie sagt, nur eine Bestätigung meines Glücks ist. Und solange der Glückszustand bestätigt wird, will ich mehr davon. Mehr von dem Gefühl, mehr von diesem fantastischen Leben.

»Heiliger Christophorus, nimm den verrückten Rotzbub auf deine Schultern! Adam!!!«

Ein kurzes, hartes Lachen bricht aus mir und erfüllt die Welt. Erschrocken blicke ich um mich – da ist niemand.

Scheiß drauf, ich mach es einfach. Los geht's!

3

Großstadt Zone B / Winter

ALS ES ANFING ZU schneien, war Rumena mitten auf der Churchillstraße unterwegs. Wohin, konnte sie nicht sagen, zuhause rumsitzen war jedenfalls keine Option. Nervös stakste sie über den *Boulevard der Hoffnungslosen*, wie diese stinkende Brunzmeile (Rumenas bevorzugte Bezeichnung) vor Kurzem von der Tageszeitung genannt worden war. Rumena trug Sneakers, dunkle Jeans und eine viel zu dünne braune Cordjacke, deren Reißverschluss sie zuzog, als eine kalte Brise ihr die ersten Schneeflocken ins Gesicht wehte.

»Hey, Süße, besuchst du mich in meinem Zelt?«, rief ihr einer der Obdachlosen zu, was ein hüstelndes Gelächter seiner Kumpels nach sich zog.

»Träum weiter«, bellte Rumena.

Sie war eine stattliche Erscheinung, groß und üppig, hatte ordentlich zugelegt, seit sie vor sieben Jahren mit Adam in die Großstadt gezogen war. Sie wusste um ihre Wirkung auf Männer. Ihre letzten Jahre als Aktive in der *Sunshine Bar* hatte sie sich mehr ums Geschäft gekümmert, aber auch noch ein paar wenige, ausgesuchte Stammkunden bedient, die sich standhaft weigerten, an jüngere Kolleginnen weitergereicht zu werden. Einer nannte Rumena beharrlich *Mama*, ein anderer wollte immer nur kuscheln. Ja, das waren tollpatschige, wenn auch ernst gemeinte Komplimente harmloser Männer, großer Jungs, die, so sagten sie, von den Dürren, Drahtigen und Fleischlosen eher eingeschüchtert waren. Einer hatte die mageren Knochenmädchen einmal *Tücher* und Rumena eine *Tuchent* genannt. Sie wusste, dass das eigentlich Liebesbezeugungen waren.

Diese einfachen, zumeist ungebildeten Männer waren, davon war sie überzeugt, mehr oder weniger anständige Kerle gewesen. In einer unregulierten, unzivilisierten Zeit, in der Männer einfach zupackten, wenn ihnen danach war, waren ihre Freier die Ausnahme. Sie waren pünktlich, höflich und bezahlten verlässlich, zuweilen brachten sie ihr Blumen, Kuchen oder Schokolade mit. Einige vergötterten sie geradezu. Ihren privilegierten Rang in der Hierarchie der Sunshine Bar hatte Rumena sich hart erarbeitet, die grausigen Typen, für die Frauen nicht mehr als Tiere waren und die die Bar nur zum Missbrauch besuchten, hatte sie irgendwann selbstbewusst von sich gewiesen. Die ausweglose und menschenunwürdige Situation der jungen Dinger, zumeist schwer traumatisierte Mädchen aus dem Osten, die in dieser Zeit anfingen, war für sie kaum noch zu ertragen, und so war ihr Adams Rückkehr aus dem Wald eine Erlösung, der perfekte Moment, einen Schlussstrich zu ziehen und Richtung Großstadt abzuhauen. Sie ließ, und das war ihr dann doch eine bittersüße Bestätigung, mehrere angeknackste Herzen zurück.

Jedenfalls hat sie nie aufgehört, zu enge Sachen zu tragen, die ihre Rundungen provokant zur Schau stellen. Stolz war sie, und ihr ausladender Look gehörte zu ihrem weiblichen Selbstverständnis. Die Blicke, Rufe und Reaktionen der Männer waren einkalkuliert, es war Rumenas Art, mit ihrer Umgebung in Verbindung zu treten, zu kommunizieren, wenngleich all die Nichtswürdigen, Heimatlosen und Obdachlosen, die Zukunftslosen und Besitzlosen, Gestrandeten und Verlorenen, all die kümmerlichen Punks und Junkies ihr freilich gestohlen bleiben konnten. Die Großstadt, da musste sie ihrem ehemaligen Chef, dem Felsenreiter, recht geben, war eine Kloake. Der Rotz der Gesellschaft klebte auf ihren Straßen wie Kaugummi oder Spucke. Diese Typen, Männer wie Frauen, begnügten sich aus irgendeinem Grund mit dem nackten Überleben, kannten weder Disziplin, Wünsche, Träume noch Motivation oder so etwas Abgehobenes wie Sinn, hielten sich an keine Regeln, machten keinen Unterschied zwischen Gehsteig und Fahrbahn, missbrauchten die Freiheit aufs Schamloseste – und die Stadtregierung beugte sich feige ihrem Tun, versuchte es gar nicht erst mit neuen Regeln, verlegte lieber die Buslinie auf andere Straßen und ließ sie gewähren, als warteten sie darauf, dass alles sich irgendwie, irgendwann von selbst regulieren würde.

Rumena pumpte heißen, hasserfüllten Atem in die Luft. Sie kümmerte sich nicht um Politik, wusste nicht einmal, wie die Bürgermeisterin hieß, die Machthaber konnten ihr alle gestohlen bleiben. Ihre persönliche Verantwortung war klar definiert und abgegrenzt. Dem Adam hatte sie die Straße immer als Lektion, als abschreckendes Beispiel vor die Nase gehalten.

Das Bild, das sich ihr hier nun bot, übertraf jedoch alles bisher Gesehene, es glich einem Kriegsschauplatz und brachte ihr Blut nur noch heftiger in Wallung. Das Ausmaß an Verwüstung, Verwahrlosung und Chaos war erschütternd. Das war keine Frage von unverschuldeter, mitleiderregender Armut, wenngleich die Revolutionsfreaks selbstverständlich genau das behaupteten und ihre erhobenen Fäuste nach A richteten, was Rumenas Logik zufolge genau so viel brachte wie nach Mekka zu beten, die Wölfe zu bemitleiden, Promis zu entführen oder Aussichtslosigkeit zu verbreiten. Dem Volk der Straße ging alles am Arsch vorbei, es praktizierte einen furcht- und antriebslosen Nihilismus, der, verdammt noch mal, von der Stadtregierung bezahlt wurde und Rumena immer wieder aufs Neue erstaunte. Das waren keine Leben, das waren Vegetationen, zweifelhafte Auswüchse der Natur, sie sah Viecher und Gestrüpp, keine Menschen. Die waren nicht mehr wert als ihre eigenen zum Himmel stinkenden Ausscheidungen, die sie so großzügig der Öffentlichkeit (also sich selbst) als Geschenk hinterließen. Ja, sie nahmen Geld und Marken und gaben Pisse und Scheiße – auf dieses simple Prinzip ließen sie sich reduzieren.

Rumenas Sicht auf die Verhältnisse war gnadenlos.

»Ich biete dir stramme vierzig Zentimeter an, Schatzi!«, rief der Typ ihr nach und grinste aus seinem zahnlosen Bart, auch wenn er wahrscheinlich erst vierzig oder noch jünger war, begleitet vom Applaus seiner kaputten Crew. Rumena streckte ihren Mittelfinger in die

Luft. Die Stimmung baute sich auf, sie verweigerte die Party aber und lief weiter. Normalerweise hätte sie mit schlagfertigen Sprüchen gekontert, ihn gefragt, wann er sich das letzte Mal gewaschen und ob sich da nicht vielleicht eine Null zu viel in seine Berechnung geschummelt hatte, hätte die Lacher auf ihre Seite gezogen und sich so Respekt verschafft, aber dazu hatte sie im Moment weder Kraft, Lust noch Zeit, dachte sie doch nur an eines: den Adam, ihren Bub, ihren Sohn, der allein irgendwo in C feststeckte und wahrscheinlich – hoffentlich! – fror.

Ein lauter, dumpfer Knall von rechts riss sie aus ihren Gedanken. Was, zum Teufel, war das? War da eben ein Kühlschrank aus einem Fenster geworfen worden? Oder eine Waschmaschine? Rumena machte ein paar Schritte auf die Szene zu.

Mein Gott, ja, da lag ein alter Mann regungslos unter einem Küchengerät. Seine Wangen waren eingefallen, die Haut grauschwarz und ledrig, der Mund offen. Die Leute blickten nach oben, ein paar schüttelten ihre Köpfe, aber keiner versuchte, ihm, nun ja, zu helfen oder machte sich daran, zumindest den verdammten Kühlschrank von seinem Körper zu entfernen. Er war ganz offensichtlich schon lange tot, aber dennoch: die ließen den einfach so liegen und machten weiter? Obwohl sie nichts, absolut rein gar nichts zu tun hatten?

Direkt neben dem Toten urinierte ein Typ in einem grünen Jogginganzug auf eine Eingangstür, ungefähr weitere sechzig Zentimeter neben einer Frau, die vor einem mit Kartons und Taschen vollgestopften Zelt saß und ihr Kind stillte, mutterseelenallein, wie es so schön romantisch heißt, mitten in der Menge. Ihr Oberkörper war steif, ihr Gesicht austauschbar, eines von unzähligen mit leerem Blick und bleichen oder blauen Lippen, nur das Kind wackelte ein bisschen hin und her. Hinter ihr stakste ein Mädchen in Highheels über den zur Müllhalde verkommenen Gehweg – eine der Straßenhuren. Rumena hielt sich die Nase zu, fasste in ihre Jacke und streifte sich eine parfümierte Gesichtsmaske über – eines der Mädchen aus ihrem Haus hatte irgendwann damit angefangen, die Gratismasken mit billigem Parfum zu beträufeln, geniale Idee!

Kurz dachte sie an ihre Tochter, die sie gleich nach der Geburt weggegeben hatte und die wahrscheinlich irgendwo in Bulgarien lebte, dann an den Adam. Ein geradezu körperliches Gefühl von Moral überkam sie wie ein Fieberschub.

»Hallo?!«, brüllte sie in die Menge. »Hey! Lasst ihr den Mann da etwa liegen? Kennt den keiner?«

»K-kannst du gern m-machen, Schönheit. Der war aber schon längst hinü-hüber.«

»Und du denkst, das macht es besser?«

»Wie gesagt, nur k-keine Sch-scheu. Kannst ihn gern zum Frie-iiedhof bringen und in einem feinen Grab bestatten. Halt dich nicht zurück-k. Denk dir einen netten Spru-huch für seinen Grabstein aus – wie wär's mit: Er kaaam, saaaß und staaarb? –, tu, was du nicht lassen kannst, leg weiße Blu-humen drauf und sprich ein paar sa-la-lalbungsvolle Gebete, Sch-schatzi, aber lass uns in Fr-riiieden …«, stotterte einer mit grauem Bart, ohne sie ein einziges Mal anzusehen. Seine Schulter zuckte immer wieder nach oben, als wollte sie aus dem Gefängnis seines Körpers ausbrechen. Selbst seine Schulter hatte ihn satt. War das ein Zeichen? Natürlich war das ein Zeichen.

»Ah, der Herr ist wohl Trauerredner, was? Frieden … das nennst du Frieden? Ihr werdet alle in der Hölle landen! Oh, ich vergaß – ihr seid ja schon in der Hölle«, spuckte sie. Der Bärtige winkte ab und verschwand wie ein Wolf in seinem Bau. Da kamen zwei Uniformierte auf sie zu.

»Kein Grund, hier laut und aggressiv zu werden, gnädige Frau«, sagte der eine. »Ausweis, bitte.«

Rumena lachte derb.

»Ausweis? Sie wollen *meinen* Ausweis kontrollieren? Ich bin es also, die den friedlichen Alltag dieser rechtschaffenen Bürger stört?« Bei *rechtschaffene Bürger* zeichnete sie ironische Anführungszeichen in die Luft. »Ist es das, was sie hier andeuten? Und *kein Grund*? Dieser alte Mann, auf den eben ein verdammter Kühlschrank geworfen wurde, ist kein Grund zur Beschwerde? Kein Grund, laut zu werden? Ist das jetzt normal? Warum suchen sie nicht den, der das getan hat? Warum kontrollieren sie nicht die Ausweise dieser Zombies hier?!«

»Ganz ruhig, wir werden uns um alles kümmern, und, nichts für ungut, Sie sind hier die Auffällige und Ausfällige, Gnädigste.«

»Ganz genau. Das ist ja das Skandalöse! Sehen Sie das nicht?!»

»Bitte zeigen Sie mir ihren Identitätsnachweis.«

Rumena atmete tief durch ihre Maske und hielt dem Beamten ihren Ausweis vors Gesicht. Der nickte und deutete seiner Kollegin, ihm ins Haus zu folgen.

Rumena konnte den Alten nicht einfach ignorieren, sie war aufgebracht und voller diffuser Gefühle.

»Mutter der göttlichen Gnaden«, plapperte sie sinnlos vor sich hin, es war mehr Fluch als Gebet; sie war gar nicht religiös, mochte aber den Sinn für Dramatik, der allem Religiösen anhaftete, dazu kam, dass Adams natürliche Religiosität sie insgeheim immer bewegt hatte. Sie schlug ein Kreuzzeichen, wahrscheinlich falsch rum, Adam wurde nie müde, sie zu korrigieren. Oben, unten, links, rechts – oder war es doch rechts, links? Sie prägte sich das erstarrte Gesicht des alten Mannes ein. Man darf die Toten nicht vergessen, irgendjemand sollte immer an einen denken, kein Mensch sollte so … blabla, sie wusste, das waren nur leere Floskeln.

Der Alte hatte keinen Bart, aber eine Schnittwunde im Gesicht. Vielleicht hatte er sich bis zum Ende rasiert, um zumindest den Anschein von Kontrolle zu wahren? Vielleicht haben sie ihn aber auch einfach aufgeschlitzt, um ihm seine Schuhe oder seine Decke wegzunehmen … Herrje, sein Blick war so verloren, sein rechtes Auge offen. Das war kein Blick mehr. Rumena kniete sich zu ihm, wollte sein Auge schließen, was aber nicht funktionierte. Das Lid war trocken und hart, sein Augapfel ebenso, wie eine ausgestopfte Kreatur lag er da. Ein paar Tränen kullerten über Rumenas Wangen.

Womöglich war es die Angst um Adam, die sie so rührselig machte, jedenfalls empfand sie so etwas wie Trauer. Nicht wirklich um diesen Mann, den sie doch gar nicht kannte, nein, um etwas Größeres, Verlorengegangenes. War es die Würde? Die Moral? Die Menschlichkeit? Wann und wo waren diese Dinge liegengelassen worden? Was wusste sie schon, sie war ja keine Philosophin. Oder war das, was hier stattfand, nur die hässliche Wahrheit? Ein gnadenlos nüchterner Ausdruck des Menschlichen? Ach, scheiß drauf, dachte sie, Idioten sind das!

»Haft doch gehört, die Polipfei kümmert fich darum«, sagte eine zahnlose Frau. Es war unklar, ob sie Rumena beruhigen oder ihr vermitteln wollte, dass sie sich hier nicht wichtig machen solle, ihr Satz war kalt und neutral. Rumena warf ihr einen giftigen Blick zu, stand auf, atmete durch – die Maske war ihr eine Erleichterung, fast schon eine lebensnotwendige Abgrenzung, an die hätte sie ruhig früher denken können – und pumpte ein paar bulgarische Flüche in den Stoff, um die Rührseligkeit abzuschütteln und ihre alte Wut wiederzuerlangen. Es funktionierte verlässlich.

Alles Arschlöcher hier, sagte sie sich, während sie sich aufmachte. Ja, auch du, stillende Mutter ohne göttliche Gnade, nichts an dir ist heilig oder bemitleidenswert, hörst du? Hau doch ab mit deinem verfluchten Balg, weg von der Straße, weg von dem Dreck, das muss doch das Mindeste sein, wasch dich, setz dich wenigstens in eine Kirche oder geh zur Frauennothilfe, ja, so etwas gibt's in der Stadt, die nehmen sogar schwangere Huren vom freien Markt – von deiner Straße – für ein paar Monate auf. Tu was! Irgendwas! Interessiere dich wenigstens für dein Kind. Jede hirnlose Hure in der Provinz hat mehr Achtung vor dem Leben als du, also kämpfe, blöde Kuh!

Mit derartig ungebremst wilden Gedanken löste Rumena sich vom Geschehen der Straße und stiefelte weiter, redete sich ihren Stolz zurück, ihre Sturheit und die ihrem Naturell entsprechende Aggressivität. Das waren gute und sinnvolle Eigenschaften, die haben sie durchs Leben gebracht, bis hierher, sie und den Adam und die Mädchen. Das war wichtig, nur das.

Gerade jetzt fiel ihr Adam ein, wie er einmal zu ihr gesagt hatte: »Es ist schon gut, dass es zumindest auf dem Papier eine Hierarchie gibt, ein System mit Anwälten und Richtern, eine Verfassung und das alles – wenn jeder Mensch«, dabei schaute er Rumena direkt und ernst an, »über die anderen urteilen dürfte, würde die Stadt übermorgen in einem Blutbad versinken.« Er hatte natürlich recht, der kleine Klugscheißer.

Sie sah eine junge Frau, die eine Betonwand bemalte. Ein großes, dunkles Kreuz prangte da vor einem strahlenden Hintergrund. Das würde dem Adam gefallen. Es tat so gut, eine Fremde bei der Arbeit zu sehen. Geradezu manisch folgte die Frau dem Willen der Künstlerin, die Welt zu verschönern. Oder gar zu erklären? Gerührt blieb Rumena stehen und betrachtete den Vorgang. Die Frau schien die Fremde in ihrem Rücken zu spüren, wandte sich blitzschnell um und blickte Rumena aus geweiteten, feurigen Augen an. Ihr Gesicht, das irgendwann einmal das eines hübschen, vielleicht sogar fröhlichen Mädchens gewesen sein mochte, war so angespannt, als müsste es jeden Augenblick zerreißen. Oh nein, auch wieder nur eine Verrückte …

Der Wind pfiff um die Ecken, als wollte er sich so schnell wie möglich über die ganze Stadt hermachen und jede Gasse wie ein kriegerischer Geist durchmessen. Dicke Flocken legten sich auf Rumenas Gesicht, manche parkten direkt auf ihrer Zunge. Sie schmeckte gar nichts, nur Kälte. Mein Gott, wie hat der Adam sich immer gefreut, wenn der erste Schnee vom Himmel fiel. Dann wurden seine Augen groß wie die eines Uhus, sein Blick offen und naiv, so herrlich naiv. Und kaum hatte der Schnee den Boden erreicht, stopfte der Bub ihn sich schon gierig ins weit aufgerissene Maul …

Rumena blickte nach oben. Ein paar Hubschrauber blinkten und schaukelten im Kampf gegen den Sturm; Wolken in allen Grauschattierungen türmten sich übereinander; ein unheilvolles Durcheinander, ein gigantischer Schmutz zog über die Stadt.

Komm, Schnee, dachte sie. Komm und wirf deine weiße Decke auf uns, auf das dunkle Loch, das die Großstadt ist (früher nannte man die abgelegensten Provinzen gerne den Arsch der Welt, der ist aber nicht auf dem Land, er ist mitten im Gewühl, er ist die Stadt selbst, da war sie sich ganz sicher), verstecke den schamlosen Dreck dieser zwecklosen Existenzen!

Für einen Moment fühlte sich die Aussicht auf Schnee beinahe wie ein Erfolg oder eine Lösung an, und so zog sie einigermaßen zuversichtlich weiter. »Komm, Schnee«, sagte sie noch einmal laut, sie rief es regelrecht, und als antwortete der Himmel ihr umgehend, blies er ihr einen Plastikhocker gegen das Schienbein.

Eine gewisse Nervosität machte sich breit. Die Anzeichen waren eindeutig, das würde nicht bloß ein bisschen Material für eine Schneeballschlacht abgeben, da war etwas Größeres, womöglich Gefährliches im Anmarsch. Nach der Reihe wurden Zelte von innen zugezogen oder von außen mit Steinen und Kisten beschwert. Einige kämpften mit Fäusten, Knüppeln oder Messern um die wenigen Hauseingänge, die noch nicht besetzt waren, ein paar Burschen versuchten Eingangstüren aufzubrechen, um ins Innere der Häuser zu gelangen. Alle brüllten, um gegen den immer stärker werdenden Wind, der ihre Worte gierig schluckte, anzukommen, dabei schien keiner den anderen zu verstehen, es war das reinste Babel. Ganze Familien stiegen durch eingeschlagene Fenster und ehemalige Auslagen in die Sicherheit versprechenden, steinalten Gebäude ein. Ein paar von ihnen waren in wetterfestem Aufzug unterwegs, das war ungewöhnlich. Ihre Schuhe, feste Schnür- oder Wanderschuhe, wie man sie früher in Zeiten des Tourismus getragen hatte, waren eindeutig nicht ihre eigenen – sie mussten sie gefunden oder gestohlen oder auf der Straße herumliegenden Toten abgenommen haben.

Vor dem großen Churchill-Denkmal war ein provisorischer Holzverschlag errichtet, in dem eng aneinandergedrängt fünfzig oder siebzig erwachsene Menschen Platz haben mochten, über ihnen bevölkerte eine Menge junger Leute das Denkmal. Was sie auszeichnete, war eine gewisse der Situation unangemessene Leichtigkeit. Das waren Apos, Punks oder Hippies (Rumena konnte die nie auseinanderhalten) in Feierlaune – und es waren sehr wohl auch Alte dabei, wie ihr zweiter Blick offenlegte. Männer und Frauen, die sich offensichtlich nicht bloß in einer juvenilen, rebellischen Phase befanden, sondern ihr ganzes Leben dem Grind, einem gegen alle Errungenschaften der Zivilisation gerichteten freien Straßenleben gewidmet hatten.

Der überdimensionierte Herr Churchill war nicht wiederzuerkennen, mit dunkler Farbe (oder Scheiße) beschmiert und seltsamen Ästen, Tüchern oder Federn auf dem Kopf stand er da wie eine fette Vogelscheuche, auf seinem linken Oberarm prangte ein weißes Hakenkreuz.

Rumenas Bildung war ganz sicher ausbaufähig, sie wusste nicht viel, die Geschichte des zwanzigsten Jahrhunderts existierte nur in Stichworten in ihrem Kopf, aber dass das nicht zusammenpasste, war selbst ihr klar. Hatte der nicht die Nazis besiegt? Und hatten die Menschen damals nach den großen Kriegen nicht alles wieder aufgebaut und die dekadente Ära eingeleitet? Die Hochblüte des Wohlstands? Und die hier, was taten sie?

»Was für Idioten!«, sagte sie mit Abscheu, näherte sich aber dennoch neugierig dem absurden Geschehen.

Um den alten Engländer herum sowie auf dem Holzverschlag waren jede Menge Flaggen und Plakate angebracht, mit denen der Wind schon spielte und die er bald ins Ungewisse des Himmels schicken würde. Drei Ks stachen Rumena ins Auge – herrje, waren das etwa so White Power Freaks? Nein, nein, da hingen Begriffe wie Kapitalismus, Kolonialismus, Klima, Rassismus, Faschismus oder Fleisch zusammenhanglos an ihren letzten Fäden oder Nägeln, dazwischen ein schwarzer Davidstern auf rotem Untergrund. Ein langhaariger Leptosomer mit grauhäutigem, tätowiertem Oberkörper schlug seine verstimmte Gitarre und sang aus voller Brust eine Art Schlager:

Ich bin achtzehn und süß wie Himbeereis
Mein Papa (der Fucker) labert alten Scheiß
Rückwärts in den Untergang
Vorwärts, Leute, los

Ich bin zwanzig und ein Fischstäbchen
Meine Mama dient der Patriarchengang
Rückwärts in den Untergang
Vorwärts, Leute, los

Wir sind viele Gänseblümelein
Du bist einer, altes Nazischwein
Rückwärts in den Untergang
Vorwärts, Leute, los

Gleich hinter dem Denkmal hatte sich eine Splittergruppe zu einer wahrscheinlich aktivistischen Performance aufgerafft. Sie saßen in einer Reihe, nein, hockten auf allen vieren, sicher zwanzig von denen, und ein jeder hatte seine Nase im nackten Arsch des Vordermanns stecken. Oder der Vorderfrau. Buchstäblich. Bei den Temperaturen. Rumena blieb angewidert stehen, weil sie ihren Augen nicht trauen mochte. Sie war bestimmt keine Spießerin, aber das war selbst ihr, die einiges gesehen und erlebt hatte, zu viel. Die waren so versifft, abgerissen, dreckig und besoffen, sahen aus, als hätten sie sich monatelang nicht gewaschen. Die in ihrem Kopf losgelassenen, logisch folgenden Gedanken und Bilder ließen Rumena die Luft anhalten. Um die Darsteller herum wurde gelacht, gequietscht und gegrölt, hinter ihnen, neben den Bierdosenpalletten, gegen den alten Churchillsockel gelehnt, vögelten zwei, als wäre es ihre allerletzte Chance. Eine brennende Matratze ein paar Meter weiter, die eine meterhohe, in alle Richtungen zuckende Flamme in den Himmel schickte, perfektionierte das Bühnenbild. Rumena erkannte den alten Partisanenhit *Bella Ciao*.

Sie saugte das Parfum ihrer Maske ein wie einen letzten Hauch von Zivilisation.

Sie kannte dieses Bild, es war einem Film oder sonst einem nichtsnutzigen Kunstwerk aus der dekadenten Ära entnommen. Einmal in der Sunshine Bar hatte einer tausend Euro für diese Nummer auf den Tisch gelegt. Tausend Euro! Alle mussten mitmachen, nur Rumena hatte sich geweigert, was dem Chef gar nicht gefallen hatte, weil ihm so ein Hunderter durch die Lappen ging, aber sie konnte es sich leisten, stur zu bleiben. Gut, das war damals, noch dazu in einem Puff (immerhin einem Haus mit geregeltem Betrieb und Hygienevorschriften), und keine hätte es freiwillig gemacht – wie diese stumpfsinnigen Kinder hier …

Rumena war sich nicht mehr sicher, ob sie sich in einem sogenannten Ernstfall, also einer allgemeinen Not- und Krisensituation oder einer künstlich aufgegeilten Revolutionsparty befand.

Sie sollte langsam umkehren.

Der Schnee war immer noch milde und spaßig, riesige Flocken purzelten wild in alle Richtungen, der Wind aber war definitiv dabei, zu einer unkalkulierbaren Kraft anzuwachsen. Plastikplanen, Decken und Kartons flogen durch die Luft wie kleine Dinosaurier, seltsame Rochenwesen oder Drohnen. Rumena hielt den rechten Unterarm vor ihr Gesicht. Daniel hatte ihr erzählt, dass Adam mit dieser Verkäuferin, Veronika, seiner Frau, im Queen-Elizabeth-Park gewesen war, also wollte sie dort noch nach dem Rechten sehen, auch wenn das natürlich keinen nachvollziehbaren Sinn ergab, schon gar nicht bei dieser Witterung. Mit dem Wetter schwoll jedoch auch ihre Angst um Adam an, also konnte sie nicht einfach heimgehen, sich vor den Kamin setzen und so tun, als wäre das alles normal.

Ein unaufhaltsamer Menschenstrom ergoss sich über die Churchillstraße stadteinwärts, jeder wollte irgendwo unterkommen, nicht nur die Zeltbewohner. Manche Familien hatten sich aneinandergebunden, dicke Seile hielten sie zusammen. Die reinste Völkerwanderung war im Gange. Rumena wurde nicht schlau aus den Massen; wo kamen die alle her? Waren das Flüchtlinge? Viele waren bewaffnet, vor allem jene, die schon ein Plätzchen ergattert hatten. Vor den Zelten hielten Männer, Frauen und sogar Kinder Wache, reckten demonstrativ ihre Gewehre oder Messer in die Luft, um angehende Besucher und Eindringlinge abzuschrecken. Um manche Zelte waren Zäune aus Kisten, Steinen und Säcken errichtet. Jeder war sich selbst der Nächste, machte, was er wollte, weder gab es einen Plan noch sonst etwas Übergeordnetes. Die Ordnung, soweit man die willkürliche Gebietseinteilung so nennen konnte, war mehr oder weniger natürlich aus dem Chaos entstanden. Am Himmel kreisten immer noch ein paar Hubschrauber, ihr Brummen mischte sich unter das Pfeifen des Windes, aber sie wurden leiser, waren wohl auch schon Richtung Zentrum unterwegs.

Da vorne stand die alte Queen als steinerne Wächterin des ihr gewidmeten Parks. Der gigantische Kunststoffpenis, den sie ihr um den Bauch geschnallt hatten, erstaunte Rumena gar nicht mehr, hektisch zeigte er mal nach unten, mal nach oben, der Wind schien die ganze Statue durchzuschütteln, was aber doch unmöglich war.

Elizabeth die Zweite lächelte steif. Auf ihrer royalen Brust erkannte Rumena ein gepinseltes großes, rotes A in einem Kreis. Was auch immer das bedeuten mochte, sie kümmerte sich nicht darum. (Wahrscheinlich *Arschloch*, dachte sie dennoch.) Ein paar Uniformierte, die den Park, der in der Großstadt schon vor Jahren zum Naturschutzgebiet erklärt worden war, wahrscheinlich bewachen und freihalten sollten, unterhielten sich nervös vor dem offenen

Eingangstor. Ihnen schien nicht klar zu sein, wie sie hier vorgehen sollten, die Aussichtslosigkeit ihrer Mission war ihnen offensichtlich mehr als bewusst, denn der Zaun, der um den Park errichtet worden war, war längst gestürmt und besetzt. Auf beiden Seiten kauerten oder saßen Menschen auf ihrem Hab und Gut, die Außenseite war ohnehin eine lange Reihe von Zelten oder Kartonverschlägen.

Rumenas Gedanken entführten sie für einen Augenblick: Als der fünfjährige Adam zu ihnen in die Sunshine Bar gekommen war, hatten sie ihm in seinem Zimmer auch so ein Kartonlager gebaut. Er hatte es als Refugium genutzt, Bäume und Kreuze draufgemalt und ganze Stunden, manchmal sogar Nächte darin verbracht, geschlafen, gelesen oder einfach gewartet … Wie die Erinnerung alles in Zucker oder Gold tunkt …

Unbemerkt huschte sie durch den Haupteingang und hielt beharrlich auf die Bäume zu. Dort zeigten sich weitere Beamte bemüht, die Menschen zu vertreiben. Mit Händen und Füßen (und Knüppeln) versuchten sie sich verständlich zu machen. Die Zeichen stünden auf Sturm und bei Sturmgefahr sei der Park schnellstens zu verlassen. Sie waren mit jenen beschäftigt, die ihre Zelte dort aufgeschlagen hatten, also kümmerten sie sich nicht um Rumena oder andere Fußgänger.

Auf einer Parkbank, unter einem sich nach allen Richtungen dehnenden Kastanienbaum, saß eine junge Frau, ihre Hände in ihre Jackentaschen vergraben, ihr Blick ruhte schwer auf – ja, worauf eigentlich? Sie fiel Rumena gleich ins Auge, weil sie die einzige Stillhaltende in diesem hektischen Szenario war. Sie näherte sich ihr zielstrebig, dabei wuchs ihre Hoffnung mit jedem Schritt zur Vermutung, dann zur Frage und schließlich zur Gewissheit an: Kein Zweifel, das war Adams Mädchen!

Das war Veronika.

»Du bist die Kleine aus der Bäckerei, hab ich recht?«

Das Mädchen schaute erschrocken auf und nickte. »Sie sind Adams Mama, oder?«

Sofort war Rumena gerührt. Hatte Adam tatsächlich von ihr als seiner *Mama* gesprochen?

»Ja, das bin ich. Wo ist der Adam?«

»Ich habe keine Ahnung. Nur ein schlechtes Gewissen.«

»Das kannst du auch haben, Süße! Er ist wegen dir nach C gegangen und jetzt sitzt er dort irgendwo fest!« Sie bereute das Vorwurfsvolle in ihrer Rede gleich wieder, das Mädchen war ein Häufchen Elend.

»Fuck«, sagte Veronika kopfschüttelnd. »Ich wusste es.«

»Was weißt du? Was, zum Teufel, ist passiert? Er spricht von dir als *seiner Frau*. Was soll das?«

»Ich …«, setzte die Kleine an, brachte aber kein Wort heraus.

»Warte einmal«, sagte Rumena plötzlich, fasste das Mädchen am Kinn und zog ihr Gesicht in ihre Richtung. Veronika schloss ihre tränenden Augen.

»Du bist eine von uns«, sagte Rumena ruhig. »Du bist eine Nutte, hab ich recht?«

»Nein«, schrie Veronika, heulte aber umso mehr.

»Na komm«, sagte Rumena, in einem Ton, der gleichzeitig verständnisvoll war und doch keine Widerrede erlaubte. »Du kommst jetzt mit mir mit, nach Hause. Dort reden und sehen wir weiter –«

Ein jähes Knacksen unterbrach sie, über ihnen war ein Ast abgebrochen. Instinktiv hielten die Frauen ihre Hände schützend über ihre Köpfe. Der Ast ging neben ihnen zu Boden, Rumena krallte ihn sich, reichte Veronika die andere Hand, dann machten sie sich auf den Weg.

Eine ganze Stunde brauchten sie für die höchstens drei Kilometer. Mittlerweile war es dunkel geworden, der Schnee schien tatsächlich liegen zu bleiben. Sie schüttelten einen Verrückten ab, der Rumenas Ast wollte, sie brüllte ihn an und schlug ihm das Holz brutal auf den Rücken, was den Angreifer verscheuchte und Veronika ein scharfes

Lachen entlockte, das wiederum Rumena belustigte: »Warst du das oder ist da gerade eine Ziege vorbeigelaufen?«

Zuhause in der Thunbergstraße war es warm, ein Feuer brannte im Kamin und schickte sein zitterndes Licht in den Raum. Sie legte den Ast auf den Boden; erst jetzt in der Begrenztheit erkannte sie seine Größe.

»Was hast du verheizt?«, fragte Rumena streng.

»Ein paar Bodenbretter aus dem Keller«, sagte Jana beiläufig, musterte die Neue, nickte und widmete sich sogleich dem Ast. Fuhr mit der Hand über seine Rinde, dann über die große Wunde. Spitze Späne standen in alle Richtungen, Jana hielt ihr Ohr an die Stelle, wobei sie den Zeigefinger an ihre Lippen legte. Die kurze Stille machte die Gegenwart so bewusst, dass sie Veronika ängstigte. Rumena bemerkte ihre Unsicherheit und ging dazwischen.

»Weiß Doktor Valium das?«

»Wer braucht im Keller einen Holzboden, hä?«

Jetzt erst entdeckte Rumena ein Stück Holz an der Wand, auf dem mit weißer Farbe geschrieben stand:

Eine Frau muss tun, was eine Frau tun muss.

Das war typisch für Jana und ihren Drang, sich künstlerisch auszudrücken, was aber um Gottes willen niemand so benennen durfte. Sie hasste das Wort Kunst, sie liebte Holz. Sie war es auch gewesen, die Adam darin bestätigt hatte, Gedichte und Lieder zu schreiben, sich jedoch vehement dagegen wehrte, Künstlerin genannt zu werden. So etwas mache man einfach, weil die Schönheit lebensnotwendig sei. Derartige Dinge hielt sie ihm entgegen, wenn Adam einmal stolz war und bewundert werden wollte. Oder: Manchmal sei ein Gedanke an der Wand eben hilfreicher als einer im Kopf. Oder: Es gehe allein ums Tun, immer schön weitermachen bis zum Schluss. Das Werk sei wichtig, nicht der Macher; und letztendlich sei auch das Werk unwichtig. Und so weiter. Erkenntnisse eines Hurenlebens.

Rumena war stolz auf Jana. Die jungen, verzweifelten Mädchen profitierten enorm von ihr, durch sie erkannten sie, dass es nicht so ausschlaggebend war, was man machte – dass man etwas machte, zählte. Irgendetwas, am besten etwas Produktives. Das hatte selbst die letzte Provinzhure diesen Schwachköpfen der Stadtstraßen voraus.

An den Wänden dieses Hauses hatten schon die verschiedensten Sprüche die Mädchen zum Nachdenken oder Lachen gebracht:

Was ist Ehrbarkeit?

A house is a home.

Die Wölfin lacht nicht.

Fuck off.

Banalitäten, auf Holz geschrieben und an die Wand genagelt, erlangten plötzlich Bedeutung, wurden zu Weisheiten erhöht, was Jana aber für gewöhnlich schon am nächsten Tag wieder unerträglich war. Und so, wenn die Umstände es erforderten – und die Umstände erforderten es immer –, landeten die Holzbilder im Ofen und fügten sich knisternd in den Kreislauf des Lebens ein. Aus irgendeinem Grund war sie erst zufrieden, wenn das Kunstwerk wieder zerstört war. Insgeheim dachte Rumena, dass sie das erst recht zur Exzentrikerin, also zur Künstlerin machte, aber das behielt sie für sich. Jede hier hatte ihre Gründe für Verhaltensauffälligkeiten.

»Hmm … okay, ich regle das«, grummelte Rumena, die sich nicht sicher war, ob der Doktor Janas Kellerbodentheorie zustimmen würde. Das Bild gefiel ihr jedenfalls, es passte gut in dieses Haus.

»Jana, das ist Veronika.«

»Hallo«, sagte Jana ernst, schickte aber ein freundliches Lächeln hinterher.

»Hallo.«

*

Eine Tasse Tee und viele Worte aus Rumenas Mund dieses Haus und Doktor Valium betreffend später taute Veronika einigermaßen auf.

»Ich wollte keine Nutte sein, wirklich nicht. Ich hab das auch nur ein Jahr lang gemacht.«

Rumena und Jana lachten.

»Ich bin wirklich keine mehr!«, fügte sie streng hinzu und offenbarte so ihre Scham deutlicher als sie wollte.

»Natürlich nicht, Schätzchen. Wer will das schon? In diesem Haus waren alle Nutten und jetzt sind sie keine mehr. Und keine von uns hatte *Nutte* als Berufswunsch in ihrem Karriere- oder Zukunftsplan eingetragen. Kein Mädchen will das, hörst du? Das ist ein Märchen der Zuhälter und Geschäftsleute.«

»Aber was, zum Teufel, hat mich verraten?«

»Gar nichts, es liegt an mir, ich hab da einen sechsten Sinn oder so. Ich weiß nicht, was es ist, was mich da aufhorchen lässt, ich denke, es hat mit Körpersprache zu tun, mit einem gewissen Bemühen, etwas darstellen oder besser: etwas nicht darstellen, also etwas verbergen zu wollen. Keine Ahnung, es ist nur so ein Gefühl, ein untrügliches Gespür, das mit meiner Erfahrung gewachsen ist, eine Art Mutterinstinkt, und immerhin bin ich auch eine Mutter … also Adams vierte Mutter … egal, du musst dich überhaupt nicht rechtfertigen.«

»Aber der Adam, vor ihm muss ich mich rechtfertigen. Er hat was Besseres verdient als mich, er ist so … anständig, so gut und unschuldig. Zumindest wirkt er so. Er hat so eine Art, ich weiß auch nicht … jedem anderen, der mich so anstarren und stalken würde, hätte ich gleich zu verstehen gegeben, dass er sich verpissen soll, aber er … nichts Böses oder Falsches scheint in ihm zu sein. Wisst ihr, was ich meine?«

»Hör zu, Kleine: der Adam ist, nachdem sein Vater ihn aus dem Wald geholt, ihn entführt und seinen Tanten gestohlen hatte, im Puff aufgewachsen. Der hat mehr gesehen und mitbekommen als mir recht war und du dir vorstellen kannst, aber so ist es nun einmal geschehen. Wir haben uns unsere Geschichte nicht ausgesucht und der

Adam hat sich seine nicht ausgesucht – und er hat seine ersten Jahre immerhin wie ein Mogli im Dschungel verbracht. Umso interessanter, dass er dennoch zum liebsten und verlässlichsten Mensch auf Erden herangewachsen ist. Er ist stabiler als du denkst und würde nie über dich urteilen – und wenn doch, würde ich ihn zurechtweisen. Aber du hast recht, in ihm ist nichts Böses oder Falsches, er ist besonders, ein guter Mensch, und ja, unschuldig – in allen erdenklichen Bedeutungen des Wortes. Er hat aber trotz allem einen guten Riecher, was Menschen angeht; na ja, manchmal ist er etwas gutgläubig, naiv und offenherzig, das macht ihn verletzlich. Jetzt wollen sogar diese verdammten Posttraumadings-Weiber etwas von ihm, die haben ihm geschrieben und ihn eingeladen und er hat wirklich überlegt, hinzugehen … Was ich sagen will: Er ist blitzgescheit. Hättest du etwas Böses oder Falsches in dir, wäre er gar nicht erst auf dich angesprungen, also hör auf, dich selbst zu bestrafen, für unwürdig zu befinden oder schlechter zu machen, als du überhaupt sein kannst. Du gehst immerhin arbeiten und versuchst, ein normales Leben zu führen, das ist anständiger, besser und unschuldiger als all die verrückten Untoten, die mir heute auf meinem Spaziergang durch dieses Drecksloch begegnet sind. Mir kommt immer noch die Galle hoch, wenn ich an die denke.«

Veronika wurde ruhiger und aufgeregter zugleich.

Im Wald aufgewachsen? Wow. Er hatte vom Wald gesprochen, ja, aber er war tatsächlich dort geboren? Wie ein Mogli im Dschungel … unschuldig in allen erdenklichen Bedeutungen des Wortes … Sie wusste gleich, dass er noch Jungfrau war. Und mein Gott, er schien sie wirklich gern zu haben. Was, wenn sie füreinander bestimmt waren, er ihre einzige Chance auf einen richtigen Freund, ihre lang ersehnte Aussicht auf Glück, auf eine Zukunft war? Hatte sie es verbockt? Ja, das hatte sie, es war ihre Schuld. Was, wenn er sich verirrt hatte, am Erfrieren war oder von Banden verschleppt und festgehalten, gefoltert oder getötet, womöglich aufgehängt wurde oder, oder,

oder … Ihr Atem wurde schneller und kürzer. Jana legte ihre Hand auf Veronikas Rücken und gab einen konstanten Atemrhythmus vor, dabei flüsterte sie leise altbewährte Beschwichtigungen: »Schhhh, ganz ruhig, alles wird gut, schön ausatmen …«

»Aber warum ist er denn nach C gegangen?«, schluchzte Veronika.

»Weil er dachte, du seist dort …«, sagte Rumena. »Und … na ja, weil er das öfter tut … meinetwegen, also unseretwegen … er besorgt uns Brennholz, verdammt noch mal – was sollen wir denn tun? Wenn es das blöde Holz zum Kaufen gäbe, müsste er nicht … Was für beschissene Zeiten sind das! Aaah!«, entfuhr es Rumena, Veronika erschrak. »Tschuldige, Kleine. Das ist kein Tourette oder so – ich bin Bulgarin …«

»Er wollte mich suchen?«

»Ja. Er ist richtig verknallt in dich. Wenn ich ihn richtig verstanden habe, war er überall, in der Bäckerei, bei dir zu Hause –«

Veronika rotzte und plärrte los. »Aber das ist doch nicht da, wo er glaubt …«

»Hast ihn angelogen, was?«

»Jaaa, aber –«

»Schhhh, ist schon gut. Du hattest deine Gründe. Aber der Adam … weißt du, der … wie soll ich sagen … der versteht das Konzept der Lüge nicht. Seine Tanten waren da sehr strikt, haben ihn fürs Lügen bestraft und so. Wenn wir ihm dann in der Bar unseren Alltag, also unseren Job erklären wollten – oder mussten, denn er hat uns mit tausend Fragen gelöchert und genervt –, haben wir natürlich gelogen. Und wenn er uns auf die Schliche gekommen ist, war er stinkbeleidigt, da konnten wir ihm so lang und breit erklären, dass das Lügen ein notwendiger Teil der Kommunikation unter Menschen sei, wie wir wollten. Puuh, du kannst dir nicht vorstellen, wie beleidigt der sein konnte, das war jedes Mal eine regelrechte Staatsaffäre.«

»Das ist ja fürchterlich, wie soll ich das denn je wiedergutmachen?«, rotzte Veronika nur noch mehr.

»Nein, nein, was ich damit sagen will: Er ist kein Bub mehr, er kommt schon damit klar. Er wird es vielleicht nicht verstehen, aber akzeptieren – im Akzeptieren ist er Weltmeister, glaub mir! Und keiner hat ein größeres Verständnis für Huren als der Adam – vielleicht hat ihn das sogar angezogen, vielleicht hat auch er diesen sechsten Sinn …«

»Ich weiß nicht, ich weiß nicht, das ist nicht gut, das ist gar nicht gut gelaufen«, flüsterte Veronika gedankenverloren, während Jana ihr ein Taschentuch reichte, in das sie so kräftig schnäuzte, dass ihr dabei ein Furz entkam.

Normalerweise hätte Rumena so etwas höflich ignoriert oder laut belacht, aber hatte Adam nicht gesagt, sie hätten gefurzt? Was sollte diese Furzerei? War das etwas, das junge Leute jetzt machten, nur damit alte Menschen wie sie das blöd finden konnten? Veronika jedenfalls machte keine Anstalten, sich zu entschuldigen oder verlegen zu werden, im Gegenteil.

»Jetzt ist *er* verschollen, jetzt muss *ich ihn* suchen«, sagte sie ruhig und bestimmt.

»Das halte ich für keine gute Idee, Schätzchen. Du siehst doch, was da draußen los ist, da geht gerade die Welt unter. Du bleibst schön hier und ruhst dich aus. Wann musst du denn zur Arbeit?«

»Die hab ich längst verloren, ich bin ja heute nicht zum Dienst erschienen.«

»Und wann ist dein nächster Dienst?«

»Morgen Früh, aber –«

»Gut. Ich werde dich begleiten. Die werden das schon verstehen, wirst sehen … mach dir keine Sorgen, meine Überzeugungskräfte sind magisch, aber jetzt leg dich erst einmal hin. Du kannst auch gerne duschen.«

»Sorry«, rief Jana aus dem Nebenzimmer. »Geht erst morgen wieder.«

Rumena fluchte etwas Unverständliches, schüttelte den Kopf und rauchte sich eine Zigarette an. »Sie war erst gestern dran … Dann schläfst du dich eben ungeduscht aus, okay?«

»Okay«, wiederholte Veronika ein bisschen spät und ein bisschen zu mechanisch.

Es war dieses *Okay,* das Rumena Gewissheit verschaffte, dass diese Frau sich gar nichts sagen lassen, dass sie wahrscheinlich noch in dieser Nacht losziehen würde, um den Bub – ihren Mann – zu finden, also legte sie, bevor sie selbst ins Bett ging, noch einen Hunderter aus dem Notfallkuvert auf den Tisch, sowie ein frisches T-Shirt und eine von Adams Unterhosen. (Mütter machen so was, sagte sie sich. Er hat mich *seine Mama* genannt …) Und zwei warme Jacken aus dem Gemeinschaftsfundus des Hauses. (Den der Doktor aus Spenden seiner Patientinnen großzügig angelegt hatte.) Und noch eines ihrer eigenen T-Shirts, es war rosa, und vorne drauf prangte ein silber glänzender, in rundlicher Handschrift (wahrscheinlich von einer Maschine, die noch nie von John Coltrane gehört hatte) aufgebrachter Schriftzug: *A Love Supreme.* Und ein Päckchen Zigaretten und ein Feuerzeug.

Und als sie am nächsten Morgen runterkam – es war noch stockfinster, aber sie konnte einfach nicht länger schlafen, der Sturm draußen hatte sich endlich beruhigt, sie konnte dennoch nur an Adam denken und vor Sorge kein Auge zudrücken, zudem war die alte Matratze in dem eiskalten Zimmer im ersten Stock das reinste Folterinstrument, aber die Kleine sollte wenigstens ein paar warme Stunden haben, also hatte sie ihr ihr Bett überlassen –, fand sie ein gemachtes Bett und einen leeren Tisch vor. Nur ein Zettelchen war da, darauf eine Zahlenfolge, eine Telefonnummer. Braves Mädchen, dachte Rumena.

Und noch etwas fehlte, aber was?

Der große Ast lag unter dem zugefrorenen Fenster neben dem Kamin, er war zu einem viel kleineren geschrumpft, im Ofen knisterte ein Feuer beinahe lustig vor sich hin, seine einnehmende Heimeligkeit erzeugte augenblicklich ein schlechtes Gewissen in Rumena. Jana machte Tee.

Eine Frau muss tun, was eine Frau tun muss.

4

Großstadt Zone C / Winter / Adam

ICH VERSUCHE MEINE AUGEN zu öffnen, aber das Sonnenlicht lässt mich nicht. Mein Hörsinn ist ausgeschaltet, während sich das schwarze Gesicht des Jungen vor die Sonne schiebt und mich angrinst. Langsam wacht die Welt durch meine Ohren auf, es fängt ganz dumpf an, wird heller und lauter, ehe eine Membran oder eine Decke sich öffnet und ich das viel zu nahe »Come on!« meines Gefährten vernehme. Er scheint über mein Erwachen sehr erfreut zu sein, zerrt an meinen Schultern, reibt mir Schnee ins Gesicht und lacht.

»Was ist passiert?«, frage ich Schnee spuckend.

»Come on«, sagt er.

Wie's aussieht, bin ich abgestürzt und war ohnmächtig. Ich liege auf hartem Untergrund, einer kleinen, schneefreien Betonfläche auf der Hinterseite des Turms. Der Junge hilft mir auf, meine Schulter schmerzt, ebenso wie das Strecken und Dehnen meiner Arme und Beine. Keine Ahnung, wie lange ich hier schon liege, aber ich schätze, ganz schön lange, denn als ich ihn zurückgelassen habe, war er eindeutig krank, verschwitzt und von heftigem Schüttelfrost gebeutelt. Jetzt wirkt er recht fit, springt wie Rumpelstilzchen über ein kleines Feuer, das er, ich weiß nicht wie, entfacht hat. Ich halte meine Hände darüber. Die heiße Luft, die in meine Haut sticht, die ich sofort verreibe und in mein Gesicht weiterleite, riecht nach Hoffnung.

Der Laster! Wir müssen zu ihm zurück! Ich brauche meine Sachen, die Rodel, die Decke, den Koffer mit den Ordnern, das Buch und die Schallplatten, die Dosen. Wir müssen diesen Tag nutzen, das schöne Wetter, die Ruhe. Die Sonne steht am Zenit, es ist also erst Mittag. Wir müssen weiter, unbedingt, dürfen keine kostbare Zeit verplempern.

Da kommt er. Er hat einen dünnen, kräftigen Ast mit – nein, eine Stange aus Eisen oder Metall, die in einer Linsendose steckt, setzt sich ans Feuer, zieht sich seine Handschuhe an und hält die Dose über die Flammen. Die Stange hat er wohl hier gefunden oder dem Laster entnommen.

Da ist eine Tür. Der Turm könnte uns Zuflucht und Schutz, aber auch ein Lager sein, der reinste Supermarkt mit Unmengen an Brennmaterialien oder Futter oder Waffen; ich merke, dass ich offenbar viel zu viel Hoffnung in diesen Turm gesetzt habe, als könnte er meine Situation erklären oder lösen, als würde Veronika dadrin auf mich warten, ein frisch zubereitetes, duftendes Mahl auf dem Tisch, Feuer im Ofen, eine heiße Badewanne, ein paar Kubikmeter gehacktes und fein säuberlich gegen die Mauer geschlichtetes Holz daneben – die Tür ist fest verschlossen. Natürlich ist sie das. Kurz denke ich an meine Glock, aber ich bezweifle, dass ein Schuss gegen das Schloss so effektiv wie in den Filmen wäre, noch dazu würde ich kostbare Munition verschwenden, die mir im Fall eines weiteren Wolfsangriffs abgehen würde. Nein, das wäre ein unsinniger Akt der Verzweiflung, so verzweifelt bin ich gar nicht.

Unsere schneefreie Zone ist ein Loch in der Welt, im Grunde sind wir eingekesselt und ungeschützt, es ist also kein idealer Platz, um zu verweilen oder unaufmerksam zu werden. Wir sollten, im Gegenteil, so schnell wie möglich von hier verschwinden.

Ich klettere auf den Schneewall.

Der Laster steckt ungefähr hundert Meter vor mir einsam und verloren in seiner weißen Falle. Ich muss da zurück, will losgehen, aber schon mein erster Schritt geht ins Leere. So etwas Unberechenbares habe ich noch nicht erlebt. Dieser Schnee bedeutet permanente Gefahr. Der Junge lacht mich aus und ruft: »Hey! Come on.«

Ich drehe mich zu ihm um, er deutet grinsend auf die gegenüberliegende Seite unserer kleinen Lichtung, da, wo die nächste Schneewehe sich zu einer Wand aufbäumt. Er ist ganz aufgeregt und will mir etwas zeigen, also rutsche ich den kleinen Hügel wieder runter und gehe zu ihm. Er hat eine kleine Höhle in den Schnee gebuddelt, in ihr stehen die Rodel, der Koffer, die schwarzen Säcke, darüber hängt die große Decke. Er hat wirklich an alles gedacht.

»Hey! Gut gemacht«, sage ich und halte meinen Daumen nach oben. »Danke! Thank you!«

»Dankju«, sagt er, fügt sein unvermeidliches »Come on« hinzu und winkt mich zu sich, also setze ich mich ans Feuer, worauf er mir die rauchende Dose vors Gesicht hält. Ich halte sie mit meinen Fäustlingen fest und kippe etwas von den Linsen in meinen Mund. Sie sind tatsächlich warm …

Ich denke an den Wald, an die wässrige Gemüsesuppe meiner Tanten, auf die ich mich nach einem Tag im Wald so gefreut habe. Oder die Hasenkeulen. Die Brennnesselsuppe. Die dünne Milchpulvermilch und der noch warme Striezel … Das waren keine schmackhaften Gerichte, nur zweckdienliche, aber ich hatte keinen Vergleich, und so waren sie glückspendende Hungerstiller. Jetzt hat dieser Fremde mir ein ebenbürtiges Gefühl beschert, also lächle ich ihn an und nicke. Er erwidert meine Geste und genehmigt sich das nächste Maul unserer köstlichen Festspeise.

Ich weiß, dass er mich nicht versteht, versuche aber dennoch ein Gespräch zu starten:

»Ich heiße Adam.« Ich zeige auf mich und wiederhole: »Adam. Ich wohne da drüben, da will ich hin. Ich werde dich mitnehmen, aber ich kann nicht für dich sorgen. Du musst selber sehen, wie du zurechtkommst. Wenn du dich meldest, also registrieren lässt, kriegst du Geld. Du kannst dir Arbeit suchen. Ich kann, wenn du willst, auch Daniel fragen, ob er dich einstellt, er hat eine kleine Pizzeria. Magst du Pizza?«

Er lächelt und sagt: »Pizza. Come on.«

Ich kann nicht erkennen, was in ihm vorgeht. Ob überhaupt etwas in ihm vorgeht. Vielleicht ist er ja blöd, ich meine, irgendeine Art von unterentwickelt. Vielleicht ist er aber auch nur still. Ich war auch lange still, als ich in die kleine Stadt gekommen bin, brauchte eine gewisse

Zeit, um mich zu öffnen, dabei habe ich sehr wohl verstanden, was mit mir geredet wurde. Nein, blöd ist er bestimmt nicht, immerhin hat er sich um alles gekümmert, während ich hier blöd rumgelegen bin.

»Du hast das super gemacht. Wirklich. Danke noch mal.«

Er lächelt immerzu, ist ein freundlicher Kerl. Und mit still habe ich normalerweise kein Problem. Viele von Rumenas Damen sind auch still. Die tragen alle so viel mit sich herum, manche sind gebrochen, haben abgeschlossen mit der Welt oder zumindest mit den Menschen. Sie leben in sich selbst, sehen keinen Sinn mehr im Kommunizieren, das Leben hat sie vorsichtig gemacht. Sie wissen um die Gefahren von Offenheit und Vertrauen, die Stille ist ein sicherer Ort für sie.

Was er wohl alles erlebt hat? Welches Leben, welche Menschen, welche Tätigkeiten musste er zurücklassen? Was hat er endgültig verloren, was musste er opfern? Es ist anzunehmen, dass er Schlimmes überstanden hat, also ist seine Stille, einmal abgesehen vom Fehlen einer gemeinsamen Sprache, womöglich auch nur eine Art von Schutzwall.

»Weißt du, ich bin hier, um mein Mädchen zu suchen, sie ist einfach verschwunden. Sie heißt Veronika, hat rote Haare und ein schiefes Lächeln. Sie lacht wie eine Ziege, furzt und steht auf Waffen. Aber das ist natürlich unfair, das beschreibt sie nur ungenau und oberflächlich, hat nicht annähernd etwas mit ihrem wirklichen Charakter zu tun, den ich übrigens noch gar nicht kenne. Auch sie spricht nicht gerade viel. Ich weiß, ehrlich gesagt, nicht, ob es gut ist, sich zu verlieben. Was meinst du? Warst du schon verliebt? Ich meine, ich bin schon länger in sie verknallt, aber seit gestern – nein, vorgestern – hat sich das in etwas Neues verwandelt, da hat sich eine neue Ebene oder Dimension ungefragt aufgetan. Hat das etwa mit dem Küssen zu tun? Mit dem Körperkontakt? Oder mit dem Sprechen? Wäre sie vor ein paar Tagen weggegangen, hätte ich noch ein paar Mal in der

Bäckerei nach ihr gesehen, vielleicht nach ihr gefragt, aber ich hätte ihr Verschwinden zur Kenntnis genommen und es wäre kein großes Problem gewesen. Jetzt, so kommt es mir vor, ist das Verliebtsein mit großen Problemen verknüpft. Und ich weiß nicht, ob das gut ist. Alles, was ich jemals gelesen habe, preist die Liebe als das Höchste, aber von den höchsten Problemen ist dabei nie die Rede.«

Keine Reaktion. Wenn ich es recht bedenke, sind mir stille Menschen immer sympathisch gewesen, in der Schule, in der Sunshine Bar oder hier in der Stadt.

Einmal kam eine Frau zu Rumena, sie hieß Marta ohne H, so hat sie sich vorgestellt, also nannten wir sie so: Marta ohne H. Auch sie verweigerte das Sprechen, oder sagen wir, die Konversation. Sie sprach nur, wenn es wirklich wichtig war, worüber freilich sie selbst bestimmte. Oder Rumena – wenn sie etwas für wichtig hält, kriegt das jeder mit, für sie ist die Stille nur ein Synonym für Schlaf oder Tod, aber die Stille anderer ist auch ein Geschenk für sie, ein Freiraum, den sie nutzen, in welchem sie wüten und ungebremst sie selbst sein kann. Marta ohne H ist nicht lange geblieben, aber jeder mochte sie gerne. Sie war hilfsbereit und liebenswürdig, sanft geradezu. Wir waren alle traurig, als sie uns verließ, um … ich weiß auch nicht, weiterzuziehen. Sie hat uns nichts über sich erzählt, was ich schade fand, aber akzeptieren musste. Ich denke oft an sie.

Vielleicht ist mein Gefährte ein ähnlicher Typ. Nicht einmal seinen Namen verrät er mir. Wenn ich auf mich zeige und ›Adam‹ sage, müsste er doch verstehen, dass das mein Name ist, und dann wäre es doch nur logisch, dass er mir seinen nennt. Er aber lächelt lieber. Was soll's, ich nenne ihn einfach Marta. Das ist besser als ›Hey‹ oder ›Come on‹. Ich tippe noch einmal auf meine Brust, sage »Adam«, dann zeige ich auf ihn, er grinst und schweigt, also sage ich laut: »Marta.« Er nickt und lacht, und ich muss auch lachen.

Marta also. Siehst du, Marta ohne H, du bist einfach gegangen und ich war traurig, aber jetzt bist du wieder hier, das ist schön, darüber freue ich mich, wenngleich ich dich nie erkannt hätte in deinem neuen Körper …

»Ich bin aber auch hier, um Brennstoff zu sammeln. Für Rumenas Haus. Deswegen die Ordner in dem schwarzen Sack, nur für den Fall, dass du dich gefragt hast.«

Nichts.

»Hast du jemals so viel Schnee gesehen? Es ist wunderschön, oder? Vor allem heute, ohne Sturm … der Himmel ist so makellos. Aber ich sehe keine Tiere, keine Vögel, ist das nicht seltsam? Sind die letzte Nacht gestorben? Alle?«

Stille.

»Pass auf, Marta, wir müssen los. Ich glaube nicht, dass Veronika in C ist, und momentan gibt's hier ohnehin nur Schnee. Wir sollten keine Zeit verlieren. Noch so einen Sturm überleben wir vielleicht nicht. Es ist auch gar nicht so weit, nur der Schnee hält uns auf, aber in ein paar Stunden sollten wir es schaffen. Okay?«

»Okay«, sagt er. Na bitte, das war fast schon ein Gespräch, definitiv das sinnvollste bisher. Ein Schritt nach dem andern.

Ich packe den Koffer und die Säcke auf die Rodel und zurre das Seil fest. Als ich die Rodel aus Martas Höhle ziehe, trifft mich fast der Schlag, wie Rumena sagen würde.

Da liegt ein toter Wolf. Das ist der von gestern, den ich erschossen und mitgenommen, dann aber im Schnee zurückgelassen habe, ich bin mir ganz sicher. Warum hat er den geholt? Und vor allem: Wie hat er den gefunden? Der muss doch tief unter der Schneedecke außerhalb des Zauns gelegen sein. Und vorhin war nicht einmal der Zaun zu sehen. Und war er überhaupt bei mir, als ich das Viech abgeworfen habe? Verwirrt blicke ich zu ihm, er lächelt und zeigt mir seinen schwarzen Daumen. Egal. Ich will losgehen, er aber zeigt auf den Wolf.

»Was willst du mit dem?«, sage ich. »Der ist unnötiger Ballast. Wir brauchen ihn nicht, wir können ihn nicht essen, er ist viel zu mager und womöglich verseucht.«

Er kapiert das nicht. Schnappt sich den Kadaver und wirft ihn über seine Schulter, dann nickt er, bereit zum Aufbruch.

Herrje, ich muss aufpassen, was ich in die Hand nehme, offenbar will er nichts liegen lassen. Vielleicht hat er aber auch religiöse Gründe, fühlt sich moralisch verpflichtet, sich um das tote Tier zu kümmern.

»Findest du es falsch, ihn liegen zu lassen? Bin ich als sein Mörder für ihn verantwortlich? Ist es das?«

Das könnte ich verstehen. Das Leben in der Stadt hat mich hart gemacht. Es wischt derartige Prinzipien zynisch vom Tisch, als wären sie Dreck, Reste des gestrigen Essens, eines veralteten, lächerlichen Systems. Nun ja, das stimmt nicht ganz – im Grunde hat mich das Waldleben hart gemacht. Im Wald war ich Marta. Ich war der, der Gefühle für die Tiere hatte, was meine Tanten nicht ernst nehmen konnten. Der hierarchische Unterschied zwischen Mensch und Tier war für sie ein ganz natürlicher, von Gott befohlener. Was dasselbe bedeutete, denn Gott und die Natur waren eins, der Mensch stand mittendrin, war sein Werkzeug, war Teil der Natur und Teil des Göttlichen. Das war sein Privileg, aber auch sein Dilemma.

»Ein Wildschwein ist nichts wert«, sagte Tante Maria.

»Aber die Jungen sind lieb«, sagte ich.

»Die sind auch Wildschweine.«

»Sie schmecken gut.«

»Ja.«

»Danke, liebes Wildschwein.«

»Dank lieber dem Herrgott. Das Wildschwein ist nicht lieb. Es tötet dich, wenn du es nicht tötest. Jetzt iss und sei ruhig, Adam.«

In Gedanken sagte ich dennoch trotzig: Danke, liebes Wildschwein.

Wir stehen einander gegenüber. Martas freundliches Gesicht strahlt die größte Geduld aus. Die Wolfsleiche schmückt seinen Hals wie eine Trophäe, sie wird aber bald stinken und Aasfresser anlocken, womöglich wieder Wölfe. Ich bin mir sicher, dass die in der Not auch ihre eigenen Leute fressen – angeblich tun das Menschen auch, davon habe ich gelesen. Das kann ich mir zwar nicht vorstellen, aber was weiß ich schon. Die Not ist der reinste Kulturkiller. Das macht die Stadt, in der Not und Armut ansteigen, zum Pulverfass.

Der Schnee hat den Leichnam gut konserviert, aber an der Luft, noch dazu in der Mittagssonne wird die Verwesung bald einsetzen. Wer weiß, von welchen Viren und Krankheiten der befallen ist – nein, nein, wir müssen ihn loswerden, also lege ich den Riemen der Rodel wieder hin, gehe auf den Jungen zu und deute ihm, mir den Wolf zu geben. Er lässt ihn in meine Hände gleiten. An dem ist wirklich nicht viel dran, leicht wie eine Katze ist er. Wie ein Kind. Ich bringe ihn zu der kleinen Höhle und lege ihn behutsam auf den Boden, dann fasse ich eine Handvoll Schnee und werfe sie über ihn. Marta versteht und folgt meinem Beispiel. Nach ein paar Minuten stehen wir vor einem kleinen, weißen Hügel, ich klopfe ihn fest, zeichne ein Kreuz und sage: »Herr, gib ihm die ewige Ruhe und das ewige Licht leuchte ihm. Lass ihn ruhen in Frieden. Amen.« (Das Amen höre ich in meinem Kopf immer vom Holzapfelchor gesprochen.)

»Amen«, wiederholt auch Marta, dann fängt er leise zu singen an. Die Melodie ist einfach, seine Stimme sanft und klar. Ich schließe meine Augen und folge seinen Tönen und dem Laut seiner Sprache, die ich auch als Musik wahrnehme. Er hält inne, ich könnte noch einen Psalm dranhängen, den von der Herrschaft des Menschen über die Tiere der Felder vielleicht, aber ich lasse es. Sein Lied hat mich gerührt, es ist genug. Wir müssen weitergehen.

*

Langsam kommen wir voran, nur der brüchige Schnee behindert uns. Hin und wieder stoße ich kurze Flüche in die Luft, weil das Mühsame und Tollpatschige unseres Marsches dem Landschaftsbild so krass widerspricht. Hier ist weit und breit nur Ruhe und Frieden, kein Hindernis, nur weiße Fläche, kalte Luft, das gleißende Sonnenlicht und direkt vor uns das Ziel, die Fabrik. Vom Turm bis hierher ist es normalerweise ein Weg von höchstens zwanzig Minuten, wir sind sicher schon eine ganze Stunde unterwegs.

Ich habe mein Zeitgefühl verloren.

Die Zeit scheint stillzustehen. Wir bewegen uns in einem starren Bild. Wenn wenigstens ein paar Wolken am Himmel wären!

Ich habe vergessen, welcher Wochentag heute ist.

Es ist doch erst zwei Tage her, dass ich durch das Fabriksgelände gelaufen bin, ich kann mich aber an nichts erinnern, erkenne nichts wieder, der Schnee hat alles verändert, eine neue Welt erschaffen. Und natürlich haben leerstehende Fabrikshallen keine individuellen Merkmale, eine sieht aus wie die andere. Irgendwo hier leben auch Menschen, ich habe ja vorgestern ein paar Gestalten und Feuer gesehen und der Sturm mag weitere auf der Suche nach Unterschlupf hierhergetrieben haben, immerhin wollte ich das auch. Wir müssen vorsichtig sein.

Wir stehen vor der ersten der Hallen, ihr Tor ist weit geöffnet wie das Maul eines riesigen Maschinenwesens. Ich nicke dem Jungen zu und halte meinen gestreckten Zeigefinger gegen die Lippen, was unnötig ist, weil er ohnehin nicht spricht. Schleppend nähern wir uns dem schwarzen Loch des Eingangs. Ich kann gar nicht sagen, warum wir das tun, bleiben werden wir hier auf keinen Fall, aber wieder gebe ich die Hoffnung nicht auf, noch ein paar Latten oder kaputte Möbel zu finden, die ich Rumena mitbringen kann.

Ich werfe einen Blick in die Halle, der Schnee reicht mindestens zwanzig Meter hinein, fällt ab wie eine kleine Skipiste. Das Licht, das durch die Fenster in die Mitte des Raums bricht, wirft strahlende Kegel und offenbart wild tanzende Staubpartikel. Dadrin ist nichts, gar nichts, nur Leere, Staub und Dreck, also ziehen wir weiter. Hinter dem Industriepark muss der Fluss sein. Eine Halle nach der andern, bestimmt ein Dutzend. Zwischen der vorletzten und der letzten blicke ich nach links – da steht eine Frau, die Wäsche aufhängt …

Sie ist noch jung, höchstens vierzig, ihr Haar ist hochgesteckt, sie trägt eine Art Haushaltsschürze, darüber einen Anorak und Stiefel, ein bisschen wie die Tanten. Seelenruhig fasst sie sich ein Stück nach dem andern aus einer Scheibtruhe und befestigt sie an der Wäscheleine. Hinter ihr klappt eine Tür an der Seitenwand der Halle auf, weiter vorne erkenne ich weitere Türen, einige davon ebenfalls geöffnet, davor liegen vom Schnee bedeckte, zum Teil schon wieder befreite Fahrräder, Regentonnen, Zeug. Diese Halle ist zweifelsohne bewohnt. Wie leben die hier, ohne Wasser, ohne Strom? Na gut, sie haben den Fluß, sie haben Feuer, wie im Wald leben sie. Vor und rechts neben der Frau ist alles weiß, links die Halle, oben der blaue Himmel, die Umgebung umrahmt sie wie ein Passepartout.

Jana hat mir einmal Bilder von arbeitenden Frauen gezeigt, die sie gemalt, aber nicht aufgehängt hat. Das hier könnte eines davon sein. Wie gern würde ich es für sie fotografieren!

Die Sonne wirft einen grellen Schimmer über die nahezu in Zeitlupe agierende Erscheinung der Frau. Sie ist wunderschön.

Der Effekt dieser Szene auf mich ist bemerkenswert, beinahe traumähnlich. Die alltägliche Normalität, die von ihr ausgeht, ist nicht normal, deswegen rührt und wärmt sie mich ja. Ich meine auf ein Foto oder einen Film aus längst vergangenen Tagen zu schauen. Mir ist, als kenne ich sie, als sei sie meine Nachbarin oder eine Vertraute, die vielleicht auch meine Wäsche dazunimmt, weil sie noch Platz hat, deren Waschmittel mir vertraut ist und das ich beinahe riechen kann. Ist es Lavendel oder doch Orchidee? Oder hängt sie die Sachen ungewaschen an die frische Luft, wie viele es tun, die kein oder zu wenig Wasser haben? Für einen Moment zweifle ich an der Wirklichkeit des Bildes, erwäge die Möglichkeit einer Halluzination oder einer

Fata Morgana, so flirrend erscheint mir die Luft vor meinen Augen, also werfe ich Marta einen fragenden Blick zu. Er hält seinen Daumen in die Luft, was mir Bestätigung genug ist.

Unsere Bewegungen erregen ihre Aufmerksamkeit. Sie blickt in unsere Richtung, nickt wie zum Gruß. Lächelt sie? Nein, das bilde ich mir ein, das wäre zu schön. Ich nicke zurück und hebe die Hand zu einem Winken, sie zuckt zusammen. Ein unangenehmes Gefühl beschleicht mich. Wer glaubt sie, dass ich bin? Ein Feind, ein Eindringling. Störe ich ihre Privatheit? So etwas wie Privatheit ist mir schon lange nicht in den Sinn gekommen. Gibt es das hier überhaupt? In C? Die Stadt hat derartige Begriffe doch längst gefressen.

Ich versuche ein Lächeln, ihre steife Verweigerung versetzt mich in peinliche Verlegenheit, also ziehe ich am Riemen der Rodel und will weitergehen, sie aber fasst anfallsartig nach einem Gewehr, das offenbar zwischen den Wäschestücken liegt, und richtet es auf uns, dabei bellt sie Unverständliches. Diese Panikreaktion, gepaart mit ihrer rauen, eher tiefen Stimme, verändert das romantische und somit lächerliche Bild, das sich meine Fantasie von ihr gemalt hat, augenblicklich. Enttäuscht will ich losgehen, bemerke aber, dass Marta sich nicht von der Stelle rührt. Er zittert. Und dann wird mir klar: Die Frau richtet ihre Waffe nicht auf uns oder mich, ihr Ziel ist der schwarze Junge.

»Hey«, rufe ich ihr mit ausgestreckten Armen zu. »Immer mit der Ruhe, wir wollen nichts von Ihnen, wir ziehen hier nur durch!«

Sie hat Angst, das sehe ich, das kann ich spüren. Und wenn nur ein leichter Wind wehen würde, könnte ich es auch riechen. Sie konzentriert all ihre Gefühle auf Marta.

»Entschuldigen Sie, wir wollen nur nach Hause!«

Ein paar Kinder laufen nach draußen, und auch durch die Nachbartüren lugen kleine und große Köpfe. Soweit ich das in der Hektik der Situation beurteilen kann, sind keine Männer hier. Die sind wahrscheinlich auf Futter- und Holzsuche. Oder in einem anderen

Land. Oder tot. Die Frau, die mir plötzlich viel älter vorkommt, schreit ihre Kinder an. Sie verziehen sich in den Hintergrund, zu den Nachbarn, wo sie von einer anderen Frau ruhiggestellt und festgehalten werden.

»Jetzt hören Sie schon auf. Nehmen Sie die Waffe runter! Es ist nichts passiert und wir sind schon wieder weg«, versuche ich es erneut. Unweigerlich denke ich an die Tanten – nichts und niemand, schon gar keine klugen Sprüche oder Beschwichtigungen eines fremden Mannes könnten sie dazu bringen, ihre Waffe wegzupacken und Vertrauen zu schöpfen, aber erstens ist diese Frau keine Holzapfel, und zweitens: Was sollte ich sonst tun?

Marta scheint nervös zu werden. Sein ganzer Körper vibriert, auf seiner Stirn bilden sich Schweißtropfen, seine Augenlider zucken, als wagte er es nicht, sich den Schweiß von den Augen zu wischen, nur um diese Frau nicht zu provozieren. Seine ganze Erscheinung ist die eines unberechenbaren Mannes kurz vor dem Ausrasten, was wiederum die Frau spürt. Ich muss diesen fatalen Kreislauf unterbrechen.

»Hey, Marta«, flüstere ich ihm zu, er schaut kurz zu mir, dann wieder auf seine Angreiferin. »Look at me. Bleib ruhig.«

Er ist in eine Art Autopilotmodus gekippt, verliert zunehmend die Kontrolle, ich erkenne eine Tendenz seines Körpers nach vorne. Will er etwa auf sie zulaufen? Mit ihr kämpfen?

»No, no, no, das ist keine gute Idee!«

Ich stürze mich auf ihn und halte ihn an den Schultern fest. Ich stehe jetzt mit dem Rücken zu der Frau, genau zwischen ihnen.

»Die hat nur Angst. Und ihr Gewehr ist gar nicht geladen, schätze ich. Sonst hätte sie geschossen. Verstehst du? No … verdammt, wie heißt das denn … Munition! Die Waffe ist … fake! You hear me?«

Ich weiß nicht, ob er mich hört.

»Come on, Marta … come on!«

»Come on«, plappert er mir endlich nach. Sein Körper wird ruhiger, er schluckt und nickt mir zu. Hat sich wieder im Griff.

»Schön durchatmen. Breathe.« Ich mache es ihm vor, er folgt meinen Anweisungen. »Wir gehen jetzt einfach, schön langsam, und ignorieren sie, okay? Let's go. Okay, Marta?«

»Okay.«

Und so gehen wir los. Noch einmal werfe ich ihr einen Blick zu. Ich würde sie so gerne besänftigen, ihr den Stress nehmen, aber sie versteht mich ja auch nicht. Das ist wirklich frustrierend. In ihren Augen ist Furcht – aber jetzt, wo wir uns aufmachen, lockert sich die Angespanntheit ihres Körpers. Das ist gut.

»Thank you«, sage ich ruhig und freundlich. »Bye bye.«

Für sie stellen wir nur eine weitere Bedrohung dar, eine Gefahr, die sie von sich und ihren Kindern fernhalten muss – wir sind die Wölfe. Für sie macht es keinen Unterschied, ob ein hungriger Wolf sie anstarrt oder zwei Männer. Männer sind wahrscheinlich schlimmer. Wir sind die mächtige Naturgewalt, das Schlimme, das Brutale und Stärkere, das Fremde, dem immer zu misstrauen ist. Das kann ich ihr nicht vorwerfen, das gebietet die Natur. Und der Schwarze steht für sie erst recht für das Fremde, Unbekannte und also Bedrohliche. Sie muss genauso handeln, sie hat keine Wahl, keine Alternative. Und so bemerkenswert es sein mag, dass man auch mit Händen und Füßen kommunizieren kann, so klar wird mir auch, dass Waffen nur ein Ersatz für fehlende Sprache sind. Auch ich habe dem Jungen zuallererst meine Glock entgegengehalten, auch ich hatte keine vernünftige Alternative in dem Moment und musste mich schützen. Und hätte er eine Waffe gehabt, er hätte genauso gehandelt.

Ohne Sprache sind wir nur Tiere. Ohne gemeinsame Sprache sind wir Feinde, diese Stadt ist der Beweis.

Ich will weg, will laufen. Ich verfluche den Schnee, der eine massive Bremse ist, aber es hilft nichts. Tapfer wackeln wir vorwärts.

»Nicht umdrehen. Don't turn around. Ganz ruhig. Ein Schritt nach dem andern. So ist's gut. Small moves«, sage ich noch wie ein Trainer, den nichts aus der Ruhe bringen kann, denke jedoch insgeheim:

Hoffentlich habe ich recht und ihre Waffe ist nicht geladen. Oder: Sie wird schon nicht schießen *wollen*.

Auch ich will sie nicht provozieren.

Langsam wende ich den Kopf zur Seite und sehe Marta aus den Augenwinkeln, wie er vorsichtig lächelt, dicht hinter mir, seine linke Hand an meiner Jacke.

*

Ich kann den Fluss nicht sehen. Er ist zugefroren und schneebedeckt, nur die Brücke in etwa einem Kilometer Entfernung sagt, dass er überhaupt hier ist. Wir befinden uns ungefähr an derselben Stelle, an der ich ihn vor zwei Tagen überquert habe, da lag noch kein Schnee … Ich werde Marta gar nichts von der Existenz des Flusses sagen, wozu auch? Er ist einfach die nächste weiße Fläche, die es zu überqueren gilt.

»Da drüben ist B. Großstadt Zone B. Das ist unser Ziel.«

Marta nickt.

Ich kann die ersten Häuser erkennen, dazwischen den Park, der keiner mehr ist, weil sie die Bäume abgeholzt und verheizt haben, bevor das verboten wurde. Ich sehe die Hochhäuser, die mit Menschen vollgestopften Plattenbauten. Ich war nur einmal in so einem Bau, genau da drüben, es ist deprimierend. Die Apos tun so, als lebten die Menschen wie ignorante Könige, als kümmerten nur sie sich um die Armen und Ausgestoßenen, was sie ja gar nicht tun, sie reden und plärren nur, zudem meinen sie damit ohnehin nur die Tiere; die Menschen sind ihnen egal, aber die Menschen leben auch wie Tiere! Das ist die Wahrheit. Ob auf den Straßen oder in den Häusern. Diese Bauten sind Käfigen gleich oder Gefängniszellen, alles ist auf das Grundlegendste reduziert. Dadrin sitzen sie zusammengepfercht auf engstem Raum, dadrin sterben sie, ohne dass ihre Nachbarn Notiz davon nehmen, liegen tot auf ihren Sofas, auf ihren Klos oder in ihren Küchen, und werden erst entsorgt, wenn ihr Gestank zum Himmel schreit. (Ich frage mich, wieviele Menschen in C wohl tot herumliegen? Keine Behörde geht nach C, kein Polizist, kein Sozialarbeiter, kein Rettungsdienst, niemand.) Beinahe wäre ich in so einen Bau gezogen, so groß war mein Wunsch, selbstständig zu leben, hätte mir der gute Doktor Valium nicht seine kleine Wohnung angeboten.

Ich sehe Kirchen, das Rathaus, die traurigen Türme und Säulen des alten Vergnügungsparks, das Riesenrad mit seinen kaputten Gondeln, die wie vergessener Christbaumschmuck gefährlich nach unten hängen, dahinter die nächste Plattenbausiedlung. Das ist Zombiestadt, ein längst verlassenes Viertel, das angeblich an nur einem Tag leergeplündert war.

Ich sehe weiße Dächer.

Das ist B, das größte Chaos meiner kleinen Welt.

Ein paar hundert Meter weiter auf den Uferhügeln – offenbar haben wir den Fluss bezwungen, noch dazu ohne Probleme – tummeln sich Kinder im Schnee, ihr Anblick tröstet mich. Sie johlen und kreischen, raufen und kämpfen, schimpfen und lachen, stecken ihre Köpfe ins kalte Nass, rutschen auf Plastikfetzen den Hügel runter, schießen Schneebälle ins blanke Nichts des Flusses, verschwenden ihre überbordende Energie und ihre Zeit. Für sie bedeutet das Stadtchaos nicht das Ende oder den Verfall der Zivilisation, für sie ist es nur normal, der Anfang ihres Lebens, wie es für mich der menschenleere Wald war. Ich selbst habe mich in der Gegenwart Erwachsener immer wohler gefühlt, aber jetzt, nach zwei Tagen Isolation sind mir die kleinen Wilden ein lebensbejahender Willkommenstrupp. Bestimmt haben ihre Eltern keine Ahnung, wo sie sich herumtreiben. Sie sollten die Schulbank drücken, aber wieviele tun das wohl? Ich nehme an, nur jene, deren Eltern auf Bildung bestehen und sich wirklich darum bemühen. Sich Bildung leisten können. Die Straßenfamilien leben von heute auf morgen auf übermorgen.

Sie haben uns entdeckt und halten inne, starren in unsere Richtung, wägen wahrscheinlich ab, ob wir eine Gefahr für sie darstellen oder nicht. Als sie erkennen, dass wir uns von ihnen wegbewegen, beachten sie uns nicht mehr und spielen weiter.

Der Fluss liegt zwischen den Stadtzonen wie ein Kontinent, eine stille, arktische Landschaft. Die Sonne lässt alles glitzern, schärft die Konturen der kleinen Schneewehen, die sich aus dem Flachen erheben. Es ist sommerlich heiß, zumindest fühlt es sich so an. Ich schwitze. Ich könnte meine Jacke ausziehen, aber dann müsste ich sie schleppen. Ich öffne den Reißverschluss. Marta hat das längst gemacht, er hat sich seine um die Hüfte gebunden. Grinst mich an, aber ich kann seine Erschöpfung sehen.

Ich blicke zurück nach C. Vor dem Fabriksgelände bewegt sich etwas. Sind das auch Kinder? Nein, die sind zu schnell – das sind Wölfe. Fünf oder sechs. Sind sie hinter mir her, um ihren Bruder zu rächen? Blödsinn. Sie laufen flussabwärts, noch dazu am anderen Ufer. Als sie auf Höhe der Kinder sind, fällt ein Schuss, sein Echo hängt lange in der Leere. Das war einer der Buben. Dort, weit hinter ihnen, flattern Vögel hoch, sind das Raben? Endlich Leben. Ich hätte in C viel mehr Tiere erwartet. Die Gegend, die ich bei meinen Ausflügen immer durchquere, ist ja der reinste Zoo, und auch das Habsburgviertel muss doch – wie sagen die Apos? – *renaturalisiert* sein. In dem Haus waren immerhin Tauben. Hat wahrscheinlich mit dem Sturm, mit dem verdammten Wintereinbruch zu tun, die haben sich bestimmt in die Häuser zurückgezogen oder sind verreckt. Na ja. Die Wölfe machen sich davon, die Kinder jubeln.

Bewaffnete Kinder schockieren mich nicht mehr.

»Let's go«, sage ich, gar nicht zu Marta, nur so vor mich hin. Ich habe ihn die letzten fünfzehn Minuten gar nicht beachtet, bin nur gedankenverloren dahingetrottet. Ich will mir auch gar nicht überlegen, wie ich ihn loswerde. Das Gewicht der Rodel wird größer, ich bin ganz schön erledigt. Ich hoffe sehr, dass es zuhause warmes Wasser gibt.

Mein Vorhaben ist eindeutig gescheitert, mein Ausflug der totale Reinfall: Ich habe viel zu wenig Holz, nur die Rodel, das Besteck und die Ordner. Und ein paar Schallplatten und ein Buch, die dürfen wir aber auf keinen Fall verheizen. Heiliger Luxus!

Und Veronika? Ich hätte Marta Veronika nennen sollen, dann hätte ich zumindest eine gefunden …

Wir haben uns den Bedingungen angepasst und gleiten beinahe über den Schnee, vielleicht ist er hier am Fluss auch fester, jedenfalls brechen wir nur noch selten ein. Bald haben wir es geschafft, da vorne sehe ich die riesigen Ortsschilder: Zone B.

Mein Körper reagiert sensibel auf den Anblick – eigentlich ist es mein Geist, der den Körper, den er die letzten Stunden so wohltuend ignoriert hat, endgültig wieder in den Fokus rückt. Im Unbekannten bin ich also angespannt, wach und zu allem bereit, dort funktioniert der Körper wie eine Maschine. Das Vertraute aber, und sei es nur ein Gefühl davon, ein Anzeichen oder fernes Bild, löst die Spannung und macht mich schwach. Grüß Gott, sagen die Schmerzen und grinsen arrogant. Dennoch genieße ich das nahende Ende dieser abenteuerlichen Episode. Die großen Schilder ragen aus dem Schnee, und wenngleich nur »ZONE B« daraufsteht, wirken die Buchstaben auf mich wie ein »WILLKOMMEN ZUHAUSE«. Den Schmerz nehme ich gerne in Kauf.

Ich drehe mich zu Marta um und zeige auf die Schilder, er nickt und schenkt mir ein breites Grinsen.

Was, wenn das gestrige Wetterereignis einen Wandel eingeleitet hat, ein tipping point war. Was, wenn alle Kämpfe und Bewegungen der Stadt, alle Revolutionsvorbereitungen oder Kriegsfantasien vom Sturm weggespült wurden? Was, wenn ich mein Zuhause nicht wiedererkenne, meine Leute nicht da sind, wo ich sie vermute?

Ich muss schnellstens mein Handy aufladen.

Es wird schon alles an seinem Platz sein. Das ist nur Schnee, sage ich mir, das ist nur mein Kopf, der sich sorgt, mein Drang, alles in

Erwägung ziehen zu müssen. Mit einem Mal erfüllt mich eine große Sehnsucht nach dem Wald, nach meinen Tanten. Nach Tante Maria, wenn ich ehrlich bin. Ihr ist bestimmt nichts zugestoßen, da bin ich mir ganz sicher, aber ich wäre jetzt gern bei ihr, in ihrer unauffälligen und gleichsam dominanten Nähe, die mir absolute Geborgenheit ist. Nichts, was mich betrifft, wurde jemals von ihr in Frage gestellt. Mit ihr halte ich es wochenlang aus, ohne ein Wort zu sprechen, ohne Kommentar zum Leben oder zur Welt. Keine meiner Mütter war mir so Mutter wie sie. Bei ihr kann ich mich vergessen …

Aber es hilft nichts, der Wald, mein eigentliches Zuhause, ist weit entfernt, er heißt niemanden willkommen, das ist seine Gemeinsamkeit mit der Stadt. Beide existieren willenlos. Ich bin der Mensch Adam, ich entscheide.

Ich muss das Wünschen und Träumen lassen und der Gegenwart ins Auge schauen. Ein Schritt nach dem andern. Meine Schritte werden schneller, Marta stolpert mir nach, auch er wird schwächer.

Da vorne sitzt einer in einer Art Schneeverschlag, seine Jacke ist gelb wie meine. Gibt es jetzt Grenzposten?

5

Großstadt Zone B / Winter

DIE BÄCKEREI WAR NOCH geschlossen, aber das Licht war an und eine junge Frau, die sie nicht kannte, war dabei, Brot ins Regal zu schlichten, als Veronika ans Fenster klopfte. Das Mädchen winkte ab und schüttelte den Kopf, Veronika klopfte erneut und sagte laut: »Ich arbeite hier«, worauf die Kollegin zur Tür kam und ein wenig verunsichert aufsperrte. »Du arbeitest hier?«

»Ja, ich bin nur gestern nicht gekommen, ich hab's nicht geschafft.«

»Ah, du bist das. Ich hab gestern angefangen. Wir kamen ganz schön ins Trudeln, der Chef war nicht gerade erfreut. Er hat versucht, dich zu erreichen, aber du hast nicht abgehoben.«

»Ich hatte so was wie eine … Panikattacke. Tut mir leid. Ist Karla da?«

»Ja, die ist hinten.«

»Ist es okay, wenn ich schnell zu ihr gehe?«

»Von mir aus.«

Veronika huschte ins Innere, stellte ihren großen Rucksack ab und saugte den Duft von frischem Brot ein, das war das Beste an dem Job. Auf dem langen Gang zur Backstube – sie nannten den hinteren Raum nur dem Chef zuliebe Backstube, tatsächlich standen da nur drei Aufbacköfen, mehrere Wägen mit Backblechen, alle voll mit Brot, Gebäck, Striezeln und Plunder. In ihrem Bauch rumorte der Hunger.

»Sieh mal einer an, wen haben wir denn da?«, grinste Karla.

»Es tut mir so leid, ich … ist Hans böse?«

»Ich befürchte, der will dich gar nicht mehr sehen. Der war schon angefressen, weil du letztens vor den Leuten mitten im Geschäft gefurzt hast, haha.«

»Wie bitte?«, lachte die Neue und streckte ihren Hals in den Gang, Veronika verdrehte die Augen.

»Das dachte ich mir schon. Ich muss dich um etwas bitten, Karla.« Sie sprach jetzt sehr leise.

»Aha. Pack schnell mit an. Heute werden wohl nicht viele Kunden kommen. Was brauchst du denn?«

Veronika schlüpfte in einen Handschuh, brachte das Kipferlblech nach vorne ins Geschäft, schenkte der Neuen ein falsches Lächeln und kehrte rasch zurück. »Du bist doch im feministischen Untergrund –«, flüsterte sie verschwörerisch.

»Pscht, nicht so laut.«

»Entschuldige, aber das war gar nicht laut … Ihr seid doch gut vernetzt, oder? Mein Mann ist verschwunden und ich –«

»Dein Mann?«

»Mein Freund. Er ist verschwunden und ich habe Angst um ihn. Wie's aussieht, ist er nach C gegangen, er könnte entführt worden sein.«

»Hm … und wieso sollte das den FU interessieren?« Das *FU* sagte sie tonlos.

»Ihr wolltet was von ihm. Habt ihn eingeladen zu … ich weiß auch nicht, irgendeiner Veranstaltung.«

»Wer ist dein Freund?«

»Er heißt Adam. Adam Holzapfel.«

»Holzapfel? Der Holzapfeladam ist dein Freund?«

»Ja.«

»Wie bist du denn an den gekommen?«

»Der kauft hier ein. Jeden Tag.«

»Der?? Das ist der Holzapfeladam?

»Ja.«

»Das gibt's nicht. Der war gestern hier und hat nach dir gefragt.«

»Ich weiß …«

»Der ist bei Sexarbeiterinnen aufgewachsen. Die haben ihn im Dorfpuff großgezogen. Und angeblich ist er ein Findelkind aus dem Wald. Wie ist der so?«

»Er ist kein Findelkind. Aber ja, er ist im Wald geboren und hat die ersten Jahre dort bei seinen Tanten verbracht. Er ist gut.«

»Gut?«

»Ja.«

»Die Holzapfelschwestern! Ich dachte früher immer, das sei ein Film oder ein Buch, aber die gab's wirklich, irgendwo in der Provinz, am Arsch der Welt.«

»Die gibt's immer noch.«

»Was??«

»Ja. Ich wusste gar nicht, dass die berühmt sind.«

»Na ja, zumindest im FU sind sie so etwas wie mythologische Heldinnen.«

»Seltsam …«

»Was ist seltsam?«

»Alles. Könnt ihr mir helfen?«

Karla dachte kurz nach. »Es gibt schon eine Gruppe, die in C aktiv ist, aber … C ist riesig, das zieht sich kilometerlang hin. Und niemand kennt ihn, ich halte das eher für aussichtslos, aber fragen kann ich ja mal. Hast du ein Foto von ihm?«

»Nein, aber ich könnte eines besorgen.«

»Das wäre gut.«

»Du fragst also?«

»Ja.«

»Danke, Karla. Ich muss irgendwas tun, das Warten ist nicht auszuhalten, verstehst du?«

»Wie wär's mit Arbeiten?«

»Ha ha …«

»Ich meine es ernst … hier.«

Karla deutete auf die Bleche, Veronika ging ihr widerwillig zur Hand. Hans, der Chef, ein zum Aufbäcker degradierter, gelernter Bäcker, was vielleicht seinen dauerhaften Grant einigermaßen erklären mochte, stand plötzlich im Gang, er sah erschöpft und müde aus, immerhin hatte er schon über eine Stunde lang Schnee geschaufelt. »Was macht *die* denn da?«, meinte er trocken.

»Hallo, Hans. Bitte entschuldige, mir ging's echt nicht gut gestern. Ich wollte mich melden, aber mein Handy war leer … ich hatte keinen Strom …«

»Erspar mir deine Ausreden. Wie stellst du dir das vor? Ich hab dir schon hundertmal erklärt, dass solche Kindereien den professionellen Ablauf im Geschäft untergraben. Jeder muss sich an die Regeln halten.«

»Ja, entschuldige.«

»Du hast noch genau eine Chance. Eine letzte.«

»Danke.«

»Aber nicht heute.«

»Alles klar.«

Er schüttelte den Kopf, sah sich im Geschäft um und erklärte der Neuen unsinnigerweise ein paar ganz offensichtliche Dinge, während Karla und Veronika die restlichen Bleche nach vorne brachten, ehe er sich wieder Richtung Backstube verzog, wahrscheinlich um im Hinterhof zu rauchen.

Veronika nahm Karla zur Seite und kippte augenblicklich in den Verschwörungsmodus zurück: »Ich brauche eine Waffe, kannst du mir da auch helfen?«

»Pscht. Warum denn das? Sag bloß, du willst nach C …«

Veronikas Blick blieb leer, sie zog ihre Unterlippe nach innen, als wollte sie die Antwort unterdrücken.

»Veronika? Hallo? Alleine als junge Frau bist du verloren, vertrau mir. Dort bist du schneller verschleppt und vergewaltigt, als du bis drei zählen kannst. C ist ein verdammter Dschungel. Mit denen ist nicht zu spaßen, das sind Tiere … du hast keine Ahnung.«

»Aber ihr seid ja auch dort.«

»Aber als Gruppe. Organisiert. Und ausgebildet. UT.«

»UT?«

Karla vergewisserte sich, dass die Neue beschäftigt war.

»Urbaner Terrorismus«, flüsterte sie.

»Das ist eine Ausbildung? Kann man das studieren?«

»Hör mir jetzt gut zu: Täglich werden Mädchen verschleppt, Normale Mädchen, die nichts mit dieser kaputten Welt zu tun haben wollen. Wenn du nach C gehst, bietest du dich freiwillig an, das wäre dumm! Verstehst du das? Du bist ganz schön naiv. Das weißt du, oder?«

Veronika zuckte mit den Schultern. Sie war nicht wirklich naiv, schon längst nicht mehr, sie kannte die kaputte Welt, aber sie hatte die Vergangenheit begraben und ließ nichts zu, was diesen Dreck aufwühlen wollte. Gut, die Entscheidung, sich zu prostituieren, war freiwillig und naiv gewesen, aber sie war sechzehn und hätte alles gemacht, um von zuhause wegzukommen.

»Ich bin nicht naiv«, sagte sie trotzig.

Karla bereute, sich auf dieses Gespräch eingelassen zu haben. »Warum glaubst du wohl, heißt es *Untergrund*?«

»Verstehe. Krieg ich jetzt eine Waffe?«

»Du verstehst gar nichts, Mädchen. Hau ab.«

»Aber ich meine es ernst.«

»Ich auch«, sagte Karla, und widmete sich kopfschüttelnd den Semmeln.

Veronika fasste nach ihrem Rucksack, steckte zwei Plunder mit Rosinen ein und verließ enttäuscht das Geschäft.

Sie fühlte sich verraten. Und sie würde ihr bestimmt kein Foto von Adam besorgen, die hat ja gerade so getan, als sei er ein Promi oder so was. Blöde Bitch, dabei hätte Veronika sich ganz gern im feministischen Untergrund engagiert.

FU. UT. Dämliche Initialen!

Ihre Methoden waren radikal – angeblich entführten sie Männer, mächtige Männer, Politiker, auch von Folter und Mord war die Rede, aber stimmte das überhaupt? Und waren das nicht ohnehin Arschlöcher? Die Leute krepierten auf der Straße und diese Typen sahen dabei zu. War es nicht in Ordnung, sie das spüren zu lassen? Der FU, das waren doch die Guten, ließen sich ihre Aktionen nicht unter *notwendiges Übel* oder *ausgleichende Gerechtigkeit* verbuchen? Waren sie nicht ein legitimer Aufschrei der Ohnmächtigen?

Veronika wusste nicht, was sie glauben oder wem sie vertrauen konnte. Das Leben hier war haltlos. Sie stammte aus einer Kleinstadt im Osten, mit der es nach dem Kollaps wirtschaftlich vorbei war. Fast alle jungen Menschen, die überlebt hatten, verließen damals ihren Heimatort, um in der Großstadt ihr Glück oder zumindest Arbeit zu suchen. Veronika war nur eine von vielen, dazu kam, dass sie ihre Eltern nicht mehr ertragen wollte. Nichts Außergewöhnliches war passiert, aber sie hatte das Leben mit ihnen satt, die Mutter hatte eine Affäre mit einem Nichtsnutz, der auch sie angrinste und begrapschte, der Vater war arbeitslos und dennoch nie zuhause, beide soffen und schummelten sich durchs Leben, als hätten sie sieben.

Was sie wirklich beunruhigte, war das Gefühl, dass sie es ihnen gleichtun würde, dass sie die Gefangene eines genetischen Strudels war, dem nicht zu entkommen war. Dieses Gefühl hatte sie nie ablegen können, der Ortswechsel war keine Lösung, die Prostitution schon gar nicht. Mittlerweile versuchte sie es auszublenden, nicht zu jammern und einen disziplinierten Alltag zu etablieren. Das Gefühl aber blieb bei ihr wie ein Muttermal oder ein Tattoo.

Irritiert stapfte sie durch die noch menschenleeren Straßen und dachte, das sei die perfekte Metapher für alles, für ihr ganzes Leben. Ja, sie irrte durch die Tage, hakte einen nach dem andern ab, ohne ihn mit Substanz gefüllt zu haben.

Sie kam sich nutzlos vor, wie ihre Alten, hatte der Welt nichts anzubieten, war nur ein weiteres Lebewesen, das Sauerstoff verbrauchte und der Erde hundert andere Ressourcen abverlangte. Ein weiterer Schmarotzer, eine weitere Krebszelle. (Sagten das nicht die Apos?)

Das mit dem Adam war ein Lichtblick gewesen, aber auch das hatte sie nicht hingekriegt. Hatte sich abgebrühter präsentiert als sie war, hatte gelogen und seine bemerkenswerte Offenheit, seine Reinheit besudelt. Wie hätte sie denn wissen können, wer er war, dass er so besonders, ehrlich und zart und nicht einfach einer der schwanzgesteuerten Typen war, mit denen man sich üblicherweise herumschlagen musste. Dabei hätte sie sich gar nicht verstellen müssen, die Ehrlichkeit wäre leicht gewesen. Er, der sein halbes Leben mit Huren verbracht hatte, hätte wahrscheinlich gar kein Problem mit ihrer Vergangenheit gehabt, aber andererseits: Wer läuft schon rum und präsentiert jedem Dahergelaufenen – oder noch schlimmer: einem, von dem man will, dass er einen mag – gleich einmal seine dunklen Flecken? Seine Scham! Nicht einmal Adam macht das. Er begrüßt eine Fremde auch nicht mit den Worten: »Übrigens, ich bin ein Waldfreak, eine Jungfrau, die im Puff aufgewachsen ist.« So was erfährt man, wenn überhaupt, nach und nach, wenn das Vertrauen einmal gewachsen ist, sich zu einer Sicherheit entwickelt hat. Und manche Dinge erfährt man auch gar nicht, die bleiben unter Verschluss, dazu hat jeder Mensch das Recht. Also war ihr Verhalten ihm gegenüber irgendwie auch nachvollziehbar, vielleicht sogar normal gewesen.

Was ihr an ihm so gefiel, war seine Stärke. Karla würde sie für so einen Satz sicher auslachen oder belehren, aber scheiß auf Karla, Veronika meinte ja wahre Stärke und nicht brutale Muskelkraft. Bei aller Zartheit oder Naivität schien er ein gefestigtes Gerüst in sich zu tragen, ein moralisches Gerüst. Das imponierte ihr. Er hing nicht in der Luft wie die meisten anderen, wie sie selbst, er stand und ging auf festem Grund. Etwas Ruhiges und Sicheres ging von ihm aus, das war wirklich beachtlich. Und liebenswert. Und sexy.

Ihr war bewusst, dass ihre romantischen Gefühle es waren, die ihn glorifizierten und auf ein womöglich unrealistisches Podest stellten. Aber war das nicht das Schöne an diesen Gefühlen, war das nicht der Grund, warum die Liebe als das Höchste galt?

Was, so fragte sie sich, während sie schon zum dritten oder vierten Mal von einem Penner angequatscht wurde, wenn das ihrem Leben Sinn geben konnte? Die Liebe! Sie konnte sie in ihrem Körper spüren, also war sie auch konkret, nicht nur eine Idee oder ein Schlager oder ein Gedicht. Sie war ein Fakt.

Sie musste Adam wiederfinden, sich bei ihm entschuldigen, ihm alles erklären. Sie musste sich um ihn bemühen, musste um diese Liebe kämpfen. Das war besser als urbaner Terrorismus! Vor zwei Jahren hatte Veronika für ein paar Wochen bei den Apos mitgemacht, aber was nutzte es letztendlich, die sterbenden Viecher zu betreuen oder zu begraben, wenn daneben Menschen auf offener Straße unbetreut vergingen? Die Apos hassten die Menschen wie der FU das Patriarchat, und für das Durchsetzen ihrer Forderungen war ihnen jedes Mittel recht; manche von ihnen strebten die große Revolution an, den bewaffneten Kampf gegen die Zone A! Die wollten Blut sehen, glaubten an das Radikale, nicht an das Vernünftige. Das Fundament ihres Kampfes war Hass.

Alles Denken ist verwirrend, dachte Veronika, als ein Mann an eine Hausmauer gelehnt, ungeniert seinen Penis rausholte und drauflos pinkelte – in ihre Richtung. Sie war angewidert, aber nicht wütend. Was ging in ihm vor, fragte sie sich. Ging überhaupt etwas in ihm vor? Was war mit einem Mensch passiert, der jegliche Scham abgelegt hatte, dem der Gedanke, dass es vielleicht ein ganz klein wenig anständiger wäre, sich umzudrehen, schon zu anstrengend oder zu aufwendig war? Er hatte das verwirrende Denken aufgegeben, es sich abgewöhnt, vielleicht weil er sich selbst und sein Handeln damit infrage stellen würde. Nun ja, er war ein Idiot, er war high auf … was zum Teufel es auch war.

Der Anblick der Junkies war ihr eine große Unterstützung in ihrer Anstrengung, vernünftig und konkret zu bleiben, denn sie war nicht wie Adam, sie trug kein gefestigtes Gerüst in sich. Sie verstand die Junkies allzu gut. Auch in ihr wütete eine Kraft, die den einfacheren, direkten Weg zum Ausblenden der Welt gehen wollte. Es fiel ihr nicht leicht, über die Mühseligkeit der Arbeit dorthin zu gelangen, es war eine tagtägliche, schwere Entscheidung, eine Überwindung. Sie hatte die Beruhigungsmittel der Huren ausprobiert, gekifft und getrunken, ein einziges Mal Heroin genommen. Ihre Verzweiflung an jenem Tag war so groß gewesen, dass sie das spontane Angebot ihrer Kollegin – sie wurde Oxy genannt, weil Oxycodon ihr Hauptnahrungsmittel zu sein schien – einfach annahm. Ein Nicken, ein beiläufiges Schulterzucken hatte gereicht, um dem Teufel die Hand zu schütteln, und sein Argument war überzeugend, die Wirkung so überwältigend gewesen, die Ruhe, die sich über sie gestülpt hatte, so vollkommen, dass sie es nie wieder anrührte. Die Versuchung blieb jedoch, Oxy saß fortan immer neben ihr oder spazierte ein paar Meter hinter ihr – irgendetwas aber, eine innere Stimme sagte ihr, dass der großen Erlösung etwas Dunkles, Gefährliches innewohnte, wahrscheinlich der Tod. Sie dankte dieser Stimme täglich, zwang sich, eine Stärke zu entwickeln, keine Abkürzungen mehr zu nehmen, sich nicht Oxy hinzugeben. Und so schaute sie noch einmal auf den Mann zurück, der zwar nicht mehr pisste, aber vergessen hatte, seinen Schwanz wieder einzupacken. Unkontrolliert und kreisförmig torkelte er über die Fahrbahn. Was für ein trauriges Bild, was für eine Warnung! Veronika blickte ihm noch lange nach. »Danke, du Penner.«

*

Rumena schaffte es nicht, das Fenster zu öffnen, nicht einmal durchschauen konnte sie. Kurz berührte ihre Nase die eiskalte Fläche, deren untere Hälfte ganz dunkel vom Schnee war.

Die Kleine hatte nichts in der Bettwäsche hinterlassen, keinen Duft, keinen Abdruck; womöglich hatte sie sich gar nicht erst hingelegt. Wo sie wohl sein mochte, mittlerweile? Da draußen im Schnee … Tapferes Mädchen.

Rumena atmete tief ein und endlos aus. Sie hasste es, wenn sie planlos oder depressiv war. Sie war es gewohnt zu handeln, die Führung zu übernehmen. Selbst wenn sie keinen Plan hatte, gab sie eine Richtung vor oder lief einfach los – so wie gestern. Dann ergaben sich die Dinge oder Lösungen eben von selbst.

»Na, ausgeschlafen?«, gähnte Jana, füllte zwei Tassen mit lauwarmem Filterkaffee und setzte sich zum Tisch. »Hast du das gesehen? Ist das der Anfang vom Ende? Der Untergang? Der Sturm war ja die reinste Bibelplage! Keine zehn Pferde bringen mich heute raus.«

Rumena nahm Platz, war aber nicht so fahrig und nervös, wie Jana es erwartet hatte.

»Was soll ich nur tun, Jana?«, sagte sie leise. »Was soll ich tun?«

»Nichts.«

»Ich kann nicht nichts tun, das weißt du.«

»Natürlich kannst du das, du machst es nur nie. Du hast überhaupt keinen Anhaltspunkt. Da rauszugehen bringt gar nichts, das bringt dich höchstens um.«

»Aber der Adam …«

Rumena schien gebrochen, hielt sich an ihrem Kaffehäferl fest wie an einem Bushaltegriff und schluchzte. Jana blickte sie vorsichtig von der Seite an. Dass die alte Rumena einmal die Fassung verlor, und zwar nach innen, das hatte sie noch nicht erlebt, aber genau das passierte gerade. Es war nicht die übliche depressive Verstimmung, die manchmal, wenn auch selten, über sie kam, das spürte Jana, die Depression war körperlicher, eine Krankheit oder ein Dämon. Die Bulgarin war still. Ihr Blick verlor sich irgendwo zwischen Tasse und Tisch, ihre Augen waren feucht, der Mund stand offen, ein bisschen Speichel hatte sich in den Mundwinkeln gesammelt, die Schultern hingen schlaff, alles an ihr war zur Erde gerichtet. Endlich zwinkerte sie. Jana legte ihren Arm um die Schulter ihrer Freundin – und wirklich, Rumena ließ langsam ihren Kopf zur Seite fallen und ergab sich willenlos ihrer Schwäche.

Das Feuer hatte sich beruhigt und wärmte das Zimmer angenehm. Auch die Stadt war still, stiller als je zuvor, aber das war den Frauen noch gar nicht aufgefallen.

Jana überlegte, was sie jetzt sagen sollte, es könnte von Bedeutung sein, entschied sich aber, zu schweigen.

So saßen sie eine Zeit lang zusammengekauert im dumpfen Licht dieses Wintermorgens, ehe ein schwacher Schrei von draußen die Stille beendete.

Er war nicht laut, aber glasklar, nichts störte seinen Klang, weder Autos oder Busse noch Menschen. Als er ein zweites Mal ertönte, blickte Rumena auf, beim dritten Mal fuhr er regelrecht durch ihr Hirn wie ein Stromschlag.

»Die Gräfin, das ist die Gräfin!«, erschrak sie und stürzte zur Tür.

Die Gräfin war ihre Nachbarin, sie hieß Theresia von Irgendwas, niemand konnte sich ihren Namen merken, er war viel zu lange und kompliziert, mit unsinnigen Buchstaben (Ls, die als Ws ausgesprochen wurden?), mochte polnisch oder sonst was sein. Der Einfachheit halber wurde sie von allen im Haus *Gräfin* genannt. Sie war exzentrisch, verließ ihre Wohnung nie ungeschminkt, nie ohne sich in Schale zu werfen. Sie besaß eine Unzahl an einfärbigen Kostümen, dazu trug sie stets passende Accessoires; Schuhe, Taschen, Hüte, Handschuhe und Schmuck. Die Ketten, Armreifen und Ringe waren ganz offensichtlich unecht und billig, aber sprach man sie darauf an, konnte sie fuchsteufelswild werden. Herrisch war sie, einundneunzig Jahre alt, klein, dürr und zäh, ihre Perücke saß selten korrekt. Adam liebte die Alte und sie liebte Adam. Er durfte sie sogar *heilige Theresia* nennen. Er hatte ihr erzählt, dass die heilige Theresa die Lieblingsheilige seiner Tante sei, worauf die beiden sich einander mit abstrusen Heiligenlegenden überboten und unzertrennlich wurden. Sie war die erste ihm bekannte Großstadtbewohnerin, die die Bibel gelesen hatte und sich nicht darüber lustig machte. Im Gegenteil, sie nahm sie so ernst wie die Waldfrauen, wobei ihre Ernsthaftigkeit nicht so geradlinig wie die seiner Tanten war, ihre war gebildeter, mit einem schrägen Hang zum Düsteren ausgestattet. Man wusste nie, ob sie wirklich meinte, was sie sagte. Ihrer zynischen Strenge folgte zumeist ein geheimnisvolles Lächeln, das das Gesagte gleich wieder aufweichte. Eine nicht unerhebliche und freundliche Angewohnheit, wie Adam fand.

Der Schrei vor der Tür war eher ein Krächzen, aber in Rumenas Kopf hatte er die Kraft eines Alarmsignals. Mit aller Kraft stemmte sie sich gegen die Tür.

»Hilf mir, Jana … wir brauchen die Schaufel«, keuchte sie, aber Jana hatte die Schaufel schon in der Hand, presste sich gegen die Tür, schlüpfte durch den Spalt und legte los. So viel Schnee hatte sie noch nie gesehen. Wenigstens hatte der Sturm ihn ungleichmäßig verblasen, sein großkotziges Vorhaben, alles zuzudecken und gleichzumachen, boykottiert. Die andere Straßenseite war viel schlimmer dran, da waren die Eingangstüren kaum noch zu sehen, so zugeweht waren sie.

Rumena schlüpfte in ihre Kunstfellstiefel. Sie hasste Schnee, er war kalt und nass, machte alles mühsam und langsam; sie nahm seine Macht persönlich, auch wenn sie ihn gestern herbeigewünscht hatte, das war aber nur den widerlichen Umständen und ihrem unkontrollierten Furor geschuldet gewesen.

Sie fand die Gräfin mitten auf der Straße vor, auf dem Rücken, wie ein Käfer strampelnd, ihre Ärmchen und dürren, bestrumpften Beinchen nach oben gerichtet. Es war beinahe lustig anzusehen, ihr lila Mantel war ein kräftiges ästhetisches Statement gegen das nichtssagende Weiß. Ihre Schuhe aus dünnem Kunststoff mit dicken Stöckeln und glänzenden Schnallen waren keinesfalls winterfest.

»Der Bus!«, schrie sie, es war mehr ein Fauchen. »Der Bus kommt.«

»Da kommt gar nichts«, sagte Rumena. »Heute fährt hier bestimmt kein Bus. Bevor die unsere Straße reinigen, haben wir wieder Sommer.«

Die Alte lachte still, sie mochte Rumenas Direktheit, die ihrer eigenen in nichts nachstand.

»Na kommen Sie, ich helfe Ihnen auf. Warum gehen Sie denn bei diesem Wetter überhaupt raus?«

»Was kümmert mich das Wetter, es ist schon nach neun. Ich muss einkaufen«, ärgerte sich die Gräfin über ihre Schwäche. »Danke. Ich schaffe das schon. Das bisschen Schnee ist doch nichts. Früher lag der Schnee den ganzen Winter über.«

»Nana, meine Liebe, so alt sind sie aber auch nicht.«

Wieder lachte die Alte derb, putzte sich den Schnee vom Mantel, der über ihre schmale Mitte von einem Gürtel mit riesiger Schnalle streng zusammengezogen wurde. Rumena versuchte ihr zu helfen, rückte ihr die verrutschte Perücke zurecht, bemerkte aber gleich den stolzen Widerstand der Gräfin. »Ist schon gut, das geht schon, ich bin ja nicht behindert. Ich gehe nur bis zur übernächsten Ecke. Die Türken haben alles, was ich brauche. Oder sind das Syrer …« Es war nur ein zusätzlicher Gedanke, keine Frage, dennoch antwortete Rumena.

»Hauptsache, die haben, was wir brauchen.«

»Jaja«, brabbelte die Gräfin und stapfte weiter, strauchelte aber schon beim ersten Schritt wieder, streckte instinktiv beide Arme zur Seite, um das Gleichgewicht zu halten.

»Jetzt kommen Sie schon. Lassen Sie doch mich für Sie einkaufen«, schlug Rumena vor. »Nur dieses eine Mal?«

»Kommt gar nicht in Frage. Ich habe fast zwei Stunden gebraucht, um mich fertig zu machen.«

»Ihr Styling ist wie immer makellos, Gräfin, aber –«

»Natürlich ist es das. Ich bin bereit für die Welt, auch wenn die Welt mich nicht will, also gehe ich auch hinaus in die Welt. Das Wetter ist nur das Wetter, es ist dämlich und kein Grund, im Bett zu bleiben. Das Wetter war immer schon das langweiligste Thema und die billigste Entschuldigung für Unpünktlichkeit.«

»Okay, aber ihr Mantel ist eher ein Mäntelchen, ein bisschen dünn, finden Sie nicht? Wollen Sie nicht meinen –«

»Um Gottes willen, nein!« Die Alte warf einen verächtlichen Blick auf Rumenas Kunstfelljacke.

»Und wenn ich Sie begleite?«

»Nein, sage ich … Na gut, aber nur über die Straße. Da vorne sieht es besser aus. Das schaffe ich dann schon.« Sie fasste sich an Brust und Hals und erschrak. »Meine Kette! Meine Kette ist weg. Das ist ein Erbstück!«

»Sie hatten über dem Mantel eine Kette?«, fragte Rumena skeptisch, machte sich aber gleich daran, den Schnee rund um den Unfallort zu durchsuchen. Ein Erbstück, dachte sie augenverdrehend, wohl eher ein Fünf-Euro-Teil aus dem chinesischen Ramschladen.

»Natürlich trage ich über dem Mantel eine Kette«, schüttelte die Gräfin den Kopf über die Ignoranz der jungen Leute, die vom Freudlosen und Notwendigen besessen waren und denen es definitiv an Stil und Geschmack mangelte. Stil war ihrer Meinung nach die logische und einzige Antwort auf die inakzeptablen Unannehmlichkeiten des alltäglichen Lebens. Ein gewisses Übermaß war, so die Gräfin, nur recht, um der Natur, die ganz grundsätzlich eine humorlose Expertin in Sachen Tod und Verfall war, etwas entgegenzuhalten. Nervös beobachtete sie ihre Nachbarin, die den Schnee durchwühlte und schließlich eine Kette mit großen weißen Plastikperlen fand, leicht wie Papier, die sie ihr gleich um die Brust legte und hinten verschloss.

»Oh … dem Himmel sei Dank, Rumena! Sie sind sehr freundlich. Wie geht es dem Bub?«

Rumena heulte augenblicklich los. Die Gräfin blickte verwundert und ein wenig abgestoßen nach oben.

»Ist was mit ihm?«

»Nein, nein, es geht ihm sicher gut, ich habe nur schon zwei Tage nichts von ihm gehört, und jetzt … ach, ich weiß auch nicht, der Sturm und der verdammte Schnee und all die Verrückten da draußen …« Sie wollte weder ins Detail gehen noch bloßgestellt sein, hatte aber ihre Emotionen nicht im Griff.

»Machen Sie sich keine Sorgen«, sagte die Gräfin streng, es war nicht als Beruhigung, eher als Gebot oder Zurechtweisung gemeint. »Der Adam ist ein ausgewachsener Mann. Sie müssen ihn lassen, egal, was er tut. Er ist sehr anständig und hat ihr Vertrauen verdient. Sie lassen sich gehen, Rumena. Es fehlt Ihnen an Disziplin. Zwei Tage, sagen Sie? Haben Sie als Dreiundzwanzigjährige etwa täglich Ihre Mutter angerufen? Das zu verlangen, ist unnatürlich, also reißen Sie sich zusammen.«

Da war sie wieder, die Wut. Rumena empfing sie mit offenen Armen. Was wusste die alte Schabracke denn schon! Hatte sie etwa Kinder großgezogen? Ehrlich gesagt wusste Rumena das gar nicht. Aber keine Disziplin? Sie hatte ihr Leben lang Befehle ausgeführt und Dinge getan, die ihr vom Leben aufgezwungen worden waren und an die sie sich aus existentiellen Gründen hatte gewöhnen müssen. Hätte sie sich jemals gehen lassen, wäre sie nicht weit gekommen, hätte womöglich nicht überlebt. Die liebe Frau Gräfin hatte keine Ahnung, außerdem war Rumena genau niemandem Rechenschaft schuldig, schon gar nicht dieser feinen Dame, die ebenso fein und adelig war wie Adams Holzapfelweiber – sie hatte nur das zweifelhafte Privileg, in die beschissene Großstadt hineingeboren worden zu sein.

»Ich bin mir sicher, es geht ihm gut«, sagte Rumena kontrolliert, mit aller Disziplin, die sie aufbringen konnte.

Auch die Gräfin bereute ihre Rüge und zeigte sich um Zurückhaltung bemüht. Sie wusste, welcher Profession Rumena früher nachgegangen war, was sie durchgemacht haben musste und was sie für all die Frauen, die bei ihr ein und aus gingen, tat. Was sie diesen gefallenen Engeln, so nannte sie die Huren, bedeutete. Und was sie für den Adam getan hatte … Aber sie war auch zu stolz, um sich zu entschuldigen.

»Ja, es geht ihm sicher gut«, sagte auch sie. Und bevor sie sich von ihr trennte, fasste ihre kleine, lila behandschuhte Hand, deren Zeigefinger ein überdimensionierter Ring zierte (Rumena musste unweigerlich an Kinderhände, an kleine Prinzessinnen im Fasching denken), nach Rumenas kräftiger, wenngleich zitternder Pranke und drückte, so fest sie konnte, zu. Diese ungeschickte Körperlichkeit wollte all ihre Reue, ihr Verständnis und ihre Unfähigkeit, dies auszusprechen, ausdrücken.

Und das tat sie auch. Wortlos wurde die Kluft zwischen ihnen weggezaubert, Rumena wurde weich, lächelte gerührt und umarmte die alte Dame ungestüm, die nur »Ja ja ja« sagte, sich von ihr löste, ihren Mantel glattstrich und stur ihrem Ziel entgegenwackelte. Rumena schaute ihr noch kurz nach, machte dann kehrt und blickte nach oben in den blauen Himmel. Die Sonne lachte demonstrativ, als wären Schnee und Kälte nur ein Witz und alle Probleme hier unten lächerlich oder selbstverschuldet.

Jana hatte den Eingang freigeschaufelt und hielt ihr die Tür auf.

Die Tür war noch nicht ins Schloss gefallen, als lautes Geschrei die Straße erfüllte. Rumena sah ein paar Figuren vor dem türkischen Supermarkt hektisch herumlaufen, die Hände in die Luft recken, grölen und jammern. Die Gräfin! Irgendetwas war passiert, das spürte sie. Sie lief, so schnell sie konnte – ein Schneehügel nach dem andern schien aus der Straße zu wachsen, nicht einmal der verfluchte Schnee konnte sich *normal* hinlegen! Es war der reinste Hindernislauf –, dabei liefen ihr schon wieder Tränen über die Wangen.

Da lag sie, aber diesmal nicht in der witzigen Käferposition – nein, nichts daran war lustig. Warum nicht? Hatte die Gräfin nicht immer alles verlacht? Wo war ihr verhustetes Gebell? Warum lachte sie nicht? Regungslos klebte sie auf der Straße, lag hingestreckt auf dem Bauch, ihr Gesicht im Schnee versteckt, die Perücke daneben; wie eine kaputte Schaufensterpuppe; wie etwas beiläufig Verlorenes, Weggeschmissenes; etwas vom Himmel Fallengelassenes, das mit dem Schnee hier unten in der Hölle gelandet war …

Rumena sah sich um. Die Aufgebrachtheit der Leute war hysterisch und ausschließlich auf sich selbst gerichtet, sie machten Fotos, wurden immer mehr, keiner sah nach der Gräfin, niemandem kam in den Sinn, sie könnte ja vielleicht noch zu retten sein. Die Bulgarin ließ einen galligen Schrei los, worauf es augenblicklich still wurde, drehte die Alte zur Seite, setzte ihr die Perücke wieder auf, blickte in ihr schockstarres Faltengesicht, hinab über ihren klapprigen Körper und sah Blut, das aus ihrem Bauch quoll, in den Schnee sickerte und ihn viel zu poetisch, ja, das Wort dachte sie, verfärbte. Wo war der Adam? Der musste doch jetzt ein Gedicht aus seiner *Lyra* zitieren …

Das war's, Frau Nachbarin. Da war nichts mehr zu retten.

Ihre Handtasche war weg.

Die Kette war weg.

Der Ring, weg.

»Die Gräfin, Adam … die heilige Theresia ist tot!«, flüsterte Rumena. »Wo bist du, Adam?«

Die Schweine hatten eine alte, wehrlose Dame für ein paar wertlose Plastikschmuckstücke abgestochen.

Eine Kette über dem Mantel, was für ein Schwachsinn …

Rumena wurde langsam leer, als hätte der Schrei ihre Wut, all ihre Gefühle und Gedanken, ihre Tränen, ihre Seele aus dem Körper geschossen. Sie hob den leblosen Körper hoch, er war so leicht. Ein verlassenes Stück Materie. Der drahtige Leib, der sich eben noch trotzig aus ihrer Umarmung gestemmt hatte, hing schlaff nach unten. Nichts war in ihm, keine Wut mehr, kein Stolz, keine Sturheit, keine Stilsicherheit, keine behauptete Noblesse, kein Wollen, kein Müssen, kein Humor. Kein Mensch mehr. Nur ein paar sich ganz weich anfühlende Knochen und vielleicht immer noch sinnlos vor sich hin arbeitende Organe, von runzeliger Haut überzogen. Sie roch so gut. Duftete nach Hautcreme und billigem Parfum.

Rumena hielt die Gräfin wie eine Madonna ihren abgeschlachteten Jesus fest und setzte sich auf einen Stuhl. Die paar Kunden oder Geschäftsleute machten Platz, bildeten einen Halbkreis um sie, einer der Türken – oder waren es Syrer? – kniete sich hin und fing zu beten an, Jana stand aufgebracht daneben und telefonierte mit einem Rettungsdienst, brüllte und forderte – Rumena nahm das alles nur am Rande wahr.

Sie studierte noch einmal das Gesicht der Gräfin; die Augenbrauen waren dick nachgezeichnet, die Lider grün, die Wimpern pechschwarz, das Rouge auf den Wangen zu üppig, alles ein bisschen schief, unsymmetrisch und zu viel, man sah ihrem Gesicht die Arbeit und die Überforderung, ja den mühsamen Kraftakt des Schminkvorgangs an, aber gerade diese Bemühtheit war, was Rumena und Adam so gerührt hatte. Sie hatte nicht nachgeben wollen, dem Unvermeidlichen eins auswischen, sich gegen den Verfall stemmen, indem sie mit ein paar Farbtupfern und Duftnoten der banalen Existenz so etwas wie Menschenstolz oder Menschenwürde aufzwang.

Behutsam schloss Rumena die Augenlider der Gräfin, entfernte mit einem Taschentuch den verschmierten Lippenstift, wischte ihn ganz weg, ehe sie ihren eigenen aus der Handtasche, die neben ihr lag – Jana musste sie ihr gebracht haben –, zog und die dünnen Lippen des Leichnams bemalte. Sie griff in die lila Manteltaschen der Alten, in der einen war ein benutztes Taschentuch, in der anderen eine weitere Armkette, ebenfalls weiße Perlen. Rumena steckte sie ein.

Sie bemerkte, dass sie leicht hin und her wippte, einer Mutter gleich, die ihr Kind in den Schlaf wiegte, dabei murmelte sie Unverständliches vor sich hin, wusste selbst nicht, was, wahrscheinlich beruhigende Klischees von Frieden und ewiger Ruhe, die verdient und endlich erreicht worden war; vielleicht war es aber auch *La-Le-Lu, nur der Mann im Mond schaut zu*, nichts davon war ihr wirklich bewusst, und das war gut so. Tun war besser als Denken. Alles Denken führte in die Traurigkeit. In den Stillstand. Die paar Gedanken, die dennoch aufblitzten, waren finster: Diese Stadt ist ein Höllenschlund. Jetzt ist die Zone B schon voll mit dem ganzen Rotz. Oder einfach: Was für kranke Zeiten! Oder: Das ist das Ende …

Tatsächlich kam irgendwann so etwas wie ein Rettungsdienst daher, wenn auch nur zu Fuß, zwei junge, unsichere, überforderte, wenn auch freundliche Typen mit einer Bahre. Rumena spürte, wie ihr der Leichnam entzogen wurde, wie Jana sich zu ihr setzte und sie umarmte, sie sah die Uniformierten, wie sie die Gräfin erst in einen schwarzen Sack steckten und dann auf die Bahre legten und tollpatschig zwischen den Schneewehen davonruckelten. Niemand nahm die Daten der Verstorbenen auf, ihre Handtasche war gestohlen, keine Polizei weit und breit, keine Bestattung. Nur eine weitere Tote, ein verreckter Mensch mehr, noch dazu ein alter. Kein Grund, sich aufzuregen, wie die Polizisten auf der Churchillstraße gesagt hatten, alles normal, die Show muss weitergehen … Rumena trug eine dicke Schicht Lippenstift auf ihren Mund auf, dabei meinte sie die Gräfin zu schmecken, küsste sie zum Abschied, erhob sich und stiefelte los.

Jana wollte etwas sagen, wusste aber, dass kein Wort jetzt bei ihr ankommen würde. Sie ging zurück zum Haus, machte noch einen Abstecher zum Nachbarhaus, um sich den unfassbar komplizierten Namen der Gräfin zu notieren. Sie brauchte eine ganze Minute dafür, musste die Ls – einige von ihnen waren durchgestrichen, vielleicht durfte man sie ja deswegen nicht aussprechen? – mehrere Male zählen. Es waren fünf normale und zwei durchgestrichene. Wer, zum Teufel dachte sich solche Namen aus? Die Polen? Die Frauen – leider war keine Polin unter ihnen, aber die Ukrainerinnen oder Weißrussinnen mochten den Namen entziffern können – standen frierend auf dem Gehsteig, schauten ihr nach und empfingen sie sogleich mit tausend Fragen. Jana hob ihre Hand, worauf alle verstummten; sie würde ihnen gleich alles erzählen, müsse aber zuerst den Doktor anrufen, in der Hoffnung, er möge die Sache in die Hand nehmen, immerhin war seine Verknalltheit in Rumena so offensichtlich wie der Winter an diesem blendend hellen, wenn auch farblosen, kalten Tag.

Bald holte Rumena die Sanitäter ein, übergab ihnen einen Zettel mit ihrer Nummer und ersuchte um eine Kontaktaufnahme (es war mehr ein Befehl), da sie die Tote auf jeden Fall begraben wolle. Dann streifte sie die Armkette der Gräfin über ihr linkes Armgelenk und zog weiter durch den batzig gewordenen, schweren Schnee.

In ihrem Inneren war etwas Diffuses zugange, als pumpte ein fremdes Herz in ihr, ein dunkler Geist, als hätte der gestrige Sturm von ihr Besitz ergriffen und hielte nun ihren Körper besetzt, während im Außen ein diktatorischer Planet sein gnadenloses Licht über den Schnee schüttete, ja die totale Ruhe herrschte. Es fühlte sich verkehrt an, wie Sommer im Winter.

Die Welt stand Kopf, war endgültig irre geworden.

Wozu sich eigentlich Sorgen machen, dachte sie. Wozu zwischenmenschliche Bindungen eingehen, wenn am Ende doch alle sterben und die einzige Konstante die Trostlosigkeit ist …

Sie hatte keinen Plan, wusste nicht wohin, der Geist in ihr aber wuchs zu einem monströsen Energieschub an. Sie wusste, dass sie drauf und dran war, etwas Unvernünftiges zu tun. Der Geist forderte Aktion. Sie würde sich mit einem der Idioten von der Straße anlegen oder mit den Bullen, die ihren Ausweis kontrollieren oder sie blöd anquatschen würden, sie würde verletzt in einer finsteren Gasse aufwachen oder in Verwahrung genommen werden, um der armen Öffentlichkeit den Anblick einer Verrückten zu ersparen – das alles war unsinnig und krank, aber es war ihr egal. Sie war eine Riesin, und keiner der Zwerge würde sie aufhalten können.

*

Veronika saß seit Stunden hinter den riesigen Zone-C-Schildern und wartete. Sie war in beide Richtungen losgegangen, aber schnell wieder umgekehrt. Beide Wege führten ins Unbekannte und wahrscheinlich Gefährliche. Vor allem aber hatte sie sich gefragt, wo nicht nur der Weg, sondern das Weitergehen selbst hinführen mochte. Hätte sie nur den geringsten Anhaltspunkt gehabt, sie hätte keine Sekunde gezögert, aber da war nichts, nicht das kleinste erfolgversprechende Detail. Also hatte sie entschieden, sich hier einzurichten. Hier würde sie bleiben, bis … das wusste sie auch nicht. Aber die Hoffnung, Adam hier zu treffen, war alles, was sie hatte. Sollte er bis zum nächsten Morgen nicht kommen, würde sie zur Arbeit gehen, nicht weil Karla das vorgeschlagen hatte, sondern weil es das Vernünftigste war, besser als freiwillig in einen Krieg zu ziehen, dem man doch nicht gewachsen war, außerdem war die Bäckerei der Ort, an dem Adam sie bestimmt suchen würde, ihre zweite Hoffnung. Und dann, für den Fall, dass er beleidigt war und gar nicht erst nach ihr suchen wollte, war da noch Rumenas Haus, Hoffnung Nummer drei.

Keinmal hatte sie die Möglichkeit erwogen, dass dem Adam etwas zugestoßen sein könnte. Die Angst war gestern und sie war zermürbend gewesen. Jetzt war sie zuversichtlicher – immerhin hatte sie drei Hoffnungen!

Um nicht allzu exponiert zu sein, hatte sie eine der sie weit überragenden Schneewechten ausgehöhlt und sich ein nach vorne offenes Iglu gebaut. Dadrin saß sie, wie eine Zöllnerin oder Wächterin. Zwei, drei Stunden lang funktionierte das, dann setzte die Schmelze ein – die Sonne war zu stark und ungebremst, also vertrat sie sich die Beine, hielt Ausschau und konzentrierte sich auf Hoffnung Nummer eins.

Neben ihrer Höhle baute sie einen Schneemann. In nur wenigen Minuten hatte sie drei schwere und griffige Kugeln übereinandergestapelt, das sollte reichen. Jetzt war sie nicht mehr allein. Nach einer weiteren einsamen und inhaltsleeren Stunde sprach sie ihn an: »Wer bist du, hä? Denkst du etwa, du stehst für den Adam? Für meine

Hoffnung? Willst du mir etwas sagen mit deinem Schrumpfen? Dass ich umsonst hier bin und nur meine Zeit verschwende? Dass er längst zuhause ist und nichts mehr von mir will? Das glaube ich nicht. Rumena hätte mich bestimmt angerufen. Du hast keine Ahnung, hast mir nichts zu sagen. Du bist nur kaltes Wasser, ein seelenloses Ding. Nicht einmal einen Namen hast du, und ich werde dir auch keinen geben. Ohne mich würdest du nicht existieren. Ich habe dich erschaffen – ich! Ich bin deine Göttin.«

Sie schmunzelte. Konnte sich plötzlich vorstellen, dass man in der totalen Einsamkeit durchdrehen musste. Die Einsamkeit war also auch keine Option, selbst wenn Adam nicht kommen und sie allein bleiben sollte. Dann würde sie eben zu Rumena gehen oder sich bei den Mönchen engagieren. Oder Nonne werden. Haha, warum nicht? Durfte man das, wenn man nicht religiös war? Wenn man nur stille Zurückgezogenheit suchte und ein paar Menschen um sich, die einem nichts Böses wollten? Wenn man sich ihnen einfach anschließen wollte und zu allem bereit wäre, was es auch sei – Gartenarbeit, Altenpflege, Putzen, Kochen, Waschen, Beten, Singen? Nein, nein, dem Adam ging es bestimmt gut. Und es war schon besser, einen Gefährten zu haben, mit dem man leben und reden und schmusen und furzen konnte …

»Ich könnte dich retten, Schneemann. Ich allein. Aber ich bin eine gnadenlose Göttin. Ich werde deinen Verfall beobachten und nichts dabei empfinden. Dein leerer Kopf ist schon kleiner geworden. Ein Schrumpfkopf ist er. Blöd schaut das aus. Reiß dich zusammen, du Schwächling. Glaubst du wirklich, dass du damit durchkommst? Indem du dich hängenlässt? Dich der Natur überlässt? Bist du einer von denen, die im Einklang mit ihr leben wollen? Siehst du nicht, dass dieser Einklang deinen Tod bedeutet? Die Natur frisst dich einfach auf, so schnell kannst du nicht einmal bis drei zählen. Oh, ich vergaß, du kannst ja gar nicht zählen. Du hast kein Hirn und keine Ahnung von nichts, nicht von der Natur, nicht von der Stadt. Hier kümmert sich niemand um dich. Hier herrschen Krieg und Chaos. Was sagst du? Ich lass mir von dir gar nichts sagen. Lächerliche Figur – du verlierst dich selbst, wirst immer weniger, bist bald am Ziel, endlich Teil der großen Masse, die wieder im Boden verschwindet. Mission erfüllt, ich gratuliere! Dabei warst du privilegiert, stark und fett, du warst besonders, wurdest erhoben, aus der Masse erhoben und hast es nicht einmal wahrgenommen, hast nichts kapiert. Du hast dein kurzes Leben nicht genutzt. Ein Mensch hat dich erschaffen – nicht das Meer oder der Wald oder ein Wolf oder ein Geist, nein, ein Mensch hat dich in die Welt gestellt, und du hast sie ignoriert, du Trottel. Siehst du nicht, wie schön sie ist, die Welt?«

Wieder schmunzelte sie, dabei war sie doch traurig …

Wenn die Sonne ihr zu viel wurde, kauerte sie sich in die tropfende Höhle. Rumenas Jacke war gelb, Veronika hasste Gelb, noch dazu stand irgendein blöder Designername drauf, auch wenn sie sicher nur Fake-Ware aus China oder Neapel war, aber sie war groß, warm und dicht, also perfekt. In einer der Taschen fand sie Rumenas Zigaretten und ein Feuerzeug. Okay, sagte sie sich, dann rauche ich eben ab heute wieder. Zündete sich eine an und genoss den vertrauten Geruch, die warme Luft in ihrer Mundhöhle, bildete sich sogar ein, dass ihr Brustkorb, ja ihr ganzer Körper bis zu den Zehen davon wärmer wurde.

Der Ausblick auf die verbotene Zone war, nun ja, weiß. Hinter ihr die ebenso zugedeckte Stadt schien wilder, ungeordneter; der Weg hierher war gespenstisch gewesen; das Kaputte und Trostlose setzte sich gegen den so gemütlich wirken wollenden Schnee durch. Die Ruhe war ihr von Anfang an trügerisch vorgekommen, hatte weniger mit dem Schnee als vielmehr mit dem von ihm verursachten anhaltenden Fehlen von Leben zu tun.

Veronika war auf dem Weg hierher nur wenigen Menschen begegnet, sie hockten am Straßenrand oder vertraten sich rauchend die Beine, ihre Zelte waren zugezurrt oder überhaupt verschwunden – vom Wind verweht oder einfach begraben? Schliefen die alle? Und wo waren die Tiere? Der Himmel war glasklar und wolkenlos, aber nicht ein Vogel war zu sehen oder zu hören. Keine Tauben, keine Amseln, und wie hießen die größeren? Falken, Bussarde? Nichts. Keine streunenden Hunde oder Katzen, keine Ratten, keine Wölfe. Waren die alle tot oder harrten sie irgendwo im Warmen aus?

Unheimlich war diese Ruhe nach dem Sturm.

Die Flusslandschaft mit den angrenzenden Feldern und Wiesen war eine Wand, ein makelloses, beinahe unbegrenztes Weiß, seine Ungereimtheiten waren auf die Entfernung nicht auszumachen. Es war tatsächlich schön, fand Veronika, friedlich und schön. Kaum zu glauben, dass das Schöne und Friedliche in Wahrheit das Gefährliche war. Es war verlockend, aber sie wollte vernünftig bleiben, endlich etwas richtig machen, nicht gleich in die erste sich bietende Falle tappen, also verharrte sie still an ihrem Grenzposten und wartete.

Und noch eine Zigarette. Und noch eine …

Der Schneemann verlor immer schneller seine Konturen und Kurven, die Sonne brannte Dellen in seine Oberfläche, er wurde löchriger und weicher, versank in sich selbst zu einer einzigen plumpen Masse.

Veronika dachte an ihre Mutter, die sie kein bisschen vermisste. Das war weder traurig noch dramatisch. Mutter zu sein war kein Verdienst, dachte sie, nicht genug, um heiliggesprochen zu werden, es war einfach nur das Grundlegende, ein mehr oder weniger lust- oder gewaltvoll aufgezwungenes Erfüllen der Naturgesetze. (Ein kurzer Gedanke an lustvolles Kindermachen mit dem Adam zog ihren Mundwinkel zu einem schiefen Lächeln hoch.) Die australischen Meeresschildkröten fielen ihr ein, die, das hatte sie bei den Apos gelernt, jedes Jahr hunderttausende Eier am Strand ablegten. Das war's schon wieder mit dem Muttersein. Sie ließen sie von der Sonne ausbrüten, und wenn das sogenannte große Wunder der Natur vollendet war und sie endlich geschlüpft waren, strampelten die kleinen Süßen aufgeregt Richtung Meer, wobei nur ein einziges von tausend Jungen überlebte, neunhundertneunundneunzig von tausend wurden von geduldig auf sie wartenden Vögeln unmittelbar nach dem Schlüpfen gefressen. Und selbst die, die es ins Wasser schafften, waren nicht sicher vor Haien und anderen hungrigen Mittieren. Das war doch ein Witz! Das und nichts anderes war die Natur, genau das fiel der großen Übermutter zu den süßen Schildkrötchen ein, deren Existenz zweihundert Millionen Jahre auf dem Panzer hatten, und diese Geschichte war es, die Veronika von den Apos, die ihr erklärt hatten, wie fundamental wichtig es sei, dass der Mensch sich aus allem raushalte, letztlich distanziert hatte – wie konnten sie die Natur blind verehren und den Mensch verachten? Der Mensch hatte immerhin Krankenhäuser, Schulen und Sozialmärkte erfunden, er sperrte Menschen, die ihresgleichen fraßen, weg – zumindest sollte er das. Die Großstadt war, so gesehen, ein natürlicherer Ort als die Provinz, sie ließ alles zu und griff in die natürlichen Vorgänge nicht mehr ein …

Adam hatte Rumenas Geschichte nach vier Mütter gehabt. War er deswegen so anders, so speziell und selbst für den FU interessant? Was wollten die von ihm? Sie würde es schon noch herausfinden.

Ein paar einsame Figuren hatten die Grenze nach B überquert, seit sie hier war, aber keine hatte Notiz von ihr genommen. Sicherheitshalber behielt sie eine Hand demonstrativ in ihrer Jackentasche, streckte Zeige- und Mittelfinger aus, um eine Waffe zu simulieren (eine Glock natürlich), kam sich total blöd dabei vor und tat es dennoch, dazu setzte sie den härtesten und unfreundlichsten Blick, der ihr möglich war, auf. Die Lippen aneinandergepresst, ein glimmender Tschick dazwischen. Jedes Mal, wenn die Vermummten wie bedrohliche Tiere an ihr vorbeizogen, war sie froh, aber auch verstört, weil ihr das blinde Nebeneinander der Stadtmenschen auch unnatürlich erschien. In ihrer Heimatstadt hatte man sich, wenn schon nicht gegrüßt, zumindest wahrgenommen und dieser Wahrnehmung auch irgendwie Ausdruck verliehen, mit einem Nicken, Lächeln, einem kurzen Blick, selbst wenn man einander noch nie begegnet war – gut, wenn einer ganz offensichtlich fremd oder gefährlich war, wurde ihm dieses Ritual verwehrt, aber hier in der Großstadt existierten gar keine gesellschaftlichen Rituale mehr, nichts, was den Einzelnen mit der Gruppe verband, nichts Übergeordnetes, keine stillen Gemeinsamkeiten. Schlimmer noch: Jeder Blick konnte eine Konfrontation zur Folge haben. (»Nicht bewegen, kein Augenkontakt«, hatte Adam in der Kirche gesagt.) Diese kalte Anonymität hatte auch etwas Befreiendes – auch Veronika wollte um Gottes willen von niemandem angequatscht werden, zudem war es entlastend, keine Verantwortung für andere übernehmen zu müssen –, aber jetzt, wo sie so verlassen die Zeit totschlug, mit einem Schneemann redete und immer sehnsuchtsvoller an Adam dachte, an sein Gesicht, seine Beharrlichkeit, seine Selbstsicherheit, den Abschiedskuss, den Geschmack seiner Zunge, die Hoffnungen und Erwartungen, die er in ihr entfacht hatte, fand sie diese Entwicklungen auch zunehmend traurig. Sie musste aber durchhalten. Die Härte war existentiell geworden, so etwas wie Sentimentalität oder Gefühlsduseleien musste sie sich verbieten, also brummte sie jedes Mal, wenn ihr eine dieser Figuren erschöpft oder aufgekratzt oder auch nur high wie ein Drachen entgegentrottete, leise in ihren gelben Jackenkragen: »Immer schön weitergehen … Bleib mir ja vom Leib …«

Da vorne kam wieder einer. Dahinter ein zweiter. Sie hatten eine Rodel dabei – so etwas hatte sie seit ihrer Kindheit nicht mehr gesehen. Dass es noch Menschen gab, die sich dem Wintersport hingaben, erstaunte sie. Aber nein, die Rodel war vollbepackt mit Zeug, das waren wieder nur Heimat- oder Obdachlose, hoffentlich mit Stoff versorgt und ruhiggestellt. Ein Weißer und ein Schwarzer. Wenn sie ganz still hielt, würden sie sie vielleicht gar nicht bemerken, also hielt sie die Luft an. Ein kurzes »Mäh« entkam ihr, als ihr bewusst wurde, dass sie das nicht lange durchhalten würde und ihr nächster Gedanke ihr das verdammte Gelb ihrer Jacke in Erinnerung rief. Instinktiv rutschte sie weiter nach hinten, spannte ihre Finger-Glock, zog die

Kapuze ins Gesicht und drehte ihren Kopf zur Seite. »Halt ja die Klappe, Schneemann«, flüsterte sie. »Wenn du lachst oder mich verrätst, enthaupte ich dich.«

Ganz langsam wurden die Figuren größer.

Haut bloß ab …

*

Das Stillhaltegebot wurde kurz darauf wieder außer Kraft gesetzt, denn als der Typ sie anquatschte, ihr einen guten Tag wünschte und offen und freundlich nach dem Zustand von B fragte, sie nach einer kurzen Pause ein knappes »Adam« verlor, sich erhob und er folgerichtig mit »Veronika« konterte, liefen sie, von einer Kraft angetrieben, über die sie keine Macht hatten, los, fielen sich aber nicht, wie Marta das jetzt erwartet hatte, in die Arme, sondern blieben voreinander stehen und starrten sich ungläubig an.

Beide hatten viel zu viele Fragen im Kopf, und weil keine einzige gestellt wurde, fasste Veronika irgendwann ungelenk nach seiner Jacke und sagte: »Du hast ja auch eine gelbe Jacke.«

»Ja«, sagte Adam.

Sie hob ihre rechte Hand, ihre Finger waren immer noch gestreckt und angespannt. »Das ist meine Glock, sie war mir eine treue Dienerin, hat mich die letzten Stunden beschützt.«

Und weil Adam offensichtlich nicht verstand, warf sie noch ein kurzes Ziegenlachen nach, langte nach seinem Gesicht und zog ihn nach unten. Er schob ihre Kapuze nach hinten und strich ihr mit schmutzigen, geröteten Fingern übers Haar.

»Ich glaube, ich stinke«, flüsterte er.

»Egal«, sagte sie und drückte ihre Lippen auf seine.

»Ist das dein Freund?«, fragte sie leise.

Adam drehte sich um. Marta stand neben der Rodel, starrte auf sie und lächelte.

»Ja«, sagte er. »Das ist mein Freund. Das ist Marta.«

»Martha?«

»Ja, aber ohne H. Ich habe ihm den Namen gegeben. Ist eine lange Geschichte. Er spricht nicht.«

»Ist er stumm?«

»Nein, aber viel mehr als Come on wirst du von ihm nicht hören. Er spricht eine, na ja, interessante Sprache, und singen und beten kann er auch. Ich habe ihm geholfen und er hat mir geholfen.«

»Musst du dich jetzt um ihn kümmern?«

»Keine Ahnung. Ich glaube, ich muss erst einmal duschen und schlafen. Und er auch. Dann sehen wir weiter.«

»Ja.«

»Auf die Straße schicken kann ich ihn jedenfalls nicht.«

»Nein.«

»Come on, Marta. Let's go«, rief Adam.

»Come on«, grinste Marta.

»Mäh.«

6

Provinz West / Frühling / Adam

LETZTE WOCHE ERHIELT DANIEL eine Nachricht von einem alten Freund aus der kleinen Stadt. In einem Dorfwirtshaus war die Rede auf die Holzapfelschwestern gekommen, und einer aus dem letzten der sieben Dörfer hatte gemutmaßt, dass sie womöglich den Winter nicht überlebt hätten. Eine von ihnen sei davor alle paar Wochen schwer bewaffnet ins Dorf gekommen, um irgendwelche Dinge zu besorgen, seit dem großen Sturm hätte sie aber keiner mehr zu Gesicht bekommen. Daniel entschuldigt sich seitdem dauernd bei mir, er wolle mich nicht beunruhigen, fühle sich jedoch verpflichtet, mich davon in Kenntnis zu setzen.

Ich habe schon vor langer Zeit gelernt, das Gerede der Leute zu ignorieren. Würde ich es ernst nehmen, müsste ich auch glauben, dass der alte Holzapfeljoseph, der seit Jahrzenten tote Vater meiner Tanten und mein monströser Großvater, in Vollmondnächten über die Felder spaziert und wie ein Wolf heult, oder dass das Holzapfelgrab auf dem Dorffriedhof immer wieder offensteht, ja seine Erde aufgelockert und feucht ist, selbst wenn die Sommerdürre herrscht. Vor zwei Jahren haben sie einen kleinen Holzzaun um das Grab errichtet. Meine Frage nach dem Sinn dieser Aktion wurde mit dem kargen Hinweis beantwortet, die Dorfbewohner fühlten sich besser so.

Nein, es hätte mich nicht beunruhigt, wenn nicht eine weitere Anomalie hinzugekommen wäre: Seit zwei Wochen schlafe ich schlecht, was untypisch für mich ist. Verrückte Alpträume plagen mich, hetzen mich durch den Wald, immer auf der Flucht vor Tieren – Wildschweinen, nehme ich an, ich bekomme sie nie zu Gesicht –, oder konfrontieren mich, wenn auch stumm, mit meinem Erzeuger, über den zu berichten ich mich weigere. Außerdem überkommt mich regelmäßig ein dröhnender Kopfschmerz, der in meinem Hinterkopf ansetzt, sich nach oben arbeitet und bald meinen ganzen Schädel fest im Griff seiner Eisenhände hat. (Tante Regina würde den Schmerz bestimmt *Dornenkrone* nennen.) Das alles ist ungewöhnlich, und ich musste also auch schon vor Daniels Nachricht immer wieder intensiv an die Tanten denken. Jetzt lässt mir die Sorge um sie keine Ruhe mehr.

Rumena, die sonst in allem Zeichen sieht, ist fast schon hysterisch damit beschäftigt, meine Unrast zu bagatellisieren, aber sie ist leicht durchschaubar, sie will nicht, dass ich in den Wald gehe.

Ich gehe aber in den Wald.

*

Die Zugfahrt in die Provinz West, in die kleine Stadt, ist strapaziös und unangenehm. Der Zug fährt nur zweimal in der Woche und ist wie immer übervoll. Auf Zweiersitzen hocken mindestens drei. Ganze Familien pferchen sich wie Hühner zusammen, ja übereinander. Auf den Gängen kauern und stehen schwitzende, übel riechende Menschen mit viel zu viel Gepäck. Aber man muss zufrieden sein – direkt nach dem Kollaps gab es lange Zeit gar keinen Zugverkehr. Warum immer noch so viele Fremde in die Provinz wollen, weiß ich nicht. Niemand sagt ihnen, dass sie da nicht erwünscht sein werden. Niemand hat den Mut, es ihnen ins Gesicht zu sagen. Auch ich nicht. Sie sind nur die Protagonisten der großen Planlosigkeit, immer unterwegs, irgendwohin Richtung vorne, immer in die nächste Stadt über die nächste Grenze mit der nächsten Hoffnung, dass es dort besser ist. Sie praktizieren eine körperlich-räumliche Variation des Postulats, dass es die Kinder einmal besser haben sollen, dass die Zukunft die große Erlösung bringen wird. Es ist die buchstäbliche Suche nach dem Gelobten Land, fleischgewordene Religion. Wie könnte ich ihnen diese immer wieder letzte Hoffnung zunichte machen?

Auf dem Bahnhof gehe ich in die Halle mit den alten, herrenlosen Fahrrädern, suche mir eines aus und pumpe die Reifen auf – ein junger Mann hat die Halle übernommen und ein Geschäft daraus gemacht, fünf Euro knöpft er mir am Ende für das Fahrrad ab … Los geht's.

Daniels alte Pizzeria ist jetzt ein Kifferladen. Ich halte kurz an, um ein Foto für ihn zu machen, bemerke meine aufkeimende Nervosität – sie kommt später als erwartet – und fahre weiter. Jetzt überkommt mich in einem kribbelnden Schwall das mulmige Gefühl, gegen das ich machtlos bin. Zieht von unten nach oben, packt mich im Nacken und drückt fest zu.

Ich werde nicht stehen bleiben.

Da ist sie, die Sunshine Bar.

Hier habe ich gelebt, den bewussteren Teil meiner Kindheit verbracht. Hier lebt – zumindest nehme ich das an – immer noch der, von dem ich nicht spreche, dem ich mein Leben und seinen Namen verdanke: Felsenreiter, so steht es in meinem Pass. Auch in der Schule musste ich aus rein bürokratischen Gründen seinen Namen verwenden, aber seitdem bin ich für alle, die mich kennen, nur noch der Holzapfeladam. Die konsequenteste Form von Rache, abgesehen von Mord, ist nun einmal Ignoranz, und niemand interessiert sich für meinen Pass oder Namen. Das ist das Gute an der Großstadt.

Das Haus sieht verlassen aus, sein Namensschild über dem Eingang leuchtet nicht, die Fenstergläser sind schmutzig. Im ersten Fenster, vor dem alten, von der Sonne bleich gebrannten Poster mit der Silhouette einer schlanken, nackten Tänzerin mit wallendem Haar, steht immer noch die riesige Champagnerflasche. »Mädchen gesucht« – auch der Zettel hing schon da, als ich noch hier wohnte. Ja, die Personalfluktuation in der Branche ist hoch …

Ich steige in die Pedale.

Links die Konditorei Bruckbauer, rechts am Ende des Platzes der McDonald's, daneben ein neuer Supermarkt, ein muslimischer. Männer sitzen davor, lachen und palavern, Frauen unter Kopftüchern gehen ein und aus, schleppen schwere Einkaufstaschen. Dahinter ragt der Turm der Franziskanerkirche in die Höhe. Auf dem Friedhof daneben liegen Veronika, meine dritte Mutter, und Ekaterina begraben. Ich würde sie gerne besuchen, ein paar Blumen auf ihre Gräber legen, um die sich bestimmt keiner kümmert, ein Gedicht aufsagen oder beten, aber ich muss weiter. Vielleicht auf dem Rückweg …

»Mutter der göttlichen Gnade«, brumme ich vor mich hin. Kommt schon, Tanten! Was ist? Es geht euch doch gut, oder? Wo seid ihr?

»Bitt' für uns.« Na bitte, geht doch.

Mit jedem Meter lockert das mich einschüchternde Gefühl seinen Griff etwas mehr. Ich atme tief ein und lange aus. Tief ein und lange aus. Ich habe noch einen langen Weg vor mir.

Sieben Dörfer …

*

Die Zeit steht still. Ich radle durch sie wie ein Fremder aus der Zukunft, die Landstraße rauf und runter, dann wieder ewig flach dahin, in langen Kurven, auf endlosen Geraden zwischen Schlaglöchern und aus dem Straßenbankett aufpeitschenden Staubwolken. Sind das Schlangen oder Wühlmäuse? Zu beiden Seiten stehen immer noch die alten Höfe verlassen und leer, verrosten dieselben Autos, die riesigen Mähdrescher und Traktoren, sie sind Teil der Natur geworden, in die Landschaft integriert, überwachsen und irgendwie schön. Auf einem dieser Wracks steht ein dürrer Hund und schaut mir stumm nach. Kein Bellen, kein Schnaufen entkommt ihm, nichts scheint ihn aus der Ruhe bringen zu können. Alles hier wirkt falsch oder unwirklich wie dieser Hund, der, so wie er da steht, nicht gerade einen lebendigen Eindruck macht; vielleicht ist es ja gar kein Hund – aber eine Kunstinstallation in dieser Gegend? Ich ignoriere ihn und konzentriere mich auf den Anstieg vor mir.

Es könnte freilich auch ein Wolf gewesen sein. Gut, dass ich meine

Glock dabeihabe … Irgendwie beruhigen mich die Tiere aber auch. Der Winter hatte sie kurzfristig aus dem Spiel genommen, das war noch nie so augenscheinlich wie dieses Jahr. Nach dem großen Schneeeinbruch hatte er sich noch ein paar Wochen hingezogen und wurde dann spontan vom Frühsommer abgeklatscht. Die Apos jubelten ihr selbstgefälliges »Wir haben es euch gesagt«, die Tiere krochen wieder aus ihren Löchern und Schlafkojen oder kehrten von ihren südlichen Urlaubsreisen zurück. Plötzlich gab es Papageien in der Stadt. Jeden Abend besetzen sie nun die Parks und krächzen fragwürdige Chöre von gelbgrünen Bäumen.

Ein paar Rinder grasen hier und da auf den Dorfwiesen, auch sie sind mager und starren mir nach. Traurige Gestalten. Der Hund geht mir nicht aus dem Kopf, vielleicht war es ja ein Wolfshund … Gibt es noch Wolfshunde? In der freien Natur? Gab es jemals welche? Findet die Hündin den Wolf, ihren wilden Bruder, reizvoll und attraktiv? Oder missbraucht er seine Schwester? Wird eine Vergewaltigung in der freien Natur überhaupt so bezeichnet oder ist sie einfach nur natürlich? Waren Wolfshunde nur Züchtungen der dekadenten Ära? Unsinniges Denken, ich schlage wieder mal nur die Zeit tot. Aber meine Sorge um die Tanten wird größer, je näher ich ihnen komme, also begrüße ich jede Ablenkung.

Dorf Nummer zwei, abgehakt.

Es ist Mittag, es ist heiß. Der einzige Wind ist der Fahrtwind. Die Felder und Wiesen strecken sich übers Land, sind in einen diesigen Nebel getunkt, die Farben unscharf wie das Plakat im Fenster der Sunshine Bar. Die Gegend ist mir vertraut, irgendwie auch seltsam traumhaft, ein verschwindendes Bild, in das ich unbemerkt eintauche. Helle Striche auf einer viel zu oft übermalten Leinwand … Ich darf keine Pause machen, sonst setzen die Muskelschmerzen ein. Ich sollte wirklich wieder ins Gym gehen, ich fühle mich schwach und lahm. Dorf Nummer drei …

Die Sonne ist nach unten gerutscht und blendet mich, hört nicht auf, ihr erbarmungsloses Spiel zu spielen. Das Land ist durstig. Angeblich soll es heute noch regnen, es sind aber weit und breit keine Wolken zu sehen.

Alles hier ist Einschicht, die Dörfer sind still und überschaubar. Eben liefen ein paar Kinder mit schmächtigen Schafen, Ziegen und Katzen vor mir über die Straße, ein klappriger Esel stand steif hinter einem eingerissenen, rostigen Zaun. Verdammt, war das Nummer vier oder fünf? Nur noch ein paar Stunden …

Endlich das letzte der sieben Dörfer, das kleinste und einzige, das ich wirklich kenne. Ein paar Höfe und große Stadel, recht beliebig und planlos in die Gegend gepflanzt, da vorne links das Wirtshaus, gegenüber ein paar Menschen bei der Arbeit im Freien, die mir nachschauen wie die Tiere. Eine Frau nickt mir zu, hat mich erkannt, einer zeigt mit dem Finger auf mich. Jetzt geht's los, jetzt haben sie was zu reden, jetzt können sie Gerüchte spinnen. Heute Abend im Wirtshaus wird der Umsatz steigen. »Der Bub ist zurück, der Holzapfeladam geht wieder zu den Verrückten, wahrscheinlich ist er auch verrückt, kommt ihm nicht zu nahe, die alten Weiber sind bestimmt krank oder verseucht, vom Teufel besessen, zwingen ihn jedes Jahr in den Wald, locken ihn mit ihrem Hokuspokus, er ist auch ein Verrückter, ein Neandertaler, eine gefährliche, ansteckende, schwuuule Hexe …«

Beim Lebensmittelgeschäft, eigentlich ist es so ein Mini-Supermarkt, mache ich Halt. Die junge Frau an der Kassa grüßt vorsichtig automatisiert, bevor auch sie mich erkennt.

»Guten Tag«, sage ich laut, nehme einen Einkaufskorb und packe schnell ein paar Sachen ein: Milchpulver, Mehl, Brot, Eier, Erdäpfel, Würste, Schnaps, Zitronen, Seife.

»Entschuldigung, haben Sie Schokolade?«

»Ja«, sagt die Verkäuferin schüchtern und deutet zu einem Regal beim Auslagenfenster. »Ganz unten rechts.«

Jedes Jahr bringe ich Tante Maria ein paar Tafeln mit, das heißt, wenn es solche Luxusartikel gerade gibt. Sie liebt Schokolade, auch wenn sie sie hinter dem Rücken ihrer Schwester essen muss, die sie neben vielen anderen Dingen wie Mineralwasser oder Cola für Teufelszeug hält.

»Und haben Sie auch Mineralwasser mit Kohlensäure?«

»Nein, im Moment nicht«, sagt sie kurz angebunden, während sie sich in einer sanften, unendlich scheinenden Streichbewegung die Hände eincremt, was einen eigenartigen Gegensatz zu ihrem Gesicht und ihrer Sprache bildet und mich irgendwie ablenkt.

»Okay, dann nehme ich diese Dinge, bitte.«

Mein Lächeln ist so bewusst, dass ich befürchte, es könnte wie ein dümmliches Grinsen wirken, jedenfalls ist es nicht überzeugend genug, um mein Gegenüber aufzulockern oder zu einer freundlichen Reaktion zu verführen. Sie wartet, bis ich alles vor ihr ausgebreitet habe, dabei kreisen ihre Hände weiter umeinander wie ein Mobile.

»Darf ich Sie fragen, wann meine Tante zuletzt bei Ihnen war?«

»Vor zwei Monaten, schätze ich. Vielleicht sind es auch schon drei.«

»Okay, danke.«

Und dann, als ob sie irgendetwas entschuldigen müsste, sagt sie noch: »Sie redet nicht, aber ich hatte noch nie ein Problem mit ihr.«

»Das freut mich«, entgegne ich. Starre ich auf ihre Hände?

Sie steht schnell auf, nimmt die Schokolade vom Kassatisch, geht zum Regal und tauscht sie gegen eine andere aus. »Sie mag die mit den Nüssen lieber.«

»Ja? Das ist sehr aufmerksam«, lache ich und bedanke mich, bezahle und packe ein paar Sachen in meinen großen Rucksack zu meiner Jacke, dem *Tausendjährigen Rosenstrauch*, meiner Flöte und der Wasserflasche, die mir die Verkäuferin noch netterweise anfüllt, den Rest lege ich in eine weitere Tasche, die neben dem Kanister hoffentlich Platz auf meinem Gepäckträger hat.

»Beim letzten Mal hatte sie zu wenig Geld, vielleicht hat sie einfach kein Geld mehr.«

»Ah, das ist gut möglich, ich danke Ihnen für die Information. Hat sie recht viel eingekauft? Mehr als sonst?«

»Geht so. Normal eigentlich.«

»Ist sie etwas schuldig geblieben?«

»Nein, noch nie.«

»Okay, danke nochmal. Auf Wiedersehen«, sage ich und will schon gehen, da fasst sie mir an die Schulter und hält mir eine kleine Tube mit Handcreme entgegen.

»Für mich?«, frage ich ungläubig, sie zuckt mit ihrer Schulter und schenkt mir einen Warum-nicht-Blick. Ich nicke ihr zu, sie nickt zurück, dabei huscht der Hauch eines Lächelns über ihr versteinertes Gesicht. Ich deute es als Hoffnungsschimmer.

An der Kreuzung, wo es rechts zur Kirche und zum Friedhof mit dem Holzapfelgrab geht (zum Gottesacker, wie die Tanten sagen), biege ich links ab. Ich will keine Zeit verlieren. Vor den letzten Höfen, wo die Landstraße zum Feldweg über die Hügel zu den letzten beiden Häusern des Dorfes wird, stehen schon die Männer und halten Ausschau nach dem Waldbuben. Sie sind die dunklen Wolken über dem Hoffnungsschimmer. Ich hebe meine Hand zum Gruß, erhalte aber erwartungsgemäß kein Echo. Einen von ihnen erkenne ich wieder, er hat jetzt eine Glatze und hält sein Gewehr fest in der Hand, als wäre ich ein Fremder, als müsse er Eindruck schinden oder seinen Feind einschüchtern. Ich kenne das Spiel und radle stoisch weiter.

Das erste Haus, das der alten Magdalena, steht immer noch leer und unbewohnt. In der Stadt wäre es längst von Fremden besetzt worden, aber kein Flüchtling wagt sich in die Dörfer, und ich würde es auch keinem empfehlen. Magdalena hatte keine Kinder, nur eine Nichte, der sie das Haus überließ. Die wollte es verkaufen, fand jedoch keinen einzigen Interessenten, also hinterlegte sie mir den

Schlüssel mit der Nachricht, ich könne es jederzeit nutzen. Als ich im darauffolgenden Jahr zurückkam, war das Haus geplündert wie jedes beliebige Zone-C-Gebäude. Das waren gewiss die Nachbarn, aber ich entschloss mich, es ganz bewusst zu ignorieren. Hätte ich sie damit konfrontieren sollen?

Bei allem, was die Dörfler angeht, bin ich stets um Beschwichtigung und Unauffälligkeit bemüht. In ihrem dummen Stolz und ihrer Sturheit sind sie den Tanten ähnlicher als sie meinen, nur haben die Tanten keine Erfahrungen mit Menschen, niemand hat sie je ein praktisches Verhalten in Gemeinschaft gelehrt. Wozu auch? Und wie's aussieht, waren die Lehren der letzten Dorfgenerationen auch nicht besser. Es sind nicht die Unterschiede, es ist das Gemeinsame, das die Menschen so explosiv und zerstörerisch macht. Sie kennen sich selbst, also fürchten sie die anderen.

Der Garten ist verwildert, üppig und schön, eine satte Wiese, voll mit Bärlauch, Moos und Blumen, umrahmt von dicht gewachsenen Sträuchern: Rosen, Ribisel, Brombeeren, und so großblättrige, die ich nicht benennen kann, dazwischen Obstbäume, Äpfel, Kirschen. Tante Maria bedient sich hier hoffentlich, zumindest habe ich es ihr nahegelegt. Anfangs wollte sie das nicht. Sie beharren darauf, auf niemand angewiesen zu sein und für sich selbst sorgen zu können, also habe ich ihnen den Garten als Verlängerung des Waldes angepriesen, in dem alles zur freien Entnahme für sie bereitstehe. Letztes Jahr sah ich Regina einen Korb mit roten, weißen und schwarzen Ribiseln unters Bett schieben. Diese Heimlichtuerei ergibt freilich keinen Sinn, aber Tante Reginas skeptischer Blick klebt jedes Jahr auf mir, solange ich bei ihnen bin, ich hinterfrage ihn längst nicht mehr. Der Garten scheint jedenfalls von den Nachbarn unberührt zu sein. Vielleicht haben sie die Schwestern ja beim Kirschenpflücken beobachtet und trauen sich jetzt nicht mehr hierher – verseuchtes Gebiet …

Weiter unten steht das letzte Haus. Meines, also das meiner Großmutter, Klara. Meine Mutter hat es mir vermacht. Es wirkt im Grunde wie eine Kopie des Magdalenahauses, wenngleich es viel älter ist. Es ist klein und niedrig, mit dicken Mauern aus Stein. Sein Garten ist noch viel wilder und nicht so nahrhaft. Hier wagt sich keiner her. Das Einschüchternde oder meinetwegen Verrückte der Holzapfelschwestern hat durchaus gute Seiten, vielleicht sogar ausschließlich gute, denn hätten die Dorfbewohner nicht die Hosen voll, hätten sie sie schon längst umgebracht.

Ich will kurz nach dem Rechten sehen und mein Handy aufladen – falls es Strom gibt, natürlich. Im Wald werde ich ohnehin keinen Empfang haben, aber Tante Maria ist immer neugierig auf neue Fotos von der Großstadt, und für Tante Regina fotografiere ich manchmal Kirchen, sakrale Bilder oder Heiligenstatuen.

Nichts hier ist garantiert. Nichts selbstverständlich. Strom, Wasser – alles ein Glücksspiel. Die Müllabfuhr kommt, wenn überhaupt, einmal im Monat. Ich weiß gar nicht, wie die Dörfer das handhaben, ob sie ein eigenes System entwickelt haben oder sich lethargisch dem Zufallsprinzip fügen. Ich bin wirklich froh, dass ich in der Stadt lebe. Müllabfuhr, Rettung und Feuerwehr: meine Helden der Zivilisation! Ja, ich muss zufrieden sein – was könnte ich hier schon tun, was arbeiten? Die Provinz ist zum Aussterben verdammt. Nur selten begegnet man hier jungen Menschen. Die hauen ab, sobald man sie loslässt oder auch gegen den Willen ihrer Eltern. Was natürlich verrückt ist, wenn man bedenkt, was sie in der Stadt erwartet. Die junge Verkäuferin war auch deswegen besonders, vielleicht ist sie ja eine, die hierbleibt, eine Familie mit einem netten Typen aus dem Dorf gründet und eine neue Ära startet, dann besuche ich sie mit Veronika und wir werden beste Freunde …

Ich stecke mein Handy an, es brummt. Gottseidank. Ich muss warten. Draußen dämmert es bald, ich schaue mich um. Nichts ist verändert. Das Bett ist gemacht, der Tisch leergeräumt, nur eine dünne Staubschicht bedeckt das Holz wie ein hellgraues Tischtuch. Die Fotos an der Wand: ich als kleiner Bub mit den Tanten im Wald, ich bei Daniel im *Al Pacino* – das hat meine Mutter heimlich gemacht. Dann zwei junge Mädchen, Klara mit ihrer Schwester Evelina, der Mutter der Holzapfelschwestern und noch ein paar, auf welchen ich niemand erkenne: meine Familie.

Ich gehe nach hinten in den Garten, durchs hohe Gras mit den Butterblumen, Vergissmeinnicht und dem Löwenzahn, ein paar hohe Mohnblumen stehen am Rand, sie reichen mir bis zur Brust. Schmetterlinge und Libellen begleiten mich, ich kann die Bienen und Hummeln bei der Arbeit hören, ein paar stupsen mich an – was will dieser Fremdkörper hier? –, bitten mich, den Rasen nicht zu mähen, aber ich will ihn nicht ganz verwildern lassen. Darauf freue ich mich richtig. Ich werfe einen Blick in die kleine Hütte am Zaun, alles an seinem Platz hinter unglaublichen Spinnwebenvorhängen: die Sense, der Rechen, die Scheibtruhe, der große, grüne Plastiksack, die Schneeschaufel, der Spaten, ein paar Kübel, Holzbretter und an die Wand geschlichtete Scheite. Das war Tante Maria, die so gern hätte, dass ich sie auch im Winter besuchen komme. Ich fahre mit den Fingern über sie, nehme ein Scheit in die Hand und schließe meine Augen, dann lege ich es wieder zurück.

Ich blicke über den Zaun, über die brachliegenden Felder und Wiesen zum Wald. Dann auf den Himmel. Im Westen ziehen ein paar dunkle Wolken auf, die Dämmerung setzt ein. Ich sollte die Nacht hier im Haus verbringen und erst morgen Früh losgehen. Kaum denke ich das, überkommt mich eine schwere Müdigkeit, die ich nicht ignorieren kann. Gut, so ist es am Vernünftigsten, so mache ich es – morgen Früh also.

Mit der Dunkelheit kommt die Kälte, die ich als Geschenk betrachte. Der Himmel dreht das Licht auf und ich bleibe noch etwas im Garten. Die frische, kalte Luft sowie die Sterne existieren nicht in der Stadt. Dort sind die Nächte momentan erträglich, im Hochsommer wird es aber nur noch finster werden, ohne abzukühlen. Der Sternenhimmel ist für die Stadtbewohner ein Phänomen aus Kinderbüchern. Zwar sind ein paar vereinzelte zu erkennen, wenn man lange genug nach oben blickt, mit dem provinziellen Himmel ist er aber nicht zu vergleichen. Das Fehlen der Welt macht die Stadt arrogant, sie meint tatsächlich der Mittelpunkt des Universums zu sein, und die meisten Menschen verlassen sie nie, haben also keine Ahnung, keine Aussicht und keinen Weitblick. Es gibt sogar eine Gruppierung, die *Radikalen Solipsisten*, die die Existenz des Weltalls anzweifeln, es für eine Erfindung der Wissenschaftselite, der Reichen und Mächtigen aus der Zone A halten – aber gut, die Großstadt ist allen und allem Herberge, es gibt nichts, was es dort nicht gibt. Alles, was gedacht werden kann (also alles), wird von irgendjemandem auch für möglich oder wirklich gehalten, und weil das Kämpferische ihren endlosen Tagen Bedeutung verspricht, schreiben sie ihre Gedanken auf Schilder und verschmutzen die ohnehin viel zu dichte Luft mit stumpfsinnigen Parolen. Hier herrscht das Gegenteil – die Antwort der Wald- und Feldnacht auf den Stadtirrsinn ist die totale Stille. Es ist eine radikale, recht unkonkrete Antwort, hat etwas mit Freiheit und Tod zu tun, so wie das Weltall der Erde eine Antwort ist. Die Natur ignoriert alle Menschenfragen, bläst sie davon oder deckt sie zu. Sie wartet einfach, bis wir verschwinden. Das, und nur das, ist radikal. Trostlos, schrecklich. Und schön.

Auch meine Gedanken verfliegen langsam, ich werde ruhiger, passe mich meiner Umgebung an, für ein paar Augenblicke kippt meine Wahrnehmung in eine unbewusste, beinahe unmenschliche …

Als es zu kalt und zu windig wird, packe ich ein paar Holzscheite und gehe ins Haus zurück, mache ein Feuer und stelle den Teekessel auf die Herdplatte. Draußen kracht ein Donner über dem Wald, der Regen setzt ungeduldig und brutal ein, gleich als Sturzflut, wie er das immer tut.

Und dann geht das Licht aus. Das war's mit dem Strom. Ich checke mein Handy, es ist beinahe voll aufgeladen. Auf dem Tisch stehen Kerzen, ihr Licht breitet sich wie eine kleine Kuppel über ihn. Ich gieße kochendes Wasser über den Kräuterteebeutel, den ich in der Lade gefunden habe und setze mich, tauche in die Kuppel ein und leere meinen Rucksack aus, öffne den *Tausendjährigen Rosenstrauch* auf einer beliebigen Seite und lese:

Ich sehe dich in tausend Bildern,
Maria, lieblich, ausgedrückt,
doch keins von allen kann dich schildern,
wie meine Seele dich erblickt.

Ich weiß nur, dass der Welt Getümmel
Seitdem mir wie ein Traum verweht
Und ein unnennbar süßer Himmel
Mir ewig im Gemüte steht.

Es ist von einem gewissen Novalis und heißt *Maria*. Als hätte er es für mich geschrieben: der Welt Getümmel verschwindet, wenn ich zu Maria gehe … Ich bemühe mich, es nicht als dramatisches Zeichen zu deuten, aber meine Gedanken fliegen unkontrolliert zwischen schweren Regentropfen über die Felder, hinein in den Wald, durchs dichte Gestrüpp, vorbei an dicken Eichen und weichen Tannen schnurstracks zur Tante. Es wird schon nichts sein, denke ich, glaube es mir aber nicht so recht. Es wird schon nichts sein, es wird schon nichts sein …

Da ist wieder diese Traurigkeit, die mich packt. Ich bin zu müde, um gegen sie anzukämpfen.

Es wird schon nichts sein.

*

Ich muss gleich eingeschlafen sein, denn als ich die Augen öffne, liegt meine Wange auf dem aufgeschlagenen Buch, sein muffiger, verführerischer Papiergeruch hängt in meiner Nase. Es ist kurz nach zwei.

Ich stehe auf und öffne das Fenster zum Wald. Es hat aufgehört zu regnen, ein heftiger Wind schlägt mir entgegen und lässt mich das Fenster gleich wieder schließen.

Die Überdecke ist ein Staubhügel, ich ziehe sie vorsichtig zur Seite. Das Bett ist viel zu unförmig, der Lattenrost gebrochen, aber ich liege gerne hier. Alle sind hier gelegen. Meine Großmutter, meine Mutter, die Tanten. Irgendetwas von ihnen allen muss hiergeblieben sein, sich eingebrannt haben in die weiche Matratze. Das Gewicht ihrer Körper und Leben, ein Tropfen Schweiß, ein paar Tränen, ihr schläfriger Atem, nur von den Tieren gehörtes Geschnarche, Fürze, ausgefallene Haare, Schuppen, Hautpartikel oder Blut, DNA, Gedanken und Gebete, Bilder ihrer Träume, Ängste und Sehnsüchte. Ich liege mit ihnen allen im Bett und fühle mich sicher und geborgen, verkrieche mich in die dicke Tuchent, füge meinen Körper ein in die tiefen Matratzenmulden, schließe meine Augen und greife nach ihren unsichtbaren Händen und Rücken, bete mit ihnen und warte auf den Schlaf.

Er will mich nicht, nimmt mich nicht, lässt mich hier im Dunkeln liegen und lacht mich aus. Ich stehe wieder auf und will das Licht aufdrehen – immer noch kein Strom, das kann Tage dauern. Ich schalte mein Handy in den Stromsparmodus, lege zwei Holzscheite nach, zünde die Kerzen wieder an und setze mich an den Tisch, bin aber zu unruhig, zu aufgekratzt, um zu lesen – Novalis hat ohnehin alles gesagt …

Der Wind pfeift angriffslustig durch die Fensterritzen. Es ist stickig und warm hier drin, zumindest kommt es mir so vor, also stehe ich wieder auf und gehe nach draußen. Die alte Holztür lässt sich nur schwer öffnen, der Wechsel an die frische Luft ist so vehement, als träte ich durch ein magisches Portal in eine andere Dimension ein.

Das Sausen des Windes ruft mir den großen Wintersturm in Erinnerung. Hinter mir kracht die Tür zu. Die Welt steht schief. Bäume, Büsche, Wiesen, Weizen, Raps, alles legt sich um, neigt nach links, weg vom Wald. Ich weigere mich, die Sturmrichtung als Zeichen zu deuten. Das tun nur ängstliche Menschen, hier bin ich kein Mensch mehr, hier bin ich ein Tier, Teil des mich Umgebenden. Hier ist alles, was es ist, nicht mehr und nicht weniger. Hier wird nicht gedeutet. Hier wird nicht gedacht. Der schlechte Dichter in mir ist inspiriert – hier ein kleiner Vierzeiler:

Hier wird nicht gedeutet
Hier wird nicht gedacht
Hier wird nicht gerätselt
Hier wird nicht gelacht

Und weiter geht's:

Hier wird gebetet
Hier wird gejagt
Verschon meine Stange
Ich hab nichts gesagt

Und Schluss. Das ist ja peinlich … Novalis bin ich jedenfalls keiner. Ein kurzes Lächeln entfährt mir, es ist eher ein selbstironischer Seufzer, das Auseinanderziehen der Wangen tut aber gut, also drücke ich die Augen zu, reiße mein Maul auf, straffe meine Gesichtsmuskulatur, dabei spüre ich den eingetrockneten Staub oder Dreck auf meiner Haut, dehne meinen Hals und atme tief durch. Wie ein Baum stehe ich vor dem Haus, fest verwurzelt im Boden meiner Heimat. Über mir ziehen Wolken so schnell dahin, als flüchteten sie vor etwas Großem, Bedrohlichem, ich aber sehe nur zufälliges Wetter, Wolken, freue mich über die Sterne, die hektisch angehen und wieder aus. Auch der

Mond macht immer wieder schelmische Kurzbesuche. Licht an, Licht aus, Licht an, Licht aus.

Haltet durch, Tanten! Morgen komme ich zu euch!

Da überkommt mich ein Déjà-vu: Ich sehe mich im letzten Jahr hier stehen, an genau derselben Stelle auf den Wald starren und dann in den Wald gehen. Nach all den Jahren studiere ich immer noch seinen Atem, das Knistern der Zweige – war das der Wind? Oder doch ein Vogel? War es zwanzig Meter entfernt oder hundert? Meine Erinnerung ist glasklar wie ein Traum. Das Geräusch, das mir mitten in der Wildnis entgegenweht, ist grauenhaft menschlich – das ist Tante Regina. Ihr Leiden ist keines, das mein Mitgefühl einfordert oder nach Hilfe schreit. Ihr Schmerz ist nicht der eines wehrlosen Opfers. Ihr Stöhnen hängt in der Luft wie ein riesiges Pendel, das in der Ferne schwingt und immer wieder zu einem weiteren glatten Schnitt durch die Waldstille anschwillt. Womöglich dringen ähnliche Laute aus Gebärenden oder Sterbenden, wenn sie die Kontrolle an die Natur verlieren, ich glaube aber nicht, dass sie stirbt, ich weiß, was sie tut. Es ist das selbstgewählte Klagen einer Wahnhaften, die sich einbildet, auserwählt, ja heilig zu sein, den Atem Gottes im Nacken zu spüren und die sich für diese unsägliche Arroganz bestrafen muss.

Immerhin, sie ist am Leben. Komm schon, Regina, lass es gut sein, der Schmerz wird dir auch nicht helfen. Dachte ich letztes Jahr, heute denke ich: Ich habe keine Ahnung, vielleicht tut er ja genau das. Was ist es, das manche Menschen aus der Selbstverletzung schöpfen, aus der Bestrafung, der Züchtigung, aus dem Schmerz? Veronikas Schenkel sind auch mit Narben übersät, wie Reginas Rücken. Das hat sie sich selbst angetan, sagt sie, will aber nicht darüber reden, was ich natürlich respektiere, nichtsdestotrotz interessiert es mich. Von den Huren weiß ich, dass viele Männer zu ihnen kommen, um erniedrigt oder verletzt zu werden. Sehnen sie sich nach etwas Konkretem? Einer Konzentration? Einem Gefühl der Degradierung, Entwertung, der Sterblichkeit? Kitzeln sie den Tod? Spielen sie mit ihm? Fühlen sie zu viel und wollen weniger? Oder fühlen sie gar nichts und wollen genau ein Gefühl? Schmerz, selbst ein unbeabsichtigter, ist immer konkret, er schärft das Bewusstsein, reduziert alles auf sich selbst, auf das Momentane, auf die Gegenwart. Das Vergangene ist abgehakt und durch die Erinnerung verfremdet und die Zukunft macht uns Angst. Hat es damit zu tun?

Unsinniges Denken – weiter in der Erinnerung:

Ich will Reginas blutigem Ritual nicht beiwohnen, also setze ich mich auf die trockene Erde und warte – da raschelt es in den Stauden.

»Adam.«

Tante Maria steht plötzlich neben mir, ganz nah, die alte, selbst gestrickte Haube tief in die Stirn gezogen. Das schiefe Gesicht ist kaum zu erkennen, ihr Körper zittert aufgeregt vor Freude – ich glaube, man nennt das Glückseligkeit –, sie strahlt mich an und greift nach meiner Schulter. Ich rieche ihren Atem, ihr Gewand, ihren Schweiß. Augenblicklich bin ich daheim.

So war das letztes Jahr, und die Jahre davor ist es ähnlich zugegangen. Wie ich mich auf sie freue!

Leuchtende Augenpaare reißen mich aus meiner Abschweifung. Sind das Wölfe? Ich muss ins Haus. Denke ich. Ich brauche meine Waffe. Denke ich. Gleich hinter der Tür hängt das alte Gewehr meiner Großmutter Klara. Denke ich, bleibe aber stehen und starre auf diese Lichter, die, so glaube ich jedenfalls, langsam auf mich zukommen. Ich höre sie rufen oder bellen, kurze, harte, angestrengte Laute von sich geben, das sind keine Wölfe, das sind Rehe, unmittelbar vor mir, vielleicht dreißig oder vierzig Meter. Auf der Suche nach Unterschlupf? Kann gut sein. Ich öffne das Gartentor, ziehe mich zurück ins Haus, lasse die Tür weit offen stehen, lege ein weiteres Scheit in den Ofen und setze mich an den Tisch.

Zähe Minuten verstreichen, in welchen trockene Äste und Grasbüschel auf Erdbatzen in mein Zimmer wehen, ehe die Rufe immer konkreter werden, das erste Reh vorsichtig durch die Tür lugt und tatsächlich langsam eintritt. Kaum hat es das Haus vollständig betreten, drängen weitere nach drinnen, es sind vier. Nein, fünf. Sie starren mich an, in ihren Augen oder Gesichtern, die auf die natürlichste Art freundlich wirken, ist nichts zu lesen. Sie bewegen sich in die Ecke rechts von der Tür und lassen sich nieder, ihre Augen bleiben auf mich gerichtet. So sitzen wir eine Zeit lang, während das Feuer knistert und der Wind wütet. Schließlich stehe ich ganz langsam auf, gehe zur Tür und schließe sie behutsam. Die Tiere bleiben ruhig, ich halte meine Bewegungen bedächtig, beachte sie gar nicht und setze mich wieder an den Tisch. Soll ich sie bewirten? Nein, das sind Wildtiere, die versorgen sich schon selbst, der Schutz vor dem Sturm ist, was ihren Instinkt auf das Haus oder das flackernde Feuerlicht im Fenster gelenkt, was sie hierhergebracht hat. Dicht aneinandergedrängt liegen sie nun da, als wäre es ihr angestammter Platz, als kämen sie jeden Tag auf Besuch, ein paar legen den Kopf gemütlich auf ihre Vorderbeine oder auf den Rücken ihres Nachbarn. So vergeht die Zeit, an Schlaf ist nicht mehr zu denken. Es ist halb vier.

Ich schlage den *Tausendjährigen Rosenstrauch* auf und blättere darin. Ich freue mich darauf, es Tante Regina zu zeigen, sie wird das Buch lieben. Ich lese ein paar Verse, sie beruhigen mich.

Der Blick des Rehs, das an vorderster Stelle liegt, klebt an mir, ich erwidere ihn. (Vielleicht ist mein typischer Blick, wie Rumena ihn nennt, ja einer, den Tiere verstehen.) Und dann, von einem spontanen Impuls angestoßen, lese ich ihm laut vor:

Wenn alles eben käme,
Wie du gewollt es hast,
Und Gott dir gar nichts nähme
Und gäb dir keine Last,

Wie wär's da um dein Sterben,
Du Menschenkind, bestellt?
Du müsstest fast verderben,
so lieb wär dir die Welt!

Der Ausdruck des Rehgesichts bleibt derselbe, es stellt nur seinen Kopf etwas schief. In seinen Ohren mag das Gedicht klingen wie Kauderwelsch, wie Martas Sprache in meinen –»Twak jafgha makoeu« oder so, unsinnige Menschenlaute, aber vielleicht nimmt es das Schöne und Erhabene wahr, das Friedliche, vielleicht erkennt es den erlösenden Effekt der Reime, vielleicht, vielleicht, vielleicht … wahrscheinlich unterscheidet seine akustische Wahrnehmung nur zwischen Gefährlich und Nicht-Gefährlich, jedenfalls scheinen die Tiere weder ein Problem mit meiner Stimme noch mit Lyrik zu haben, und so lese ich ihnen auch noch die zweite Strophe und dann noch ein paar weitere Gedichte vor. Sie sind mir ein geduldiges Publikum.

Ich nehme mein Handy, mache ein Foto von meinen Gästen und schicke es an Veronika und Rumena. Natürlich geht es nicht durch, das wird es wahrscheinlich erst wieder im Dorf oder gar erst in der kleinen Stadt schaffen, manchmal funktioniert es aber auch hier. Ich nehme alles, wie es kommt und wie es ist. Ich habe keine Ahnung, ob irgendjemand sich hier um Dinge wie Netzversorgung kümmert, es ist mir auch egal. Ich bin wegen der Tanten hier, nicht wegen meiner Leute in der Stadt. Dennoch denke ich jetzt an sie. Bis zum Sonnenaufgang muss ich hier aushalten.

Marta hat sich gut eingelebt in B. Er arbeitet bei Daniel. Wie jeder normale Mensch liebt er Pizza, und anscheinend verkauft er sie auch gerne; seine freundliche, afrikanische Art ist gut fürs Geschäft, wie mir Daniel überaus zufrieden versichert. Sein Deutsch wird auch langsam besser. Er besucht keine öffentlichen Kurse – es gibt gar keine, glaube ich –, aber er ist sehr wissbegierig und notiert sich jedes neue Wort akribisch in seinem Notizbuch. Sein Englisch ist schlecht, aber doch besser, als er mir in den paar Tagen unserer Winterreise gezeigt hat. So hanteln wir uns durch die Höhen und Tiefen der Sprache, zumeist kommen wir jedoch sprachlos, mit Blicken oder Lachen oder dem alles bedeutenden Come on aus. So richtig kennenlernen werden wir uns wohl nicht, aber es ist eben eine andere Art von Kennen. Das geteilte Erleben scheint Verbindung genug zu sein, womöglich mehr wert als der bloße Austausch von Informationen. Wie dem auch sei, Marta ist und bleibt ein stiller Mann; auch mit den Afrikanern, die immer öfter zu *Danieles Pizza* kommen, spricht er nicht viel.

Veronika arbeitet wieder in der Bäckerei am Van-der-Bellen-Platz, in die ich sie übrigens nicht mehr besuchen kommen soll; es sei ihrer Kollegin vom FU wegen, sagt sie, die mich unbedingt kennenlernen wolle und so etwas wie ein Fan meiner Tanten sei, was ich seltsam finde. Kein Mensch, nicht einmal die Dorfbewohner kennen oder wissen wirklich etwas über meine Tanten. Dass Gerüchte im Umlauf sind, war mir immer bewusst, schon in der Schule wollten ein paar Wenige von ihrer Existenz wissen, auch wenn sie nur Blödsinn redeten. Ich respektiere also Veronikas Wunsch, zum Glück bringt sie ja immer etwas mit nach Hause, ein paar Croissants, Brezeln oder Salzstangen. Wir sehen uns jeden Tag.

Ach ja, miteinander geschlafen haben wir auch. Wir tun es jetzt immer. Es ist schön, wirklich schön, aber so ganz daran gewöhnen mag ich mich auch nicht. Anfangs war es mir sogar unangenehm. Vor allem der Abschluss, mich in ihr oder vor ihr zu entleeren war das Unangenehme – und das ist es bisweilen immer noch. Es kommt vor, dass ich mich dafür entschuldige, was sie stets amüsiert. Ich kann nicht genau sagen, warum mir das unangenehm ist, irgendetwas daran erscheint mir falsch oder überzogen, aufdringlich oder … Ich weiß auch nicht, das ist nur der Teufel im Detail, alles in allem finde ich es super. Allerdings verrichte ich die Stangenarbeit manchmal auch noch wie früher, also allein. Vor mir selbst ist mir nichts unangenehm, außerdem geht es viel schneller, aber es ist schon etwas Anderes, mehr wie Essen oder Sport. Dafür Geld zahlen – immerhin habe ich fast mein ganzes Leben mit Huren verbracht – würde ich jedoch nie und nimmer.

Auf einer von Daniels Platten gibt es ein Lied, das geht so: The moon belongs to everyone, the best things in life are free. Ich mag dieses Lied. Das eine Reh schaut mich immer noch an, beinahe neugierig, also singe ich leise:

The moon belongs to everyone
The best things in life are free
The stars belong to everyone
They gleam there for you and me

The flowers in spring, the robins that sing
The moonbeams that shine, they're yours, they're mine
And love can come to everyone
The best things in life are free

Veronika ist ähnlich gesprächig wie Marta oder das Reh. Sie entschuldigt sich auch nicht, nie – oder nur, wenn gar kein Grund dafür vorliegt. Manchmal streiten wir. Danach miteinander zu schlafen ist das Beste, dafür scheint es gedacht zu sein, scheint mir, einmal abgesehen von der Fortpflanzung, also als Ersatz, als alternatives Kommunikationsmittel, wie Musik, als Brücke zwischen Menschen, auf der sie einander begegnen und miteinander eine Zeit lang aufs Wasser oder in den Himmel schauen können.

Wo ich schon so offen bin: Das ungenierte Furzen verstehe ich nicht ganz. Als Kind habe ich es natürlich geliebt, und das Geräusch bringt mich immer noch verlässlich zum Lachen, aber auf den Gestank könnte ich verzichten. Es ist lächerlich, übers Furzen zu reden, ich weiß. Am Ende ist alles lächerlich. Die Menschen sind sehr beharrlich in ihren sinnlosen Angewohnheiten. Vielleicht ist das Schamlose ja eine etwas tollpatschige Art von Vertrauensbeweis. Wenn also Veronika, oder sagen wir, die Liebe mich eines gelehrt hat, dann, dass ich nicht alles verstehen muss. Oder kann. Dass das Verstehen überbewertet wird und der Versuch, alles zu begreifen, ein aussichtsloser ist. Wahrnehmen, Registrieren und Weitermachen scheint auszureichen. Um zu verstehen, muss man vereinfachen, damit macht man aber alles banal. Das ist, was ich an Gedichten, an Musik oder Religion so mag – dass man gar nicht erst versucht, es zu verstehen, ganz bewusst (oder auch instinktiv) den Reiz des Mystischen genießt … nun ja, ich denke wieder mal nur vor mich hin, der Sturm draußen hat sich gelegt, bald kann ich losgehen. Endlich. Das Reh hält sehr kontrolliert und diszipliniert Stellung, will oder darf sich offenbar nicht dem Schlaf hingeben. Ich werde einfach laut weiterdenken, vielleicht kann ich es ja einlullen.

»In Wahrheit habe ich also keine Ahnung von Veronika, so wie sie keine Ahnung von mir hat, und ich schätze, nichts wird jemals etwas daran ändern können. Wir reden und hören einander zu, so erfährt jeder etwas Neues, etwas, worauf er selbst nicht kommen würde. Das ist interessant. Auch das ist Liebe. Habt ihr das auch, Reh? Oder ist bei euch alles Funktion? Vögelt ihr nur, um euch fortzupflanzen, oder habt ihr auch Spaß? Kennt ihr das Prinzip von Streit und Versöhnung? Von Langeweile? Humor? Oder Hass? Misstraut ihr anderen, fremden Tieren? Bekriegt ihr euch?

Was noch interessant ist: Zusammenbleiben zu wollen, obwohl man vom Anderen total genervt, gekränkt oder sogar abgestoßen ist – das ist auch Liebe. Kennst du das, Reh? Vielleicht seid ihr uns ja überlegen, vielleicht ist die Rehliebe die wahre, vollendete? Was meinst du? Wird die Liebe von der Sprache banalisiert und beschmutzt? Wäre sie ohne Worte rein? So ein Menschenleben ist recht kompliziert, kann ich dir sagen, davon habt ihr blökenden Viecher überhaupt keine Idee.

Ich werde aber das Gefühl nicht los, dass alles, was hinter der Sprache liegt, den Menschen das Leben erleichtert. Dass sie sich nach dieser Sphäre sehnen. Dabei ist die Sprache das, was sie ausmacht. Das Menschengemachte ist nicht böse, Reh, es ist im Denken und Sprechen und Schaffen begründet, also in ihrer Natur, das müsst ihr bedenken, wenn ihr auf uns schaut. Die Apos halten die menschliche, also ihre eigene Natur ganz grundsätzlich für schlecht und böse, meinen, sie müsse ausgeschaltet und bestraft werden und sich der animalischen Natur anpassen. Denkst du das auch, Reh? Was denkst du? An deine Zukunft? Willst du, dass deine Jungen es einmal besser haben als du? Oder ist alles gut so, wie es ist? Glaubst du, dass deine Art aussterben wird? Macht dich das traurig? Wenn du die Menschen hassen würdest, wärst du doch nicht zu mir gekommen, oder? Nervt dich die Erderwärmung? Oder ist dir alles egal? Seid ihr dumm? Ist euer Lächeln nicht freundlich, sondern trottelig? Oder neutral? Seid ihr zufrieden mit Fressen, Fortpflanzen und in der Sonne liegen? Oder seid ihr einfach leer – so leer, dass diese Fragen nicht einmal existieren? Und wenn ja, ist diese Leere eine Freiheit? Was meinst du, mein rotbrauner Freund?«

Keine Antworten, nur Fragen.

Auch gut.

*

Die Sonne geht auf, wirft einen ersten dünnen Strahl in die dampfende Dämmerung. Es ist kurz nach fünf Uhr. Ich packe alles in meinen Rucksack, stelle die Tasche mit den Erdäpfeln und Zitronen und den Schnapskanister daneben und verriegle die Ofentür. Während ich die Falten aus dem Bettleintuch streiche, räkeln sich die Rehe, das vorderste, das mit mir gewacht hat, steht auf, die anderen tun es ihm gleich. Ich falte die Tuchent einmal in der Mitte und platziere sie über Leintuch und Polster, darüber werfe ich den übergroßen Staubfänger, gehe noch einmal ans andere Ende, um seine eingestülpte Ecke wieder aufzuschlagen und verspüre ein wohliges Gefühl, das der eben hergestellten Ordnung entspringt. Ich öffne die Eingangstür und stelle den schweren Stuhl davor. Nun gehe ich direkt auf die Tiere zu, sie scheuchen auf und schlagen nervös ihre Hufe in den Boden.

»Na kommt, die Luft ist rein. Hier könnt ihr nicht bleiben«, sage ich und klatsche leicht in die Hände. Sie verlassen hektisch die Ecke, und kaum ist das erste draußen, huschen die anderen hinterher und laufen und springen Richtung Feld. Kurz schaue ich ihnen nach. Der matte Morgennebel hängt wie eine Schutzschicht über den Wiesen und Feldern, das noch schwache Sonnenlicht verleiht den nassen Halmen und Ähren ein leichtes Glitzern. Da hüpfen die Rehe. Gleich werde ich ihnen folgen.

Mit dem Besen kehre ich die grobkörnige Rehkacke auf die kleine Mistschaufel und werfe sie nach draußen. Noch einmal drücke ich den Lichtschalter nach oben – nichts.

Da ist es wieder, dieses unheilvolle Gefühl.

7

Großstadt Zone B / Frühling

DER TOD DER GRÄFIN bedeutete eine nicht vorhersehbare Wendung im Leben der Bulgarin Rumena, kehrte sie dem Panoptikum menschlicher Abgründe, welches die Großstadt ihr bot, doch neuerdings den Rücken. Hinter der anfänglichen Wut hatte ein großes, schwarzes Loch gewartet, und kein Weg führte an ihm vorbei, also ließ sie sich nicht bloß fallen, sondern sprang mutig ins Ungewisse. Ruhig war sie geworden, und ihrer Ruhe, die von einer unterkühlten, distanzierten Art war, vertraute ihr Umfeld nicht so recht. Der Prozess zog sich über längere Zeit hin, und als Adam vor ein paar Tagen aufs Land fuhr, um nach seinen Tanten zu sehen – er hatte vehement darauf bestanden, es alleine zu tun –, erreichte Rumenas Metamorphose ihre Vollendung.

Jana, ihre engste Vertraute, blieb skeptisch, bestand darauf, dass der Seelenzustand ihrer Freundin nur eine Phase sei, eine weitere, nächste; das Leben verlaufe nun einmal zyklisch und Rumena sei Rumena. War die neue Rumena zuhause, dann kochte sie, wenngleich ihr Talent von, sagen wir, überschaubarem Ausmaß war. Tagtäglich besorgte sie Lebensmittel und Zutaten und improvisierte drauflos. Jana und die Frauen fragten sich, ob ihr Geist in ihre Kindheit zurückgereist war, ob es vorzugsweise traditionelle bulgarische Gerichte waren, die ihnen vorgesetzt wurden, aber Rumena wollte sich nicht dazu äußern. »Lasst mich, immerhin habt ihr alle was davon«, war alles, was sie einmal trocken fallen ließ.

Erdäpfel, Sauerkraut, Fleisch, zumeist Schwein oder Huhn (Lamm oder Rindfleisch war nur schwer zu bekommen, und wenn, dann absurd überteuert), Marillen, Reis, Mais – was eben gerade erhältlich war, und zwar offiziell mit den Essensmarken, das war ihr wichtig (und auch das war neu). Der Zufall bestimmte also das Tagesmenü. Am liebsten schien sie Dinge zu füllen oder einzupacken: Paprika,

Knödel, Strudelteige, Kohlblätter. *Überraschungsküche* stand auf dem neuesten von Janas Holztäfelchen, das nun schon seit mehreren Tagen an der Wand prangte. Erfolglos wollte sie ihrer nunmehr stillen Freundin damit ein Lachen, zumindest ein Grinsen entlocken.

Wer natürlich darüber gelacht hatte, war der Adam. Er war nicht wählerisch, was Essen anging, und begrüßte Rumenas neuen Spleen. Auf Janas Frage, ob ihm das nicht seltsam vorkam, sagte er nur: »Doch, aber so ist das jetzt eben.« Er konnte sich gut auf Veränderungen einstellen, aber vor allem, so schlussfolgerte Jana, hatte auch er in letzter Zeit ein wenig verloren gewirkt, die Sorge um die Waldschwestern beschäftigte ihn und verlangte nach seinem Fokus. Dazu kam der neue Alltag mit seiner Frau. Ob Rumena nun kochte oder nicht, still war oder laut, schien ihm nicht weiter bemerkenswert.

Zwei Dinge brachten Rumena neuerdings dazu, das Haus zu verlassen: Essen und Sex.

Sie hatte einen Markt entdeckt, der wohl mitverantwortlich für ihre Wendung nach innen war, aber auch darüber breitete sie ihre Schweigedecke. Aus allem machte sie ein Geheimnis, vielleicht auch gar nicht bewusst, aber allein das Vorenthalten ihres Denkprozesses hatte zur Folge, dass es in den Köpfen der anderen zu etwas Großem, Bedeutendem anschwoll. Rumena kümmerte das nicht.

Der Weg zum sogenannten Fischermarkt war weit. Busverbindung gab es keine, sie nahm den Zweistundenmarsch in Kauf, und zwar für Lebensmittel, die es auch gleich ums Eck in dem türkischen Laden gab, noch dazu viel billiger, weil illegal. Aber Rumena, das wusste Jana, hatte die Nase voll von allem. Von allem Illegalen, von den Verrückten, den Drogen, vom Dreck, vom Überlebenskampf, vom stinkenden, klebrigen Schleim der Großstadt, der die Nachbarschaft innerhalb weniger Jahre erobert und angefüllt hatte. Sie verfluchte den Ort, an welchen sie den unschuldigen Adam gebracht und den der arme Kerl so schnell und offenherzig als seine neue Heimat akzeptiert hatte. Als sie vor ein paar Wochen unter einem großen Zone-B-Schild flanierte, auf das irgendwer mit dickem Pinselstrich *Scheiß auf die* davorgemalt hatte, dachte sie nur: Ja.

Der Markt lag direkt vor einer hohen Mauer, die sich über mehrere hundert Meter erstreckte und wahrscheinlich zehn Meter hoch war. Sie war das eigentliche Ziel ihrer täglichen Wallfahrt; die Mauer war, was Rumena faszinierte und nachdenken ließ, denn hinter ihr lag die Zone A – für die meisten hier der Ort des Feindes und des Bösen, für Rumena seit Neuestem nicht weniger als das Paradies.

Zuweilen blieb sie nach dem Einkauf noch auf dem Markt, ging spazieren oder setzte sich auf eine Bank, nur um auf die Mauer zu starren. Sie hatte von *gated communities* gehört und gelesen, alle hassten sie natürlich, alle waren voll mit Hass; gegen die Mauer, gegen die Reichen, gegen die, die es besser hatten, gegen die, die sich abschotteten, gegen alles, was sie da drüben vermuteten: Goldener Käfig nannten sie die Zone A, und auch Rumena hatte die Wohlhabenden stets verflucht. Nun aber galt ihr Hass den Hassenden. Ihren netten Nachbarn, ihren verwilderten, nichtstuenden, jammernden (oder nicht einmal mehr jammernden) Mitbürgern, die, dafür legte sie ihre Hand ins Feuer, sollte die Mauer fallen, alles plündern, niederbrennen, verwüsten und vernichten würden. Und zwar umgehend. Dies entsprach ihrer Natur. Sollten sie doch verrecken oder hier noch ein paar Jahre weitermachen, bis alles tot und unbewohnbar, die Zone B erledigt und die Ausweitung der Zone C vollendet war. Rumena dachte wie immer klar und unmissverständlich. Sie kannte die Leute, kannte das einfache Volk, das von manchen immer noch gerne verniedlicht und verharmlost und dessen sinnloses Agieren stets entschuldigt wurde. Sie wusste, wie sie tickten, kannte ihre Tricks, ihre ewigen Litaneien, ihre Ausreden und nachgeplapperten Parolen. Ihr Hass war Neid, und auch sie waren nur auf ihren persönlichen Vorteil aus. Wenn sie die Zone A *Insel der Seligen* nannten, dachte Rumena nur: Ich will selig sein. Wenn sie über die Bürgerlichen herzogen, dachte sie: Ich will eine Bürgerliche sein!

Dreißig Jahre in Puffs und Bars plus die paar zerquetschten auf freier Wildbahn hier in diesem Höllenarsch waren genug. Rumena hatte ihre Lektionen gelernt, sie wusste Bescheid. Vielen Dank, Schicksal. Jetzt reichte es. Sie würde den Leuten nicht mehr zuhören, sie nicht mehr beachten, sich nicht mehr darum kümmern, wie es ihnen ging, wie sie überlebten oder eben nicht. Sie würde sich nur noch um die paar Menschen und Dinge kümmern, für die sie sich tatsächlich verantwortlich fühlte. Also kochte sie.

Und sie würde erst über ihre Veränderung sprechen, wenn sie wusste, was zu tun war, um von hier wegzukommen, und zwar nicht in die nächste Zone B, nicht in die nächste Hölle. Also schwieg sie.

Von nun an wollte sie ihren Blick in die andere Richtung, auf etwas Hoffnungsvolleres richten. Auf die Mauer.

Sie war nicht naiv, aber ihr Sarkasmus war eingedämmt und gab den Blick auf Anderes frei. Auf die Mauer.

Die Idealisierung der Zone A führte zum sturen Glauben an eine bessere Zukunft, einen Ort, an dem junge Menschen nicht bewaffnet durch verkommene Gassen schleichen mussten. Was war falsch daran? Sie musste daran glauben, weil sie sonst verzweifeln würde, weil sie den gegenwärtigen Zustand nicht mehr ertragen konnte. Aufgeben oder Schlussmachen war nicht drin – diesem Drang, der von Zeit zu Zeit in ihr rumorte (und zwar in ihrem Darm, einer, wie sie vermutete, nach oben drängenden, darin gefangenen Schlange gleich), durfte sie nicht nachgeben, dem Adam zuliebe. Die ganz dunklen Gedanken verbot sie sich also.

So. Und jetzt zum Zweiten, das sich neu ergeben hatte.

Wenn sie mit dem Kochen fertig war, ging sie duschen – an den wasserfreien Tagen war ein Kanister vom Vortag für sie reserviert, die Mädchen wussten, sie durften das Wasser nicht aufbrauchen, bevor Rumena dran war –, packte sich zusammen und ging zu ihrem Freund, um mit ihm zu schlafen. Ja, Rumena war verliebt. Sie hatte den ungewöhnlichen Umstand lange verlacht und vom Tisch gewischt, aber dann passierte es doch, das Gefühl wurde wärmer und stärker und ließ ihr bald keine Wahl mehr – sie musste sich ihm ergeben. Dazu kam, und das erstaunte sie mehr als das flirrende Bauchgefühl und der neue Lebenssinn im weichen Gesicht ihres Gegenübers, dass sie einen längst abgestorben geglaubten Trieb, eine zwingende körperliche Lust verspürte und diese auch genießen konnte. Mit Doktor Valium schaffte sie es, all ihre professionelle Last, die schwer auf ihr wog, abzulegen, sich fallen zu lassen und Spaß zu haben. Das war mehr als erstaunlich, noch dazu in ihrem Alter, wie sie sich sagte. Sie war jetzt neunundfünfzig. Er war jünger als sie, aber sie wollte sein tatsächliches Alter nicht wissen.

Doktor Valium hieß in Wahrheit Ludwig, aber Rumena beließ es bei seinem Codenamen, verlieh dieser ihm doch ein gewisses Superheldenflair, das ihm definitiv zustand, wie sie fand, und zwar in vielerlei Hinsicht. Der Doktor, wie er von allen genannt wurde – und auch das klang wie eine anrüchige Figur aus einem Film, also aufregend –, war ruhig, besonnen, ein Kümmerer; er war der erste männliche Kümmerer ihres Lebens. Er sorgte für alle, die ihr wichtig waren, nicht auf eine gönnerische oder selbstgefällige Art wie all die verlogenen Zuhälter, nein, es lag in seiner Natur, schien ihm richtig und wichtig zu sein.

Die Verliebtheit hatte ihn viel früher als sie heimgesucht, sie hatte seine kleinen Avancen lange als lieb, aber lächerlich zurückgewiesen und sich seiner Großzügigkeit wegen schlecht gefühlt. Ihr moralisches Gewissen warf ihr mit streng erhobenem Finger Missbrauch seiner Gefühle vor. Mittlerweile bewunderte sie ihn dafür, dass er ihrem dominanten und lauten Wesen gegenüber so zugewandt und offen, langsam, geduldig und konsequent geblieben war.

Er war es, der das Bewusstsein für ihr neues Denken in sie gepflanzt hatte, die Gewissheit, dass man sich nicht um alle, sondern nur um ein paar wenige kümmern konnte. (Nein, die Gewissheit war nicht neu, das war ihr immer schon klar gewesen, aber die Beziehung zum Doktor machte es ihr möglich, ihren überbordenden Zorn zu mäßigen. Das Beiseitetreten der Wut, die ihrer straßenpsychologischen Beurteilung nach auch mit der sexuellen Energie verwandt war, ließ sie in neuen Bahnen denken, und diese Bahnen führten direkt zur Mauer. Das war das Neue. Das war, was sie bremste und ruhig machte.)

Nun hatte der Doktor Geld und Besitztümer, und damit zog die einzige dunkle Wolke über den kitschblauen Himmel der Liebe: die offenbar schwierige Frage, warum er hier in dieser Kloake bei einer ehemaligen Hure war und nicht drüben in A seinen hübschen Hintern in die Sonne setzte und sich Wein nachschenkte. Die eine Frage, auf die er keine Antwort gab. Rumena spürte schon eine gewisse Reserviertheit seinerseits, wenn diese Frage nur im Raum herumschwirrte (und das tat sie immer), schaffte es aber, sich zurückzuhalten, wenn er sich einkrampfte oder unsicher lächelnd seine Pforten schloss, die ansonsten immer offenstanden. Für sie, alte Schachtel. Für die Bulgarin Rumena. Für die Hure Rumena. Was für ein Glück also, was für ein Geschenk, was für ein Segen! Die Zeit mit ihm war fast zu schön, um wahr zu sein.

Ja, sie liebte ihn. Liebte die Liebe. So banal das war, die Liebe war die Lösung und der Ausweg. Punkt.

Und noch ein Punkt ..

Und noch ein Punkt …

Und noch einer ….

War sie das wirklich? Die Liebe war nur gefühlt, ein Buch oder Film ohne Ende, ein herrliches Luftschloss, ein süßer Dunst, ein Drogencocktail, Rumena aber suchte einen handfesten, ganz konkreten Ausweg, wollte raus aus B – mit Adam, Veronika, Jana, dem Doktor, mit allen, die sich ihr anschließen wollten, und zwar bevor die ganze Zone zur nächsten Zombiestadt wurde. Und sie wusste, wenn das überhaupt möglich war, dann nur über ihn. Wenn einer eine Verbindung nach A hatte oder herstellen konnte, dann er. Er war ihre Glückskarte, ihre einzige Chance.

Und wieder erhob das schlechte Gewissen sein aufdringliches Haupt. Nutzte sie ihn nur aus? War ihr Mauerdrang ein Verrat an der Liebe? Ach was, sie dachte schon wie der Adam in seinen triefenden Kitschliedern.

Nach dem Liebesakt, wie der Doktor es gerne nannte, wollte sie immer ein Stück von ihm wegrücken und reden, eine klitzekleine Distanz erschien ihr dabei wichtig – er hingegen hätte sich gerne damit begnügt, noch eine Weile auf dem Rücken zu liegen, seine Hand auf ihren schweißnassen, pumpenden Bauch oder an ihre Hüfte zu legen und in die Luft zu schauen, ehe sie einschliefen oder eben aufstehen mussten. Natürlich entschied Rumena diesen kleinen Konflikt stets für sich, er äußerte seinen Wunsch auch nie mit Worten und fügte sich selbstlos ihrem Diktat.

»Duu … ich war heute wieder an der Mauer«, flüsterte sie.

»Ach ja?«

»Ja –«

»Und was gab's zu essen?«, unterbrach er sie.

»Zu essen? Ach … das ist doch uninteressant.«

»Nein«, lächelte er. »Das ist sogar sehr interessant.«

Er bat sie immer darum, ihm doch eine kleine Portion ihrer kulinarischen Experimente mitzubringen, was sie aber hartnäckig verweigerte.

Sie schwieg.

»Was hast du heute gekocht, Rumena?«

»Mein Gott, Krautnudeln.«

»Echt? Ich liebe Krautnudeln – mit einem großen Esslöffel Sauerrahm oben drauf. Hast du Sauerrahm überhaupt bekommen?«

Rumena ignorierte ihn.

»Als Kind hab ich immer Erdnüsse dazugemischt«, sagte er.

»Ihr hattet Erdnüsse?«

»Ja, das schmeckte einfach fantastisch.«

»Kann ich mir vorstellen. Duuu, Doktorchen … du hast doch drüben gelebt, hinter der Mauer …«

»Hör auf, Rumena …«

»Nur ganz kurz, bitte.«

»Nein. Darüber will ich nicht sprechen, würdest du das bitte respektieren! Wie oft muss ich dir das noch erklären?«

»Ja ja, ich weiß. Bitte verzeih, wenn ich dich damit quäle, aber … mein Gott, ich will doch nur wissen, wie es da ist. Nur ein paar grundlegende Informationen, dann lass ich dich auch in Ruhe. Ich will endlich die dämlichen Gerüchte aus meinem Kopf bekommen. Das klare Wasser, die goldenen Badezimmer, die sich durchbiegenden Esstische, die Theater- und Opernhäuser, die chinesischen Elektroautos, die perfekte Ordnung, das unbeschwerte Leben und das alles. Jetzt kenne ich einen, der tatsächlich Bescheid weiß, der aber, sobald die Rede daraufkommt, stumm wie ein Fisch wird. Das ist nicht fair und wirklich … frustrierend.«

»Das verstehe ich, Rumena, und das tut mir auch leid, das habe ich wiederholt beteuert, aber bitte vergiss die Zone A. Manchmal ist es besser, nichts zu wissen. Manche Informationen sind unnötig und gefährlich, verführerisch wie Drogen, sie könnten etwas Ungesundes, Unheilvolles oder Utopisches auslösen, eine Fiktion, eine überzogene Erwartungshaltung, die bodenlos, unerfüllbar und letztendlich erst recht frustrierend sein würde. Ich kenne dich nicht wirklich gut, aber gut genug, um das zu wissen. So. Das ist meine Haltung und hier ist meine Grenze. Es ist kompliziert, Rumena, ich weiß, und ja, es ist unfair, aber wir leben nun einmal hier in B. Ich weiß, dass es hart und hoffnungslos sein kann, aber jetzt – gerade jetzt – ist doch endlich einmal alles gut … es läuft doch gut, oder?«

»Jajaja.«, sagte sie. »Aber!«

Der Doktor atmete genervt und enttäuscht aus, hatte keine Lust auf eine weitere Runde in diesem ewigen Ringelspiel. Rumena spürte einen kleinen Vorteil in ihrer Argumentationslinie.

»Du musst doch zugeben: Je geheimnisvoller etwas erscheint, desto verführerischer ist es auch. Oder?«

Er dachte nach. Für einen Moment meinte sie ihn überzeugt zu haben, aber dann sagte er staubtrocken: »Ich werde jetzt genau *einen* Satz sagen, Rumena, und ich bitte dich, mir zu vertrauen: Die Freiheit beginnt in Zone B.«

Sie nickte brav, verstand aber nicht. Wusste auch nicht, wie weit ihre Ehrlichkeit gehen durfte. Sie wollte ihn nicht kränken. Natürlich lief es gut – zwischen ihnen beiden. Aber das war nicht alles, sie konnten sich doch nicht hier in seiner geräumigen Wohnung mit den beeindruckenden Bildern und den fünf Türschlössern einsperren und alles andere ausblenden. Das funktionierte immer nur für ein paar Stunden. Herrje, sie konnte anscheinend gar nicht offen und ehrlich sein – etwas, wozu er sie immer wieder aufforderte –, ohne seine Privatsphäre, seine eingesperrte Vergangenheit anzutasten. Theoretisch fand sie ein Leben, das nur aus Gegenwart und Zukunft bestand, reizvoll, praktisch aber unmöglich. Der Doktor war viel intelligenter und gebildeter als sie, das musste ihm doch einleuchten. Aber auch er war stur. Nichts vermochte ihn zu erweichen, jeder Anlauf ihrerseits wurde gebremst, und sein beharrliches Schweigen machte Rumena verrückt.

Wo war er eigentlich, wenn er arbeitete und auswärts nächtigte? Und was konnte er da drüben schon getan haben, was ihre schäbige Vergangenheit übertrumpfen mochte, fragte sie sich. Und hatte sie ihm irgendetwas verschwiegen? Nein, im Gegenteil. Anfangs hatte sie ihre Geschichte schamlos vor ihm ausgebreitet, um ihn abzuschrecken und auf Distanz zu halten. Jede Frage hatte sie beantwortet, zu den Männern, zum Puffalltag, zu ihren Berufspraktiken, zu Adam, alles hatte sie auf den Tisch gelegt – alles! Bisweilen hatte sie sogar übertrieben, nur um ihre Ruhe zu haben. Tja, das hatte nicht funktioniert, und jetzt war sie mit jedem Tag näher dran, dasselbe von ihm zu verlangen, auch wenn sie spürte, dass das unsensibel, unfair oder selbstgerecht war.

Rumena betrachtete ihn von der Seite. Sie mochte die beeindruckende Hügellandschaft, die sich da über die Matratze streckte, ein regelrechter Gebirgszug war sein Körper. Sein Bauch war mächtig, aber nicht fett, seine Brust dicht bewaldet, seine Arme kräftig, die Hände prankig, aber gepflegt, das Gesicht glattrasiert, was sie geradezu bewunderte. Er roch immer gut. Kurz überlegte sie, sich ihm noch einmal zu nähern, mit ihren langen Fingernägeln durch seine Brusthaare zu fahren und ihn, auch wenn es einer weiteren Resignation gleichkam, zu einer kleinen Zugabe zu verführen, da durchfuhr ein jäher Blitz ihren Geist, gefolgt von einem Donner, der sie zittern ließ.

»Was ist?«, fragte er erschrocken.

»Nichts«, flüsterte sie und lächelte verunsichert.

»Nichts?« Er blickte sie direkt an, erwiderte das Lächeln. »Das glaube ich dir nicht. Aber wie du willst.«

Rumena wollte. Hielt die Luft an, nahm sich ein Herz, gab ihrem Gedanken, der so simpel wie logisch war, Stimme und ließ ihn einfach los: »Du hast eine Frau da drüben, stimmt's? Eine Familie.«

Der Doktor zuckte kurz zusammen, dann setzte er sich hoch, schlug mit der flachen Hand auf sein Nachtkästchen, stand auf und ging ins Bad.

Volltreffer, dachte Rumena. Scheiße.

*

Veronika hatte in den letzten Monaten all ihre Energie, die ihr neben Adam und den kleinen Verpflichtungen, die sie in Rumenas Haus übernommen hatte (sie war die Einzige, die gerne putzte), geblieben war, in die Arbeit gesteckt. Sie hatte aufgehört, über die Banalität der

Arbeit nachzudenken oder sie zu bewerten. Sicher, es war nur eine kleine Bäckereifiliale – sie hieß *Brothütte* und in B gab es über ein Dutzend davon –, nichts Besonderes, aber na und? Es war ein anständiger Job, sie erfüllte ihn mit Hingabe und Disziplin, und in Adam hatte sie einen vehementen Unterstützer. Manchmal half er ihr sogar beim Putzen oder Vorbereiten. Jetzt wo Karla nicht mehr hier arbeitete, erlaubte Veronika ihm auch, sie zu besuchen. Und wenn er tagsüber kam und sie ihm demonstrieren konnte, wie sie alles unter Kontrolle hatte und die anderen Angestellten sie wertschätzten, ja ihr Autorität zusprachen, verspürte sie Stolz und Zufriedenheit. Das gefiel ihr nicht schlecht.

Karla hatte sich nach und nach radikalisiert und irgendwann gekündigt, wollte sich ganz dem FU oder UT widmen, jeden Tag hatte sie immer wütendere Vorträge gehalten und alle genervt. Veronika war froh und erleichtert, als sie Abschied nahm, hatte ihren abgehobenen, nebulösen Tiraden auch gar nicht mehr folgen können, zugleich war sie aber auch dankbar, denn immerhin war Karla es gewesen, die in einem Moment tiefster Trostlosigkeit gesagt hatte: »Wie wär's mit Arbeiten?«. Das war ein einfacher und konkreter, also guter Rat gewesen, wenngleich Veronika das erst später erkannt hatte. Mittlerweile übernahm sie freiwillig jeden Früh- oder Wochenenddienst, jammerte nicht bei Vierzehnstundenschichten (der nächtliche Nachhauseweg machte ihr nichts aus, seit Daniel ihr eine kleine Glock 42 besorgt hatte, die sie stolz und ehrfürchtig immer bei sich trug), sprang für ihre Kollegen ein, putzte mehr und gründlicher, als sie musste, verhielt sich hochprofessionell, im Grunde so, als wäre das Geschäft ihr eigenes, privates Unternehmen. So verdiente sie sich ganz automatisch das Vertrauen des Chefs zurück, der sie beobachtete, ihr sowohl Schlüssel als auch Kassaabrechnung überließ und dabei, ob bewusst oder unbewusst, mehr und mehr in den Hintergrund rückte. Hans neigte ganz offensichtlich zu Depressionen, hatte immer wieder Migräneanfälle, das Nichttun war ihm eine logische und permanente Versuchung, und so begrüßte er Veronikas Ambitionen. Er trank wieder mehr als früher, auch tagsüber. Manchmal suchte er das Gespräch mit ihr, um seine traurigen Befindlichkeiten auf den Tisch zu legen. Nicht dass Veronika das interessiert hätte, aber das war eben die Kehrseite des Vertrauens – und ein bisschen tat er ihr auch leid.

»Bald scheiß ich drauf«, sagte er. »Dann übernimmst du den Laden. Okay? Du schaukelst ihn eh schon alleine. Du musst nur ein bisschen strenger mit den Angestellten sein. Das ist wichtig. Sonst tanzen sie dir auf der Nase herum, wie du das ja auch gemacht hast.« Dabei zwinkerte er. »Du musst ihnen Grenzen setzen. Jeder Betrieb ist ein Kindergarten. Selbst wenn du Bürgermeister im Rathaus bist, hast du es mit Kindern zu tun. Alle belügen dich, wollen dich hintergehen, zeigen kein Interesse am System. Sie hassen es, wollen aber davon profitieren. Minimaler Input, maximaler Output, das ist, was alle wollen. Für gewöhnlich mögen sie dich nicht, nur weil du der Chef bist. Damit musst du leben lernen. Wenn irgendwas ist, sind sie die Opfer und du bist der Täter. So läuft das und daran wird sich auch nichts ändern. Nicht weil du schlecht bist oder dich falsch verhältst, sondern weil du das Sagen hast und die Verantwortung trägst. Dafür verdienst du auch ein paar Mäuse mehr, aber ich frage mich zunehmend, ob es das überhaupt wert ist. Verstehst du das?«

»Ja.«

»Im Grunde ist jedes Projekt unter Menschen eine wackelige und zweifelhafte Angelegenheit. Die Menschen, Junge wie Alte, sind unergründlich. Ich könnte dir Geschichten erzählen …« Er winkte ab, Veronika klammerte sich an den Konjunktiv. »Bei mir werden Leute vorstellig, die mir sagen, dass sie nur am Nachmittag arbeiten können, weil sie in der Früh dies und das machen wollen, Sport oder politischen Aktivismus oder sonst einen Scheiß. Selbst die Karla, die eigentlich eine gute Arbeiterin war, hat sich immer mehr herausgenommen, die Kolleginnen ausgenutzt und mich belogen. Oder sie verlangen das Fünffache von dem, was du ihnen zahlen kannst. Das sagen sie dir mitten ins Gesicht, als würdest du sie ernst nehmen. Die sind nicht wie du, Veronika. Du bist ein Ausnahmefall, weißt du?«

»Ja.«

»Die haben keinen Respekt, keinen Überblick und keine Ahnung. Sehen die Zusammenhänge nicht. Alles Idioten. Noch dazu in Zeiten der totalen Arbeitslosigkeit und des Verfalls. Alles geht den Bach runter, und die strecken einfach ihre Füße ins Wasser und schauen zu, verstehst du?«

»Weiß nicht.«

»Merk dir also: Wenn du ihnen zu viele Freiheiten einräumst, funktionieren sie nicht. Die Freiheit verwässert alles. Der Mensch braucht Grenzen, die Peitsche meinetwegen. Du wirst sicher über mich lachen, findest das wahrscheinlich radikal oder zynisch, aber irgendwann, glaub mir, wirst du an meine Worte denken. Ich hab keinen Kopf mehr für das alles, aber gut, ich bin alt.«

»Wie alt bist du?«

»Neunundvierzig.«

Hans sprang gern von einem Thema zum andern, von seinem ganz persönlichen Jammer zum Bäckereijammer zum Großstadtjammer zum Weltjammer. Für ihn gehörte alles zusammen, alles lag auf der Hand, und zwar auf seiner. Und der oberste Richter war nicht etwa Gott, so wie Adam das glaubte – nein, er selbst war das, der Bäcker Hans, 49, einsam, depressiv.

»Übrigens: Die haben mir eine größere *Brothütte* im Norden angeboten. Wenn du willst, schlage ich dich vor.« Jetzt machte er eine nicht ganz glaubwürdige Geste der Großzügigkeit, gerade so, als hätte er das Sagen in dieser Stadt. Als wäre er der König von B.

Veronika unterdrückte ein Lächeln und sagte ganz bescheiden: »Nein danke, Hans. Ich bleib lieber hier.«

»Wow.«

»Wow?«

»Du weißt, was du willst, bist sehr direkt, das gefällt mir.«

Sie nickte. Die Komplimente erschienen ihr überzogen.

»Nein, wirklich, ich versteh das, hier hast du den Adam und deine Leute, das ist wichtig. Ich hab ja niemanden …«

»Ja.«

Eine Pause entstand, in welcher sein Kopf durchgehend vor und zurück wackelte, wie bei einem Huhn. Traurig und ein wenig zu lange erschien Veronika die Pause, also setzte sie die Konversation fort: »Übernimm du doch das große Geschäft. Das klingt interessant.«

»Phh, weiß nicht. Soll ich mir das noch einmal antun?«

»Wie meinst du das: noch einmal … Du kannst doch noch lange arbeiten.«

»Na ja, ich will nicht jammern, aber mir tut alles weh und ich hab keine Lust auf gar nix.« Tatsächlich wollte er sehr wohl jammern. Er drehte immer dieselben Kreise und sein ewiges Gerede hatte absolut keinen Einfluss auf sein Handeln.

»Nimmst du die Tabletten, die der Doktor dir gegeben hat?«

»Hab ich aufgehört.«

»Warum?«

»Weiß nicht.«

»Mit den Tabletten geht's dir auf jeden Fall besser, das kann ich dir bestätigen.«

»Dann bin ich besser gelaunt, was?«

»Ja. Und … verzeih, wenn ich das sage, aber dann trinkst du auch weniger.«

Er stockte und dachte nach. Ein bisschen zu lange. Hatte er den Faden verloren? Einen Schlaganfall?

»Hans?«

»Ja, die Tabletten … Ich weiß auch nicht. Es stimmt schon, das Aufstehen fällt dann leichter, und das Rausgehen auch, es ist nur so … Weißt du, dann schau ich in den Spiegel und da steht ein anderer Hans. Ein Fremder. Einer, der mir nix zu sagen hat. Oder aber ein

Klugscheißer. Keine Ahnung. Ich will nicht undankbar sein, dein Doktor ist wirklich ein netter Kerl, aber … irgendwas ist falsch daran. Als würdest du in einem Film über dich selbst mitspielen, in einer Fiktion, verstehst du? Als wärst du ein verdammter Schauspieler aus einer anderen Zeit. Die Drogen lügen, Veronika … die Drogen lügen.« Wieder verfiel er in diese mechanische Hühnerbewegung.

»Und das Trinken ist keine Droge?«

Er zuckte mit den Schultern. »Mir kommt das Trinken ehrlicher vor … Ich weiß, wie das klingt. Ist ja auch egal. Du meinst wirklich, ich soll in den Norden gehen?«

»Na ja, warum nicht?«

»Willst mich loswerden, was?«, grinste er, während er sich endlich eine anrauchte und vor die Tür ging.

»Nein, Hans, so hab ich das nicht gemeint.«

»Weiß ich doch, ich mach nur Witze«, rief er. »Kannst ruhig ehrlich sein, Veronika. Du bist jung und ehrgeizig, willst was schaffen, das ist selten heutzutage, ich respektiere das.«

»Danke, Hans.«

»Kein Ding. Ich übergeb dir die Bruchbude, versprochen. Ich rede mit der Chefin. Bald, in Ordnung?«

»In Ordnung, Hans.«

Das hatte er schon zigmal gesagt, aber das machte Veronika nichts aus. Irgendwann würde es passieren – und dann würde sie bereit sein.

Die ersten Kunden trudelten ein, eine kleine Schlange bildete sich. Es waren bekannte Gesichter, Stammkunden, die guten Menschen von B, die sie nicht näher kennenlernen wollte, mit denen sie aber doch eine kleine Routine entwickelt hatte, eine konstante und immer zufriedenstellende Routine: Sie kamen hierher, weil sie etwas brauchten und Veronika konnte es ihnen geben. Dazu kam, dass viele ihr täglich zulächelten und ihr so zeigten, dass da draußen nicht nur

Arschlöcher unterwegs waren, wie Rumena glaubte. So einfach war das, ein soziales Spiel, das sie durchaus genoss.

Sie erblickte Jana, die mittendrin in der Schlange stand und nervös an ihren Haaren zupfte.

»Ist alles okay, Jana?«

»Ja, nein, weiß nicht. Kannst du dir für ein, zwei Tage freinehmen?«

»Warum? Ist was mit dem Adam?«

»Nein. Rumena hat mit dem Doktor gestritten und ist ganz verwirrt. Jetzt bildet sie sich ein, dem Adam nachfahren zu müssen. Der Doktor borgt ihr das Auto, und ich frage mich, ob wir sie nicht begleiten sollten. Was meinst du?«

»Das wird sie nicht wollen. Und dem Adam wird das gar nicht gefallen.«

»Du kennst sie, sie wird sich über alles hinwegsetzen und tun, was sie für richtig hält. Ich hab irgendwie kein gutes Gefühl bei der Sache, sie ist so … du weißt schon, verändert. Unberechenbar und introvertiert. Mir hat das von Anfang an nicht gefallen, aber jetzt kommt so eine aggressive Energie dazu.«

»Ist das nicht gut? Ich meine, entspricht das nicht eher der alten Rumena?«

»Das dachte ich erst auch, aber sie ist zu nervös, zu aufgebracht, zu unsicher. Das lässt sie schwach wirken, und das ist nicht gut. Das ist nicht die alte Rumena.«

»Das ist so typisch für sie. Streitet mit dem Doktor und will deswegen dem Adam nachfahren? Das ergibt überhaupt keinen Sinn.«

»Nein.«

»Ich meine, was hat das mit Adam zu tun? Gibt es Neuigkeiten?«

»Hast du das Foto nicht gesehen?«

»Nein.«

»Er hat ein Foto geschickt. Da sitzen ein paar Rehe in einem Haus. In seinem Haus, sagt Rumena.«

»Ich hab nix gekriegt. Was heißt das?«

»Keine Ahnung. Wahrscheinlich gar nichts, aber das macht es nur noch komplizierter. Rumena zerreißt es fast vor Sorge. Sagt sie.«

»Sind Rehe gefährlich?«

»Glaub nicht.«

»Ich stelle mir vor, der Adam mag Rehe im Haus.«

»Ja, wahrscheinlich. Natürlich vermischt sie alles, die Sache mit dem Doktor, die Kocherei, ihren Schweigetrip, Adam, dich, die Rehe. Sie will alles kontrollieren, sie ist eine Diktatorin, auch wenn sie es immer gut meint und sich um alles und alle kümmern will. Eine Diktatorin der Liebe ist sie. Aber ich kann ihr nicht böse sein, ich verdanke ihr so viel – sie hat versprochen, uns auf der Fahrt alles zu erklären. Also, kommst du mit? Bitte, Veronika!«

Veronika warf dem Chef, der den Kundenservice übernommen und das Gespräch mitgehört hatte, einen kurzen, fragenden Blick zu. Hans nickte und sagte: »Geh schon. Aber passt ja auf … mit Dörflern und Provinzlern ist nicht zu spaßen. Sind alles Idioten. Bewaffnete Idioten!«

»Danke, Hans.«

»Danke«, rief Jana.

Veronika holte ihre Sachen, dann gingen sie los.

»Wie meint er das?«, fragte Jana.

»Lass ihn reden. Der meint gar nichts.«

»Ich dachte auch daran, Marta zu fragen. Hältst du das für eine gute Idee?«

»Hm … weiß nicht. Der redet ja auch nicht.«

»Ja, und ihn in die Provinz zu bringen, ist irgendwie unverantwortlich, oder? Zu den bösen Dörflern?« Jana lachte und verspürte eine gewisse Erleichterung. »Super, dass du dabei bist, Veronika. Wirklich. Ich dank dir.«

»Warst du schon mal in der Provinz?«, fragte Veronika etwas verunsichert.

»Ich war überall.«

»Im Wald auch?«

»Ob ich im Wald war? Du meinst ganz grundsätzlich? Natürlich, aber nicht in Adams Holzapfelwald bei seinen schrägen Tanten. Oida, keine hundert Pferde bringen mich da hin.«

»Gut. Ich hab nämlich auch die Hosen voll.«

Wieder lachte Jana, und Veronika war, als ginge eine richtige Freude von ihr aus, eine ein wenig unterdrückte romantische Aufgeregtheit. Sie wusste nicht viel von Jana, die im Hurenhaus bisher ja auch eher ein eigenbrötlerisches, stilles Dasein gepflegt hatte. *Rumenas Schatten* hatte der Adam sie einmal genannt.

»Ist es nicht interessant«, sagte sie, mehr zu sich selbst, »dass eine, die eine fast schon mysteriöse Ruhe umgibt, diese nicht mehr aushält, wenn das laute Umfeld wegfällt und alles um sie herum stiller wird?«

»Ja, das ist schon komisch. Aber es hat mehr mit Rumena zu tun, vermute ich.«

»Hast du vorhin Oida gesagt?«

»Ja«, grinste Jana. »Das gefällt mir.«

»Adam wird das nicht gefallen«, flüsterte Veronika in ihre Brust.

»Was sagst du?«

»Dem Adam wird das nicht gefallen.«

»Dass ich Oida sage?«

»Nein.«

»Der ist Rumenas überbordende Art gewohnt. Sie ist bei ihm, seit er fünf war. Sie ist seine Mama.«

»Ja, aber ich bin nicht seine Mama. Ich bin seine Frau.«

»Du bist seine Frau, ja. Er vertraut dir.«

»Aber ihm nachzufahren, wo er doch ganz alleine sein wollte, ist nicht gerade ein Vertrauensbeweis.«

»Keine von uns wird in den Wald gehen, Veronika. Wir werden nichts tun, was er nicht will. Und wenn er uns auch in seinem Haus nicht haben will, fahren wir eben wieder zurück. Und wenn wir Rumena betäuben müssen. Kannst du Autofahren?«

»Nein.«

»Dann müsste ich fahren … hm. Egal, wir kriegen das schon hin.«

Veronika blieb stehen und sagte ruhig: »Ich glaube, der Adam ist dort anders. Der Wald verändert ihn. Das hat er mir selbst gesagt. Ich habe keine Ahnung vom Wald.«

»Er wird schon kein Werwolf sein«, lächelte Jana, die offenbar alles aufregend fand. Wie ausgewechselt wirkte sie.

»Ich hab trotzdem ein bisschen Angst vor dem zweiten Adam.« Dabei dachte sie an den zweiten Hans, den Tablettenhans, von dem der erste Hans vorhin gesprochen hatte.

»Es wird schon passen, Veronika. Wir sind immerhin auch seine Familie. Alles gehört zusammen.«

Nein, dachte Veronika. Ein leichter Zorn ergriff sie. Warum sagen immer alle »Alles gehört zusammen«? Das ist doch Bullshit. Nichts gehört zusammen, gar nichts, dennoch wird alles aufeinandergeworfen – und dann wundern sich alle über das Chaos. Freilich gibt es Gemeinsamkeiten, natürlich sind da Parallelen und Überschneidungen, und sicher gibt es ein Gefühl für Gemeinschaft, aber letztendlich und wahrscheinlich ganz grundsätzlich gehört nichts zusammen. Zusammensein (also auch Zusammengehören) ist nur eine Entscheidung Einzelner, die alles erst kompliziert macht. Alles ist, was es ist, nicht mehr und nicht weniger. Familie ist Familie, Arbeit ist Arbeit, Hans ist nur Hans (Gott sei Dank!) und sie selbst ist Veronika, ein Ausnahmefall, ein Unikat. Keine andere ist wie sie. Jeder Mensch ist besonders und für sich selbst verantwortlich. Jeder Mensch ist eine eigene Welt, ein Universum, ein Gott. Und jeder Tod ist ein Weltuntergang.

Den Satz musste sie sich merken, der würde dem Adam gefallen, also nahm sie ihren Filzschreiber aus der Tasche und schrieb auf die Innenseite ihrer Hand: *Jeder Tod ist ein Weltuntergang.*

8

Provinz West / Frühling / Adam

DIE EWIGE SCHÖNHEIT DES Waldes nehme ich gar nicht wahr, auch nicht die Stille oder die Geräusche, die mit jeder Minute, die vergeht, lauter und klarer werden, so fokussiert und schnell setze ich einen Fuß vor den andern. Die Sorge um die zwei Alten füttert meine Ungeduld und treibt mich an. Das Ungewöhnliche und somit Auffällige, das ich nicht ignorieren kann, sind die Maulwurfhügel und die Nacktschnecken – es sind unzählige und viel mehr als sonst. Ein lästiger Ausschlag hat die Erdenhaut befallen. Alle paar Meter steht der Waldboden offen, als verfolgten die kleinen Wüteriche einen fiesen Masterplan, eine stille, unaufhaltbare Revolution aus dem Erdinneren, dabei bedeutet ihr manisches Tun gar nichts, nur Futtersuche, ein weiterer Beweis für das banale Chaos der Natur. Tante Maria hasst die Viecher. Ich habe sie ein paar Mal dabei beobachtet, wie sie mit dem Spaten auf die Hügel einstach – auf alle, der Reihe nach, das hat sie einmal ganz tief in den Wald geführt – oder ihren Gewehrlauf in ein Erdloch steckte und abdrückte. »Wenn ich zu den Wildschweinen gehe, gehen sie auch auf mich los«, sagte sie trocken. Ende des Gesprächs.

Geistesabwesend stolpere ich über die weichen Hindernisse, auf die Schneckenarmee kann ich keine Rücksicht nehmen, es quatscht und schmatzt unter meinen Schuhen, dass es eine Freude ist, kämpfe mich über abgestorbene, herumliegende Äste und Stauden. Die Baumwurzeln sind offenbar in meinem Unterbewusstsein registriert. Bisweilen hängen ganze Bäume wie Schranken über den Weg, der nur mir ein Weg ist – den vorgegebenen habe ich längst verlassen.

Zielsicher stapfe ich durch die dichte Wildnis und sauge den intensiven Duft des immer noch regenfeuchten Waldes ein. Ich stelle mir die Tanten beim Holzhacken oder Kaninchenhäuten, Dachreparieren, Kochen oder Schlafen vor. Ich hoffe, dass Regina im letzten Jahr nicht allzu verrückt oder wahnhaft geworden ist, dass sie halbwegs friedlich und nüchtern neben ihrer großen Schwester sitzt, liest oder betet und ihr das Leben nicht allzu schwer macht. Vielleicht ist Maria der Alkoholismus ihrer Schwester ja auch eine Erleichterung, immerhin hält er sie still und passiv …

Mir ist klar, dass alles, was ich über sie denke, bloße Behauptung, bestenfalls Beobachtung ist, sie selbst sprechen über so etwas nicht, sie sprechen so gut wie gar nicht. Nur ich zwinge sie dazu.

Ich weiß nicht, ob die eine ohne die andere weitermachen könnte. Bei aller Unterschiedlichkeit bedingen und brauchen sie einander. Ein Januskopf sind sie, ein Gegensatzpaar, das doch eins ist, ein archaisches Menschenmodell, verdammt zur friedlichen Koexistenz.

Sie müssen jetzt beide jenseits der Siebzig sein, was in Anbetracht ihrer natürlichen Unberührtheit, ihrer Unabhängigkeit von jeglicher medizinischer Versorgung ein geradezu biblisches Alter ist. Über die letzten Jahre habe ich bei meinen Besuchen freilich einen gewissen altersgemäßen Verfall, vor allem bei Regina, festgestellt. Der jahrzehntelange Raubbau hat Spuren hinterlassen, in ihrem Gesicht, in ihrer Haltung, dennoch ist sie zäh und widerspenstig. Die Kraft und Ausdauer der beiden ist ohnehin beispiellos. Ganz grundsätzlich würde ich Maria einen Hang zum Reflektierenden und Regina einen zum Triebhaften zuschreiben, Maria ist mir zugewandt (zumindest wenn ich bei ihnen bin), Regina dem Wald oder dem Kreuz. Dabei ist sie das einzige Tier, das besoffen ganze Bücher auswendig aufsagen kann, ohne ihren Inhalt zu erfassen. Zumindest früher konnte sie das. Ihren ursprünglichen Veranlagungen nach müssten sie genau umgekehrt sein, war Maria doch stets die Schlichte, Pragmatische und Regina die Intelligente oder Verkopfte, die nichts so liebte wie Bücher und Geschichten. Seit meiner Geburt scheint sich das jedoch gewandelt zu haben, und ihre kurze Zeit im Dorf vor mittlerweile fast zwanzig Jahren hat diese Umkehrung definitiv unterstützt. Reginas Faszination für die Kapelle, den gekreuzigten Jesus und alles Sakrale wuchs bald zu einem religiösen Wahn an, in welchem sie sicher ihren Verstand verloren hätte, wäre ihre Schwester nicht vehement dagegen vorgegangen. Sie musste sie buchstäblich in den Wald zurückzerren, dabei setzte sie den Schnaps ganz bewusst als Betäubungsmittel ein. (Ein Trick, den sie auch in weiterer Folge anwendete, wenn sie etwas aus dem Dorf besorgen musste.) Reginas finale Weltverweigerung ist also auch auf eine Trotzreaktion gebaut. Entweder oder, ganz oder gar nicht – so lautet das Gesetz des Waldes, dem sie sich künftig wieder gehorsam unterordnen wollten, wobei Maria die glücklichere Rolle beschieden war, denn ihre Zuneigung gehörte mir, und ich würde weiterhin zu ihr kommen können, meine Besuche waren die große sommerliche Ausnahme. Reginas Liebe war auf Jesus, seine Mutter und die Heiligen gerichtet, die sie jedoch nicht besuchen kamen. Nicht physisch zumindest. Fortan musste sie sich wieder mit Büchern, Bildern und Gebeten begnügen. Das Gotteshaus außerhalb des Waldes blieb tabu. Mich, den Unehelichen, das Teufelskind, den Bastard, akzeptierte sie nur ihrer Schwester zuliebe – und weil ich sie alljährlich mit kleinen Heiligenfiguren oder Bildbänden vom Vatikan versorgte. Stundenlang saß sie vor der Sixtinischen Kapelle und studierte die Körper und Szenen Michelangelos. Neben der Hütte hängt außerdem ein großer, unförmiger Holzmann auf einem schiefen Kreuz, an dem ich jedes Jahr weiterschnitze. (Sobald der Körper sich auch nur geringfügig aus dem Holz zu schälen begann, schmierte sie ihm Tierblut auf Herz, Hände und Füße.) Das lässt sie mich ertragen und meine Anwesenheit tolerieren. So banal ihre Existenzen also sein mögen, so außerordentlich sind sie auch, und ich würde alles tun, um sie zu beschützen. Das kann ich natürlich leicht sagen, weil ich weiß, dass sie meines Schutzes gar nicht bedürfen, noch dazu lebe ich in der Großstadt, viel zu weit weg, um mich um sie kümmern zu können, was mein ohnehin permanent schlechtes Gewissen um ein beinahe unerträgliches Gewicht erschwert.

Ich halte an, da wird mir bewusst, wie schnell ich war, wie gehetzt ich durch den Wald gelaufen sein muss. Ich bin schweißnass, meine Arme sind zerkratzt, die geröteten Stellen brennen wie Feuer. Die verfluchten Brennnesseln! Meine Last hängt schwer an mir. Warum blieb ich überhaupt stehen? Ich schaue mich um.

Ich weiß, warum. An genau dieser Stelle empfängt mich Tante Maria immer. Und zwar spätestens an dieser Stelle. Sie ist aber nicht hier. Jetzt überkommt mich die Angst. Ein mir fremdes Gefühl. Von ganz unten aus dem Bauch kommt es. Ich könnte mich übergeben, aber ich habe nicht mehr weit, also reiße ich mich zusammen und marschiere weiter. Kurz überlege ich, ob ich den Kanister stehen lassen und später holen soll, aber ich will der Versuchung nicht nachgeben, will keine Schwäche zeigen. Auch wenn das blödsinnig ist, denn vor wem würde ich mich schon bloßstellen? Dem Wald ist alles egal.

Sie muss mich doch hören oder spüren oder sehen … Mutter der göttlichen Gnade! Komm schon, sag dein Bitt' für uns. Sag es. Bitte.

Jetzt rutscht mir der Plastikkanister auch noch aus der Hand. Ich lasse ihn liegen und will weitergehen. Meine Hand zittert, und zwar heftig, wie ein Fisch, der zappelnd auf den Ufersteinen liegt und um sein Leben schnappt. Ich habe keine Kontrolle über sie, keine Kraft. Ist wahrscheinlich nur eine Überbelastung von Sehnen oder Muskeln.

Mit einem Ruck, als hätte mich jemand gestoßen, drehe ich mich zur Seite und kotze mitten auf einen Maulwurfhügel. Ein kräftiger, rotbrauner Schwall verlässt mich (meine Eingeweide, ein Fremdkörper, ein Dämon? Ja, solange er in der Luft hängt, wirkt er wie ein eigenständiges Wesen), und hinterlässt ein zweifelhaftes Gefühl der Erleichterung. Ich wische mir mit dem Unterarm über den Mund, mit dem Schuh schiebe ich etwas von dem nächsten Erdhügel über die Kotze, dann wird mir schwarz vor Augen, also gehe ich in die Knie, streife meinen Rucksack ab und greife nach der Wasserflasche. Das kalte Nass rinnt langsam in meine Kehle, und ich denke: Das ist gut, das ist alles, was ich brauche.

Nun kann ich durchatmen.

Meine Hand wird wieder ruhig. Ich flüstere: »Pforte der himmlischen Heimat. Bitt' für uns. Morgenstern der Erlösung. Bitt' für uns.«

Bitt' für uns, bitt' für uns, bitt' für uns.

Sie ist bestimmt nicht zuhause, sage ich mir, sie wird irgendwo im Wald sein, auf der Jagd oder spazieren. Es wird schon nichts sein, es wird schon nichts sein. Sie weiß ja nicht, dass ich komme.

Trotzig nehme ich meine Flöte aus dem Rucksack, platziere meine Finger auf den Löchern und blase mein Lied, mein Erkennungszeichen: Lami tenda lami sui, so habe ich es als Bub gesungen. Newa lemigo …

Nichts.

Ich gehe weiter, zögernd und leise.

Da vorne sehe ich schon die Tannen, darunter die dichten Haselnussstauden.

Da ist die Lichtung.

Da die Hütte.

Ich spiele die zweite Liedzeile, bei zwei Tönen vergreife ich mich. Egal.

»Hallo?«, sage ich ein bisschen unsicher.

Wieder nichts.

Aber da. Ein Geräusch. Neben der Hütte. Ich lege meine Sachen auf den Boden, greife nach meiner Glock und nähere mich vorsichtig dem Haus meiner Kindheit. Den Eingang kann ich von hier nicht sehen.

Da war es wieder, das Geräusch – aber hinter mir.

Wirft sie Steine oder Zapfen, um mich zu verunsichern? Hat sie denn die Flöte nicht gehört?

»Tante Maria?«, sage ich. »Ich bin's, der Adam.«

Irgendetwas stimmt nicht.

*

»Der Adam«, ächzt eine Stimme beinahe lautlos und ohne Gefühl, aber sie ist es. Erleichtert laufe ich ums Eck. Ja, sie sitzt auf dem großen Stein hinter der Hütte auf Evelinas Grab, in ihrer linken Hand hält sie das alte Gewehr – viel zu fest, wie mir scheint, als wollte sie es durchdrücken. Neben dem Stein liegt der Spaten, ein paar Meter weiter hängt der unfertige, rotgefleckte Jesus am Kreuz. Unter ihm liegt der mundlose Kopf des Zacharias, den ich ihr als Bub geschnitzt habe.

Ich gehe auf sie zu. Sie stinkt. Ein gewisses Müffeln gehört zu ihr, das bedingt ihr Lebensstil, aber heute stinkt sie nach … vorwiegend alter Pisse, irgendwie modrig. Ihr verbliebenes Auge neben der schwarzen Klappe starrt mich an, ihr Gesicht ist schmutzig und nass. Hat sie geweint oder ist das Schweiß? Nur ein einziges Mal habe ich sie weinen gesehen. Für gewöhnlich hat sie keine Tränen, so wie ich keine Angst habe.

»Tante Maria?«

»Adam«, sagt sie. »Adam … Adam … Du bist da.«

»Ja, ich bin da. Ich bin da. Was ist passiert? Wo ist Tante Regina?«

Sie zeigt auf die Hütte.

»Dadrin?«, frage ich. Sie nickt.

Ich öffne die Tür, ein strenger, süßlich fauliger Geruch überfällt mich. Ich muss mich kurz umdrehen und mein T-Shirt über die Nase ziehen, ehe ich, auf alles gefasst, eintrete.

Auf dem Tisch steht, wie ein Tabernakel, ein kleiner Schrein mit Kreuzen, aus Büchern ausgeschnittenen Heiligenbildern, ein paar alten Münzen und einem Rosenkranz hinter einer brennenden Kerze. Regina liegt auf dem Bett, zugedeckt. Ihre dürren Hände über der Decke zum Gebet gefaltet. Ein Holzkreuz steckt zwischen ihren steifen Fingern, darüber ist ein weiterer Rosenkranz gewickelt. Ihr Kopf liegt tief im Polster, das Gesicht ist eingefallen und grau, der Mund weit offen. Alles ist starr, selbst die Fliegen auf der Decke wirken schläfrig, müde und schwer.

Das ist der Tod.

Sie ist tot. Regina Holzapfel ist tot. Wahrscheinlich schon länger.

Ich bekreuzige mich. Der Gestank durchschneidet die Luft, ich öffne das Fenster und verlasse die Hütte wieder.

Maria sitzt immer noch auf dem Stein. Ich laufe zu ihr und umarme sie. Ich weiß nicht, was ich sagen soll. Exakt hier ist die Grenze, das Ende der Sprache. Sie lässt das Gewehr fallen und erwidert meine Umarmung. Jetzt bin ich es, den sie durchdrücken will.

Nach ein, zwei Minuten ist die Grenze überschritten, die Wörter kommen zurück. »Seit wann liegt sie da ?«, sage ich.

»Sie ist jetzt bei Jesus.«

»Ja, ganz bestimmt. Wie ist sie gestorben?«

»Wie die Evelina. Ist nicht mehr aufgestanden. Ich hab gebetet, Tag und Nacht. Dann hat er sie geholt, ihre Seele genommen, drum war die Luft weg. Das Leben, einfach weg. Schluss und Amen. Das ganze Leben, nur Luft. Ohne Luft braucht sie ihre Beine nicht mehr. Oder ihre Augen. Oder ihren Mund. Nichts braucht sie mehr. Mich auch nicht.«

»Es geht ihr gut.«

»Der Körper stinkt, der Seele geht's gut.«

»Und was ist die Seele?«, frage ich naiv wie ein Kind.

»Na die Luft.«

Ja. Logisch.

»Sie ist erlöst. Aber ich bin noch nicht erlöst, mich hat er dagelassen. Sie hat mich alleingelassen, dabei bin ich die Alte.«

»Gottseidank, Tante Maria. Ich bin so froh. Ich hab gespürt, dass irgendwas ist. Aber du lebst.«

Da drückt sie mich noch fester und lässt einen langen Schrei los, der in den Bäumen nachhallt, dass es mich schaudert.

»Jetzt bist du da, Adam. Ich hab so gebetet.«

»Ja, ich bin da.«

»Du musst sie eingraben, unter dem Stein. Sie muss bei Evelina liegen.«

»Ja.«

»Und dann ich.«

»Wie meinst du das?«

»Dann, wenn ich tot bin, musst du mich zu ihnen legen. So muss es sein. Es dauert nicht mehr lang. Ein paar Tage noch. Ich geh ihr nach. Ich kann schon nimmer gehen.«

»Was heißt das?«

»Mein Bein, es ist kaputt.«

»Was ist passiert?«

»Meine Schulter auch. Das war die Regina.«

»Was sagst du?«

»Sie hat gewusst, dass sie dran ist. Schon lang, sie hat's gespürt. Hat mich gefragt, ob ich allein zurückbleiben will. Da hab ich an dich gedacht und trotzdem Nein gesagt. Und in der Nacht ist sie dann mit der Hacke auf mich losgegangen.«

»Was?!« Mir wird wieder schlecht. »Ist das wahr, Tante Maria?«

»Sie war besoffen. In der Früh hat sie sich dann entschuldigt und gebetet und mich gepflegt. Wie damals, wo ich das Aug verloren hab. Sie wollt mich erlösen. Du verstehst das nicht.«

»Nein, das versteh ich nicht.«

»Sie ist die Regina, sie ist meine Schwester, die vorgegangen ist. Ich hab gebetet, dass du kommst.«

»Jetzt bin ich da.«

»Du musst mich zur Holzbank bringen, da kann ich sitzen und bei dir sein.«

Ich komme gar nicht dazu, das alles durchzudenken und zu verarbeiten, und wie immer, vor allem im Wald, ist das gut so. Ich weiß, sie wird mir jetzt keine weiteren Informationen geben, also will ich ihr von dem Stein runterhelfen – wie sie da raufgekommen ist, weiß ich nicht. Offenbar kann sie ihr rechtes Bein gar nicht belasten.

»Du musst mich tragen.«

Also nehme ich sie huckepack. Sie schlingt ihren linken Arm um meinen Hals, packt mich fast brutal, den anderen lässt sie hängen und keucht schwere Atemstöße in meinen Hals.

Als sie endlich sitzt, greift sie nach meinem Oberarm und schenkt mir ein erstes Lächeln. Dann nickt sie, das heißt soviel wie: Genug der Gefühle, jetzt wird gearbeitet.

Schnell hole ich meine Sachen, gebe ihr von dem Wasser und eine Tafel Schokolade, bei deren Anblick ihr Auge zur doppelten Größe anschwillt, bevor ich den Stein zur Seite schiebe, den Spaten nehme und loslege.

Maria ist nervös. Immer wenn ich zu ihr rüberblicke, nickt sie. Weitermachen. Immer weiter, Adam. Reihenweise schiebt sie sich die Schokolade in den Mund.

Anfangs geht es ganz leicht, meine Kraft ist zurück, der Schwächeanfall war offenbar nur ein Angstsymptom. Die Erde ist noch feucht, aber bald wird es staubig und hart, ehe es wieder lockerer, dunkler und feuchter wird. Irgendwann stoße ich auf einen Widerstand. Nun bin ich der, der nickt. Maria bekreuzigt sich.

»Ist das ihr Körper?«

»Ja.«

»Sonst nichts?«

»Sonst nichts«, sage ich und lege den Knochensack neben das Grab.

»Gut. Jetzt die Regina.« Und wieder ein Kreuzzeichen. Sie benutzt sie wie Anführungszeichen – vor und nach dem Sprechen.

»Das dauert noch, das Loch ist viel zu klein.«

»Ja.«

Eine ganze Stunde vergeht. Ich mache keine Pausen, weil ich weiß, dass die Müdigkeit jede Chance für einen Putsch nutzt – sie schickt ihre Sklaven, die Schmerzen, blitzschnell vor und erscheint dann siegessicher als neue Herrscherin, aber nicht mit mir, nicht jetzt, und so schaufle ich, als hinge mein Leben davon ab, dabei überschlagen sich meine Gedanken.

Was hat sie gesagt? Sie will ihr nachgehen? Sie will sterben? Niemand stirbt, nur weil er das will. Oder wegen eines kaputten Beins. Oder? Ein paar Tage noch? Dass sie das alles denkt, ist verständlich, für sie sogar logisch, ich muss ihre Gedanken aber nicht relativieren, ich lasse sie einfach im Wald verpuffen. Das wird das Beste sein. Was für ein krankes Viech, die alte Regina! Mit der Hacke … Sie war immer schon so. Mir hat sie das Kreuz in den Unterarm geritzt, hat immer versucht, mir Angst zu machen. Sie konnte auch meine Mutter, die Sarah, nicht ausstehen. Hat sie verflucht, weil sie Unruhe und Probleme, weil sie die Welt in den Wald gebracht hat – das Dorf und die Menschen und vor allem mich in den Wald gebracht hat. Und den, der ihrer Schwester das Gesicht zerschnitten hat – den, von dem ich nicht spreche. Die Sarah war der Knackpunkt, der das stille, unberührte Leben der Holzapfelschwestern auf den Kopf gestellt hat. Ich war der Knackpunkt, aber muss ich mich für mein Existieren schämen oder entschuldigen? Jetzt kommen mir die Straßenmenschen, die Obdachlosen und Junkies in den Sinn, die auf eine gewisse Art wie die Tanten leben. Tun sie das wirklich? Die Stadt ist lebensmüde geworden, pisst auf die Zivilisation, zündelt in ihrem Keller. Der Wald hingegen weiß nichts von der Zivilisation, die alles vereinfacht und doch so kompliziert gemacht hat, er weiß nichts von Gesetzen, Verfassungen, Wissenschaften und Technologien. Der Mensch hat so lange gegen seine eigene Natur angekämpft, sie in die Gefängnisse verbannt, aber jetzt scheint ihm das Komplizierte unerträglich geworden zu sein, also lässt er das Ursprüngliche wieder zu. Vielleicht entwickelt sich gerade alles zurück zum Ursprung und dann ist Schluss. Schluss mit allem. Verdammt, ich denke schon wie die Apos. Aber das macht nichts, niemand hört mich, ich kann alles denken, es sind nur Worte im Kopf. Windsätze. Waldfürze. Ich schenke meine

Gedanken den Maulwürfen, den Schnecken und Pilzen, den Fichten und Buchen. Im Zeittotschlagen bin ich Weltmeister, und vorerst ist nur Schluss mit der Holzapfelregina.

Da ist noch ein Widerstand. Ich stemme den Spaten gegen die Erdwand, etwas Braunes, Weiches tritt zutage. Ich fasse es an und ziehe daran, das ist Leder, dickes altes Leder. Eine Jacke oder ein Mantel? Herrje, ich weiß, was das ist. Das ist der Holzapfeljoseph, das ist mein Großvater. Die Frauen haben nie von ihm gesprochen, nur einmal hat Tante Maria ihn *den Mann*, *den Vater* und *böse* genannt. Ich kenne nur die Gerüchte aus dem Dorf, nach denen die Frauen ihn brutal ermordet und verspeist hätten …

Ich stopfe das Leder zurück in die Erde und verliere kein Wort darüber. Ich denke, das Loch ist jetzt tief und lang genug, nur noch mein Kopf ragt aus der Grube. Ich lege Evelinas Gebeine vorsichtig auf den Grund, dann schaue ich rüber zu Maria – sie nickt, also klettere ich raus und gehe zur Hütte. Sie reicht mir das letzte Stück der Schokolade, das sie für mich aufgehoben hat, und meine Wasserflasche.

»Ich hole sie jetzt«, sage ich.

»Sie stinkt. Bald kommen die Wildschweine.«

Ich halte die Luft an und blicke auf den Leichnam. Das Tantengesicht hat nichts mehr von dem mir vertrauten, nichts, woran meine Erinnerung andocken könnte, nichts Weibliches mehr, nichts Nettes, Liebes, Böses, Wahnhaftes oder Gefährliches, es ist nur ein neutrales, altes, abgelebtes Menschenbild. (Und was ist die Seele? Na die Luft. Ich atme weiter, um dem Tod zu zeigen, dass ich lebe.) Ich muss sie jetzt abdecken, dabei zögere ich, als wüsste ich nicht, was mich unter der Decke erwartet. Langsam ziehe ich sie nach unten, die Fliegen und Spinnen werden nervös, ein Hauch von Scheiße gesellt sich zu dem Verwesungsgestank. Da liegt ihr klappriges Gestell in Schürze und Wollweste, anscheinend hat Maria versucht, ihr dicke Strümpfe überzuziehen, es aber nicht geschafft; zusammengebauscht hängen sie an ihren Fußknöcheln, also streife ich sie ab. Die Füße und Beine sind voller blauer und grauer Flecken. Die versteiften Finger halten das Kreuz fest. Sie wirkt, als hätte sie nicht losgelassen, als hätte ihre körperliche Spannkraft sie nicht verlassen. Gegen den wiederkehrenden Brechreiz bin ich machtlos, also stürze ich in den Hof zu meinem Rucksack und nehme mir eine von den parfümierten Masken, die Rumena mir mitgegeben hat.

Nächster Versuch: Ich will es rasch erledigen, knie mich vors Bett und schiebe meine Hände unter ihren Rücken und ganz schnell wieder zurück, weil ich in etwas Feuchtes, Ekliges greife, worauf mich aufs Neue der Brechreiz übermannt. Wieder laufe ich nach draußen, Maria beobachtet mich gebannt. Ich würge, aber scheinbar ist da nichts mehr in mir.

Ich hole die dicken Arbeitshandschuhe aus dem Schuppen, atme durch und schreite zur Tat, zum dritten Ansatz: Das Feuchte, Saftelnde, was auch immer das sein mag, hat sich sicher durchs Leintuch gefressen. Erleichtert bemerke ich eine zweite Decke über dem Leintuch, also will ich das Tuch fassen und die Tante in beide Unterlagen einwickeln. Mit einem Ruck drehe ich sie auf den Bauch, ihr Körper ist leicht, steif, aber auch wie aus Gummi. Die Decken geben ihr Halt, so geht es besser. Noch einmal Richtung Wand, jetzt liegt sie wieder auf dem Rücken, nur ihr Kopf schaut aus der Mumienrolle. Ich fahre unter sie und stemme sie hoch, dabei fällt ihr Kopf wie bei einer Puppe nach hinten und ihr Mund klappt noch weiter auf, aber das kann ich jetzt nicht mehr korrigieren, also trage ich sie hastig zu ihrem Grab und sage laut: »Entschuldige bitte, Tante Maria, es ging nicht anders.«

Maria scheint sich an nichts zu stören, sie stiert auf das Geschehen und betet unverständliche Verse, Litaneien und Anrufungen, alles durcheinander, nimmt, was ihr in den Sinn kommt und wirft es monoton ihrer Schwester nach. Ich lege den Leichnam vor der Grube ab, steige hinunter und ziehe sie nach unten. Da liegt sie nun, nach fünfundsiebzig Jahren Hartnäckigkeit, auf den Resten ihrer Mutter.

Ich habe nicht gut geschätzt, muss ihre Beine anwinkeln und den Kopf hochstellen, dabei geht der Mund fast zu, ich versuche ihn ganz zu schließen, aber anscheinend ist ihre Zunge nach hinten gerutscht. Was soll's, auch so sieht es etwas würdevoller aus, aber das ist ohnehin egal, gleich werde ich sie mit Erde bedecken und der Natur überlassen.

»Willst du hier bei mir sitzen?«, frage ich Maria, ihr Nicken ist kurz und kräftig. Ich könnte sie einfach auf den Boden setzen, aber dann sehe ich die alte Scheibtruhe vor dem Schuppen stehen, hole eine Decke, breite sie darüber und drücke sie nach unten, helfe der Tante beim Reinsetzen – ihre rechte Schulter und der ganze Arm hängen wie abgestorben nach unten, das fällt mir jetzt erst auf –, nehme noch einen Polster, den ich zwischen Rücken und Scheibtruhenwand presse und schiebe sie ganz nah ans Erdloch heran.

Sie beugt sich nach vor und blickt mit unfassbar wachem Auge nach unten. »Uns zum Himmel zu erheben, stiegst du, Herr, zum Staub herab. Gabst für uns dein teures Leben, sankst für unser Heil ins Grab.«

Das fällt ihr wahrscheinlich ein, weil sie das Grab sieht und somit das Wort Grab denkt. Ihre Assoziationsketten sind bemerkenswert. Sie weiß mehr – auch wenn es kein Wissen ist –, als man ihr zutrauen möchte, und es ist immer wieder erstaunlich, zu welcher Sprache sie fähig ist, wenn sie einfach auswendig plappert, ohne sich um die Bedeutung der Worte zu scheren, auch wenn sie Dinge und Buchstaben durcheinanderbringt oder falsch ausspricht. (»Un zumimel zu a hebn …«, und so weiter, ich verstehe sie gut, weil … weil ich bei ihr aufgewachsen bin, aber auch weil sie langsamer spricht als Regina.) Die Schwestern, so ungebildet, wie man nur sein kann, haben, so nehme ich an, wenn sie allein waren, mehr miteinander gebetet als frei gesprochen. Regina hat gerne laut gelesen – nicht nur aus der Bibel, auch aus dem *Gotteslob*, der *Lyra des Orpheus* oder sogar Romanen –, und Stellen, die ihr besonders gefielen, endlos wiederholt. Dabei hat sich wohl auch in Marias unbedarften Gehirnwindungen einiges festgefressen. Regina selbst konnte ganze Balladen, Gedichte oder Bibelstellen aus dem Gedächtnis aufsagen, zumeist jedoch in einer eigenen, ebenfalls lautmalerischen, besoffenen Sprache.

Ich will den Abschiedsmoment zwischen Yin und Yang nicht stören, aber Maria klopft auf die Außenwand der Scheibtruhe und sagt streng: »Jetzt, Adam!«

Beim ersten Auftreffen der Erde auf den toten Körper bricht es aus mir heraus. Es war nicht abzusehen, aber ich komme nicht dagegen an – anscheinend habe ich sie trotz allem lieb gehabt –, ich schluchze und atme tief und laut, bleibe jedoch beharrlich bei der Arbeit, die von Maria wie von einer Aufseherin betrachtet und bestätigt wird. Bei jeder Schaufel klopft sie auf das Blech, was einen nahezu musikalischen Rhythmus ergibt, den wir automatisch und diszipliniert einhalten. (Es ist derselbe Rhythmus, der früher auch immer beim Holzhacken oder Kleintierzerlegen entstanden ist.) Bald ist nichts mehr zu sehen von der Holzapfelregina, das erleichtert mir meine Aufgabe. Irgendwann schiebe ich ganze Teile des Erdhaufens hinein, erst ganz am Schluss hebe ich wieder einzelne Schaufeln darauf, ehe ich den kleinen Hügel, der entstanden ist, flachtrete und mit dem Spaten niederklopfe.

»Jetzt der Stein, Adam.«

Jetzt also der Stein.

»Wir müssen beten.«

»Das machen wir später, erst muss ich die Hütte zurechtmachen, damit wir reingehen können.«

Sie akzeptiert alles und betet alleine.

Ich zerre Tuchent und Matratze nach draußen, um sie auszulüften. Ich hole das Stroh, das ich letztes Jahr vom Feld in den Wald gebracht habe, aus dem Schuppen, verteile es auf dem Boden und lege die Matratze darauf.

»Hast du noch eine Decke?«, frage ich.

»Nein. Eine für dich, eine für mich. Die dritte ist da drin. Bei ihr. Bald gehören dir alle zwei.«

»Hör auf, das zu sagen«, rufe ich genervt.

Sie senkt den Kopf, und es tut mir leid, sie angeschnauzt zu haben.

»Ich gehe schnell zum Bach«, sage ich. »Ich muss die Sachen waschen. Der Leichensaft und die Leichenluft sind ungesund.«

»Nimm mich mit«, sagt sie. Und gleich noch einmal: »Nimm mich mit!«

»Ist gut, Tante Maria, ich nehm dich mit.«

Und so packe ich die zwei Decken mit Überzug, die Handtücher sowie die Geschirrtücher und die Seife zu einem kompakten Bündel zusammen, lege es der Tante, die gerade noch drüberschauen kann, über die Beine, fasse die Griffe der Scheibtruhe, hebe sie an und marschiere los.

*

Die Tücher und Laken liegen am Bachufer, da, wo die Sonne es durch die dichten Baumkronen gerade noch hinschafft. Ich habe alles im Seifenwasser in der Scheibtruhe durchgewalkt und gegeneinandergerieben, ausgewrungen, zum Trocknen gelegt und anschließend mich selbst im Bach gewaschen. Das Wasser ist klar und eiskalt und mir ist, als hätte ich mich noch nie so sauber und frisch gefühlt. Wie neugeboren.

Tante Maria sitzt auf einem flachen Stein und wartet geduldig. Schweigend. Nachdem wir ein paar Minuten nebeneinander aufs Wasser geschaut haben, wage ich einen heiklen Vorstoß: »Soll ich dich auch waschen, Tante Maria?«

Zu meiner Überraschung wirft sie mir einen sehr direkten Blick zu (jeder einäugige Blick ist ein direkter) und sagt: »Ja.«

Ich gehe also zu ihr und helfe ihr beim Ausziehen.

Sie sagt: »Ich stink.« Ich sage: »Das macht nichts.«

Sie scheint keine Schmerzen in der Schulter zu haben, kann sie nur nicht bewegen. Dasselbe scheint für ihr Bein zu gelten. Ich streife ihr die Sachen vom Körper, sie lässt mich gewähren, mit ihrer guten linken Hand hilft sie mir. Die Wunden an der Schulter wirken gut verheilt, auch wenn es aussieht, als hätte jemand einer Puppe den Arm schief angenäht – dennoch: der Schwester eine Axt ins Fleisch zu rammen ist hochgradig verrückt, das darf ich mir gar nicht vorstellen. Das wirklich Verrückte ist, ich kann es mir sehr wohl vorstellen, als natürliche Selbstverständlichkeit sogar.

»Ich schäm mich nicht, Adam«, sagt sie. Und dann, als kompensiere sie damit doch einen Rest von Schamgefühl, fängt sie plötzlich zu reden an.

»Schäm dich.«

»Was?«

»Hat die Regina gesagt. Schäm dich. Immer wenn ich mich gewaschen hab. Früher nicht, nur am Schluss. Angeschrien hat sie mich: Schäm dich! Ich schäm mich aber nicht. Sie hat irgendwann aufgehört, sich zu waschen. Du stinkst, hab ich gesagt. Und sie: Dem Herrn Jesus ist das egal. Dann hab ich gesagt: Dem Herrn Jesus ist gar nix egal, wir machen alles ihm zuliebe. Und sie: Aber das Stinken ist ihm egal. Ich stink auch ihm zuliebe. Also hat sie gestunken.«

Unglaublich, dieser Redefluss! Sie erzählt tatsächlich aus ihrem Leben. Die beiden haben also auch gestritten.

»Sie hat aufgegeben«, füge ich hinzu, ich will das Gespräch auf jeden Fall verlängern. »Vielleicht wollte sie nicht mehr leben.«

Maria denkt nach.

Ich halte ihren tauben, schweren Arm nach oben, wasche ihre Achsel – die Haare, die da früher ein kleiner Busch waren, sind nur noch wenige, dünne – und fahre mit dem Geschirrtuch, das ich in die Seifenlauge getunkt habe, erst ihren Arm an der Innenseite runter, dann außen wieder hoch, über Hals und Rücken, dann vorne über Brust und Bauch. Ungeniert hebt sie mit dem Unterarm ihre Brüste hoch und sagt: »Da musst du waschen.«

»Okay.«

»Fester.«

»Ist gut, Tante.«

»Du musst lange leben, Adam. Willst du das?«

»Ich denke schon. Und du?«

Sie schüttelt den Kopf. »Ich geh ihr gleich nach, der Regina. Es nutzt nix, wenn man zu lang leben will, das geht nicht. Das hat sie gewusst. Sie hat gewusst, dass es vorbei ist. Sie hat's mir gesagt, wie du weggegangen bist. Im letzten Jahr. Da hat sie mich bestraft, wollt mich erlösen. Und jetzt weiß ich, dass es vorbei ist. Ich weiß es, Adam. So wie ich weiß, dass nach der Nacht die Früh kommt. Ich will wegen dir lang leben, aber das geht nicht. Das ist so. Alles, was lebt, muss sterben. Wir haben lang gelebt. Länger als die Evelina, hat die Regina gesagt.«

Sprich weiter, Tante, bitte!

»Die Evelina hat nie Schäm dich gesagt. Einmal hat sie die Regina gehaut. Bis sie geblutet hat. Die Regina war wild und laut. Wie ein Viech. Hat nicht gefolgt. Nicht gehört auf die Mutter. Jetzt ist sie ruhig, die Regina.«

»Jetzt ist sie ruhig.«

»Du gehörst in die Stadt, Adam. Ich gehör in den Wald. Die Frauen warten auf mich. In der Erde und im Himmel. Das ist gut. Das ist unser Ziel: So sein, wie Gott uns haben will.«

Nach einer kurzen Unterbrechung, in der sie aufgewühlt nachzudenken oder sich zu sammeln scheint, fährt sie fort: »Wenn du dann alt bist und allein und nicht mehr leben willst, kommst einfach zu uns. Legst dich zu uns. Zu mir. Ich wart auf dich, Adam. Die Ewigkeit hört ja nicht auf. Das wird ganz schön lange dauern. Ich weiß nicht, was ich dort machen muss. Ist da ein Wald im Himmel? Sind da Tiere? Steht das in den Büchern, Adam?«

»Nein, Tante Maria.«

»Aber ich wart auf dich. Das versprech ich dir.«

Ich weiß nicht, was ich sagen soll und schlucke schwer.

Sie ist jetzt ganz nackt und rutscht nach vor, bis ihr Unterleib vollständig im klaren Wasser liegt. Die Kälte spürt sie nicht oder ignoriert sie. Ihr rechter Unterschenkel sieht fürchterlich aus, irgendwie wild zusammengewachsen, schief und ganz schwarz, der Oberschenkel ist fleckig, grün und blau und blutrot, der Fuß ist dick, als würde er gleich platzen. Ihre Zehennägel sind dunkle Krallen.

»Gib mir den Fetzen«, sagt sie ruhig, dann wäscht sie sich. Da ist also doch ein Schamgefühl, und ich freue mich darüber. Nicht weil ich ihren Arsch nicht waschen will, das wäre mir egal, aber ich schätze Schamgefühle. Rumena, zum Beispiel, hat nicht viel davon, ich hingegen möglicherweise zu viel, wir waren uns jedoch immer einig, dass unsere alte Nachbarin, die Gräfin, die voll war mit Scham und Eitelkeit und sturem Stolz, ein sehr würdevolles Menschenexemplar abgegeben hat. Die Gräfin … auch tot.

»Der Joseph«, fährt Maria fort, stockt jedoch bei dem Namen gleich wieder. Ich lasse ihr alle Zeit der Welt. Noch nie war sie so gesprächig wie heute. Ich sauge alles auf wie ein gieriger Schwamm, und während sie sich die Innenseite ihrer Schenkel mit dem Tuch abreibt, sagt sie trocken: »Der Joseph wollt seine Stange in mich reinstecken, ich hab so Angst gehabt und die Regina hat mir geholfen, mich gerettet, hat die Axt genommen und ihm wehgetan. Wir haben ihn erlöst und der Teufel hat ihn geholt. Da war so viel Blut wie bei einem Wildschwein, und er hat auch gebrüllt wie ein Wildschwein. Daran muss ich immer denken beim Waschen. Immer. Mein ganzes Leben lang. Wenn ich mich wasch, ist der Joseph da. Der Vater. Die Axt ist ein gutes Werkzeug, hat die Regina gesagt. Die Axt ist gut, Adam.«

»Ja.«

»Sie wollt dich auch erlösen, von deiner Stange.«

»Ich weiß.«

»Da hab ich Nein gesagt.«

»Da hast du mich gerettet. Und weggeschickt.«

»Ja. Aber sie ist gut, die Regina, ein Mensch wie ich.«

»Ja, Tante Maria.«

Wir sitzen beide nackt am Bach. Ich habe die Wäsche, so gut es eben ging, gewaschen, und nun warten wir.

»Die heilige Johanna hat den Jesus, wo er tot war, eingeschmiert mit … wie heißt das, Adam?«

»Balsam?«

»Balsam. Genau. Du weißt alles, Adam, du weißt alles. Du warst in der Schule. Wir haben keinen Balsam. Und Regina hat gesagt, der Herr Jesus hat nicht gestunken wie die Evelina, nicht einmal im Tod. Der Herr Jesus hat überhaupt nicht gestunken.« Schuldbewusst bekreuzigt sie sich.

»Du meinst, der ist auch nicht aufs Klo gegangen?«, grinse ich.

Sie starrt mich an, wartet und sagt dann unter einem Kreuzzeichenhagel: »Nein.«

Jesus war also kein Mensch für sie. Ich will es dabei belassen und sie nicht unnötig herausfordern. Ungeduldig fährt sie fort: »Aber die Regina, Adam! Kommt sie ins Himmelreich, wo sie so gestunken hat? Sie hat schlimmer gestunken als die Evelina, viel schlimmer, schlimmer als ein toter Ratz. Kommt man nur mit Balsam ins Himmelreich?«

»Nur der Körper stinkt, Tante Maria. Nur der Körper ist tot.«

»Ja, die Seele ist im Himmel. Die Seele riecht gut, oder?«

»Ja, wahrscheinlich. Nach Jasmin oder nasser Erde vielleicht. Oder Wiesenblumen.«

»Oder Schokolade.«

Da muss ich unwillkürlich lachen. Was war das? Ein Witz etwa? Bis jetzt dachte ich, sie hätte keinen Humor. Nicht, dass sie nie mit mir gelacht hätte, aber von ihr selbst ist noch nie etwas Witziges ausgegangen. Ist das nicht erstaunlich?

Sie schaut mich an und lächelt, wirkt gelöst und, ja, frei. Durch ihre drastisch entstellten Gesichtszüge schimmert auf einmal etwas Weiches und Freundliches. Ist ihr der Tod der Schwester eine Befreiung? Sie war auch früher schon lockerer, wenn sie mit mir allein im Wald unterwegs war, aber nie so wie jetzt gerade. Dazu kommt, dass wir so ungeschützt nebeneinandersitzen. (Wäre ihr Name Eva, es wäre geradezu kitschig.) Ihre Nacktheit rührt mich, ihre Offenheit begeistert mich. Ich will den Moment auskosten und genießen. Jetzt bin ich dran, denke ich, jetzt muss ich ihr etwas von mir erzählen.

»Ich habe eine Freundin gefunden, Tante Maria.«

»Gefunden?«

»Na ja, kennengelernt. Eine Frau, sie heißt Veronika.«

»Jaja, Veronika. Veronika reicht Jesus das Schweißtuch.«

»Ja, aber nein, eine andere, eine … Gefährtin. Sie ist meine Frau. Die Veronika, von der ich dir früher erzählt habe, ist schon lange tot.«

»Steckst du deine Stange in sie rein? Machst du ein Kind in ihren Bauch?«

»Haha, irgendwann vielleicht. Also ja, ich stecke meine Stange in sie rein. Aber nicht grob. Wir haben uns lieb, weißt du?«

»Sie will also, dass du das tust?«

»Ja. Sie will es sogar viel mehr und öfter als ich.«

»Wie oft?«

»Na ja, fast jeden Tag. Wir kennen uns noch nicht lange.«

Sie bekreuzigt sich ungefähr ein Dutzend Mal, dabei schüttelt sie den Kopf, kann das nicht begreifen.

»Wo ist sie jetzt?«

»In der Stadt. Sie wird bald zu mir in die Wohnung ziehen. Wir sind auch eine Familie. Keine richtige wie wir zwei, aber wir gehören doch zusammen, die Veronika und ich. Und Rumena.«

Sie nickt. »Rumena«, wiederholt sie nachdenklich. Ich kann nie genau beurteilen, ob sie das von mir Gesagte versteht. Immer wieder habe ich ihr von der Stadt, von der Schule oder von Rumena erzählt, aber auch bemerkt, dass sie die Erzählungen nicht wirklich fassen, nicht visualisieren oder deuten kann. Auch mit den Fotos wusste sie nie etwas anzufangen. Ich weiß, was auf Rumena folgt.

»Die heilige Romana ist ihren Eltern davongelaufen, das waren schlechte Menschen. Sie hat in einer Höhle gelebt.«

Darauf sage ich: »Rumena ist auch von Zuhause weggelaufen, ihre Eltern waren auch schlechte Menschen.«

»Aber sie ist nicht heilig.«

»Ha, nein, das ist sie ganz bestimmt nicht.«

»Tut es weh?«

»Was –«

»Das Stangereinstecken.«

»Nein, es ist eher angenehm.«

Sie nickt. »Es war aber gut, dass die Regina mich gerettet hat, oder?«

»Ja, das war sogar sehr gut, eine Heldentat!«

»Was heißt das?«

»Dass es besonders gut und richtig war. Ein Vater darf das nicht tun.«

»Ja, eine Heiden…«

»Heldentat.«

»Heldentat.« Und nach einer weiteren Denkpause fügt sie hinzu: »Ich bin froh, Adam, dass du im Bauch von der Sarah warst.«

»Ich auch.«

»Ich hab dich rausgeholt und gewaschen.«

»Ja.«

»Da war Blut.«

»Ja.«

»Und die Regina hab ich auch rausgeholt und gewaschen.«

»Ich weiß.«

»Ich hab dich gefüttert und beschützt.«

»Ja, Tante Maria.«

Sie dreht sich zur Seite, schließt ihr Auge. Kommen Bilder in ihr hoch? Erinnerungen?

»Hat dich der Mann gefunden, der Felsenmann?«

»Felsenreiter.«

Jetzt wird es eng für mich, aber ich kann ihr die Rede nicht verweigern – noch nie hat sie mich danach gefragt, all die Jahre habe ich mich nahtlos in ihren Alltag eingefügt und ihn nach ein paar Wochen wieder verlassen, ohne wirklich zu reden …

»Nein. Ich habe ihn nie wieder gesehen.«

Da zieht sie sich die Augenklappe über den Kopf und sagt: »Schau. Das war der Mann, dein Vater. Ein Wildschwein.«

Was einmal ihr linkes Auge war, ist verschoben, zumindest wirkt es so, nicht ganz abgefallen, sondern runterhängend wieder angewachsen, eine große Narbe läuft diagonal über ihr Gesicht, daneben und darüber ein paar kleinere. Das Ganze wirkt wie ein Ölbild, in dem die Farben verwischt, nach unten gezogen wurden.

»Ich weiß, Tante Maria. Du hast mich gerettet. Das war auch eine Heldentat.«

»Die Regina hat gesagt, ich schau aus wie ein Höllenhund. Hässlich, hat sie gesagt. Die Hölle ist voller kaputter, abgerissener, hässlicher Körper. Da sind so Bilder in den Büchern …«

»Das stimmt nicht. Das sind nur ausgedachte Bilder. Noch keiner ist aus der Hölle zurückgekommen«, sage ich ruhig, aber bestimmt, tauche das schäumende Tuch in den Bach und wische sanft über ihre gesunde Wange, auf der sich eine graubraune Schmutzschicht etabliert hat, die ich beharrlich abrubble. Als ich bemerke, dass ein Teil ihrer Haut dabei ist, sich zu lösen, werde ich vorsichtiger und zügle meinen Ehrgeiz.

»Ist dir das unangenehm?«, frage ich. Sie schüttelt den Kopf, also fahre ich fort, ihre Ohren, ihre Stirn und die viel hellere, fast weiße Stelle unter der Klappe, auf der ein paar entzündete Flecken und Bläschen verteilt sind, zu reinigen. »Hier im Wald musst du die Augenklappe gar nicht tragen, die Luft wird dir guttun«, sage ich leise und streiche von oben über ihr Lid. Bereitwillig schließt sie das Auge. Sie vertraut mir. Jetzt sind wir beide ruhig, jetzt sind wir eins.

Dünn ist sie geworden, ihr Hals ist ganz faltig und mager.

»Hast du Hunger?«

Sie schüttelt den Kopf.

»Wann hast du das letzte Mal etwas gegessen?«

Sie zuckt mit der Schulter und sagt: »Schokolade.«

Schließlich sinkt sie nach hinten auf die Steine, streckt ihren linken Arm zur Seite und atmet lange aus. Beunruhigend lange. Dann wieder ein und wieder aus.

Ich wasche ihre Augenklappe und lege sie zu den anderen Sachen. Die Sonne steht immer noch im Zenit, durch die Bäume kann ich keine Wolken erkennen. Ich blicke zu ihr rüber, zu dieser geschundenen Frau, die ausgestreckt, von Sonnenstrahlen umspielt, mitten im Wald liegt, womöglich zum ersten Mal in ihrem langen Leben ihre Gliedmaßen entspannt hängen lässt, und denke: Du darfst jetzt nicht sterben, so verführerisch der Moment auch sein mag. Bitte stirb nicht …

Sie ist umgehend eingeschlafen. Kein Wunder. Wer weiß, wie lange sie wach neben ihrer toten Schwester ausgeharrt und gewacht hatte. Sie war völlig ausgelaugt und fertig. Ich hievte sie in die Scheibtruhe, dabei kippte ihr Kopf nach hinten, also wusch ich noch ihre Haare, dann deckte ich sie zu und fuhr zurück. Nicht einmal die hohen Wurzeln konnten sie aus dem Schlaf schütteln. Ich schob sie in die Hütte, zog ihr ein Nachthemd über, legte sie ins Bett und deckte sie zu. Sie gab tiefe, stöhnende Schnarcher von sich, Nebelhörner aus einer anderen Welt, einer Nebenwelt.

Die Pausen zwischen den Atemstößen werden jetzt länger. Ihr Schlaf ist so tief, dass ich nicht mehr an sie herankomme. Ich lege die Matratze auf den Boden, vor Marias Bett. Ich kann nicht genau sagen, warum, aber ich will mich nicht in Reginas Bett legen. Hinlegen muss ich mich aber, und zwar jetzt gleich.

Ich glaube, aber vielleicht bilde ich mir das nur ein, dass ich als kleiner Bub manchmal so gelegen bin und meine Hand nach ihr ausgestreckt habe – vielleicht lag ich aber auch in ihrem Bett, direkt neben ihr. Wahrscheinlich. Ich streiche mit den Fingerkuppen über ihre Haut, bin aber zu kraftlos, um meinen Arm weiter nach oben zu halten. Dann schlafe ich ein. Draußen ist es immer noch hell.

*

In dieser Nacht ging Maria Holzapfel ihrer Schwester nach, genau wie sie es angekündigt hatte. Von mir unbemerkt. Ich stelle mir vor, dass sie kurz davor noch einmal wach war, mich zu ihren Füßen liegen sah, lächelte und dann entschied, dass alles gut und die Zeit reif, oder wie es in der Bibel heißt, erfüllt war.

Ihr letztes Wort war *Schokolade*.

*

Ich habe keine Tränen.

*

Lange sitze ich vor ihr und halte ihre Hand. Irgendwann reiße ich ein Stück von dem Brot ab, dabei entdecke ich die Handcreme im Rucksack. »Danke«, sage ich, und meine die Verkäuferin, und dann weiter zu Tante Maria: »Hier ist er, dein Balsam. Du wirst nicht stinken, versprochen. Olive und Zitrone, steht da.«

Ich halte die Öffnung unter meine Nase und drücke leicht in die Plastiktube – der Duft verspricht tatsächlich Erlösung und Freiheit. Von all dem Gestank, dem Dreck, dem Schweiß, dem Dorf, der Stadt, dem Wald, dem Menschenleben. Ich drücke einen Tropfen der Creme auf meinen Finger und setze an ihrer Stirn an. Eine gerade Linie zur Seite und nach unten, dann kleine massierende Kreisbewegungen, dann der nächste Tropfen.

Passt auf, ihr verhärteten Narben, ihr gequälten Muskeln, Sehnen und Knochen – hier kommt der heilige Balsam, die Blume des Abschieds, der Duft der Befreiung! Oliven, Zitronen und Fett gegen den Grind der Existenz!

Sie ist so weich, kann noch nicht lange tot sein. Kein Druck lastet auf ihr, nichts mehr beschwert ihre Seele, keine Schwester, kein Gott, keine Heiligen, kein Vatermord, keine Schuld, kein Wald, keine Bedrohung, keine Not, kein Wetter, keine Natur, nichts.

Kein Adam.

Ich fahre über ihre rauen Lippen, die geschlossen sind, dadurch wirkt sie friedlicher als ihre Schwester, die in einem stillen Schrei erstarrt ist.

Über ihren Hals, der immer angespannt war, selbst im Schlaf zur Seite schnellte, wenn ein ungewöhnliches Geräusch die Nacht durchschnitt. Jetzt haben seine Konturen sich zurückgezogen, die lebenslange Arbeit niedergelegt.

Und über ihre Hände, die mich zur Welt brachten, hielten, drückten, pflegten, streichelten und, ja, züchtigten, für mich sorgten und über mir wachten, auch wenn ich weit weg in der Stadt war.

Die zweite Hand ist schon übertrieben eingefettet, ich muss mich zwingen, sie loszulassen. Noch einmal rümpfe ich die Nase und hebe den Leichnam hoch – auch sie hat offenbar beim Sterben noch einmal gekackt. Ist das die allerletzte Tat eines Menschenlebens? Ich reinige sie und ziehe ihr ein anderes Hemd über. Da liegt sie. Vor mir in ihrem Bett, gewaschen und einbalsamiert. Bereit. Jetzt liegt es an mir, wieder einmal. Ich muss handeln, muss sie begraben. Ich werde es gleich tun, solange sie noch duftet.

Ich ziehe sie auf ihrer Matratze hinaus in den Hof und breite eine

Decke über sie. »So«, sage ich, und schlage die Decke wieder zurück, um ihren Kopf freizulegen.

Der Spaten steht angelehnt an die Hütte und wartet, auch er ist bereit. Ich habe keine Wahl, also lege ich los. Und weil die Erde noch locker ist, geht es recht schnell voran. Rasch kippe ich in den unbewussten Robotermodus, den stupide Arbeiten mit sich bringen.

Eine Schaufel nach der andern. Ich denke an den Mann, den ich in C von meiner Wohnung aus beobachtet habe, wie er seiner Familie hektisch ein Grab schaufelte.

Es ist eine befriedigende Arbeit, das Schaufeln, eine schöne Metapher auf das Leben … auf das Gehen, das Tun, das Denken und Zweifeln, das Weitergehen trotz allem, bis zum Ziel, zum Ende, bis man nicht mehr weiterkann, weil da der Tod ist, an dem man nicht vorbeikommt.

Hallo, Tante Regina.

»Entschuldige«, sage ich, als das scharfe Spatenblatt gegen ihre Schulter stößt. »Jetzt weißt du, wie sich sowas anfühlt.« Und gleich wieder: »Entschuldige, Tante Regina.« Beim nächsten Einatmen halte ich schnell die Luft an und mache eine kurze Pause, um die parfümierte Gesichtsmaske zu holen. Weiter geht's.

Ich arbeite mich zur Seite, Reginas Körper entlang und noch ein bisschen weiter. Immer wieder schaue ich hoch zu Maria, die geduldig wartet. Ich will es ihr bequemer machen, sie nicht reinpressen müssen, vielleicht will ich auch nur den finalen Moment hinauszögern und Zeit schinden. Manisch werfe ich einen Erdhaufen nach dem andern nach oben. Einmal links, einmal rechts. Und wieder steche ich in die Erde. Ich bin der König der Maulwürfe! Ich will ein königliches Maulwurfgeräusch machen, aber ich habe keine Ahnung, wie Maulwürfe rufen. Womöglich sind sie ja stumm. Blind und stumm und taub und dumm – der Maulwurf ist das Letzte, der Rotz der animalischen Gesellschaft, die Unterschicht der Natur, sein Weg ist die Churchillstraße des Waldes, seine Existenz kommt einer Bestrafung gleich. Gott hasst den Maulwurf. Und ich, der Holzapfeladam, bin sein König, der König der Unterschicht. Kniet nieder, Maulwürfe! Kniet vor Eurem König, ihr Proleten, werft Euch zu Boden, Untertanen! Seht mein Zepter, die Schaufel! Seht meine Krone, die mittlerweile verdreckte, aber immer noch duftende Maske! Seht meinen Palast, die Holzapfelhütte! Seht meine tote Mutter – wie sie duftet, nach Oliven und Zitronen! Keiner, der so duftet, kommt in die Hölle, sie ist jetzt im Himmel und wacht über uns! »Lang lebe der König! Lang lebe König Adam!«, ruft sie vom Himmel herab. »Heil, Cäsar!«, antworten die Maulwürfe, die eben noch stumm waren, aber durch den mutigen, ja großmutigen Hochmut ihres edelmütigen Königs mit der Gnade der Stimme beschenkt wurden, und mit ihnen rufen jetzt alle Tiere des Waldes und der Unterschicht: »Heil, Cäsar! Heil, gesalbte Königin! Mutter der göttlichen Gnade! Heil!« Und dann singen sie, und zwar mehrstimmig:

The moon belongs to everyone
The best things in life are free
The stars belong to everyone
They gleam there for you and –

Ich halte inne. Es ist so still. Grabesstill. Nur mein Schnaufen hängt in der Morgenluft.

Ich stelle das Schaufeln ein. Mein Zustand ist verändert, kein gewöhnlicher mehr. Ich nehme messerscharf wahr, als hätte ich Drogen genommen. Plötzlich sehe ich alles klar, ich empfinde nichts. Da sind weder Gefühle noch Zweifel. Keine Zeit. Ich fasse keine Gedanken, weiß, dass dieser Zustand nur ein momentaner sein kann. Auf Dauer ließe es sich so nicht leben, ich müsste implodieren oder sterben. Bin ich tot? Ist das eine Erleuchtung? Eine Offenbarung? Ich weiß es nicht. Ich stehe neben der Hütte inmitten meiner toten Familie. Da ist die Holzapfelmaria. Da ist die Holzapfelregina. Da ist die Holzapfelevelina. Da flattert ein Vogel herbei. Es ist eine Amsel, sie landet erst auf dem Kreuz mit dem bluverschmierten Halbjesus, dann direkt neben mir, neben meinem Kopf, der aus dem Grabloch schaut. Die Amsel betrachtet mich argwöhnisch. »Ist er das?«, scheint sie zu fragen. Natürlich weiß ich, dass sie keine Fragen hat, dass das nur einer meiner Gedanken ist, und zwar der erste. Ich öffne meinen Mund und spreche den zweiten aus, leise, aber deutlich: »Ja, ich bin es.« Die Amsel fliegt davon. Ich weiß, was zu tun ist.

*

Ich stehe am Waldrand und blicke ins Gras und in die Felder. Da, ganz vorne erkenne ich mein Haus. Am Himmel hängen dunkle Wolken wie aufgespannte Tücher – Tante Maria hängt ihre Himmelswäsche auf. Ich schaue auf ihren Körper. Er liegt vor mir in der Scheibtruhe, und zwar zuoberst. Unter ihr Regina, eingewickelt in Decke und Leintuch, nur der Kopf mit ihrem nach innen gezogenen Gesicht und dem offenen Mund ragt hinter der Schulter ihrer Schwester hervor, und zuunterst die Gebeine der Evelina, in ein Tuch gewickelt. Meine Familie.

Die Frauen sind nicht schwer, der Weg durch den Wald war aber holprig und mühselig. Wuchernde Brennnesseln, stachelige Stauden, Maulwurfhügel und Scharen von Insekten, die den Waldschwestern das letzte Geleit gaben. Sogar ein paar Rehe sind gekommen – waren es jene aus meinem Haus? In der Ferne meinte ich ein wehmütiges Schmatzen und Klagen zu hören – verabschiedeten die Wildschweine sich etwa von ihren Nachbarn, ihren natürlichen Feinden? Eine Blindschleiche war da (»Weiche, Satan!«), Hasen, Fasane, Eichhörnchen und tausend Schnecken. Und Amseln natürlich, die von Ast zu Ast über mir flitzten oder nebenher auf dem Boden hüpften und ihr *Ave Maria* und *Salve Regina* zwitscherten.

Ich blicke über die Wiesen, über die Felder. Am Himmel hängt ein dunkles Wolkenband wie ein Trauerflor. Bald kommt der Regen, ich muss weiterziehen. War das ein Tropfen? Ich trinke noch einen Schluck Wasser, nehme den Rucksack vom Boden und ziehe ihn über die Schultern, hebe die Scheibtruhe an – los geht's.

Der Feldweg ist eine erdige Schlange durch ewige Blumenwiesen und kniehohen Weizen. Wie auf Schienen geht es dahin, kein Hindernis in Sicht. Die Scheibtruhe ist gut gewartet, der Reifen fest und geölt, Regina hat sich nahezu besessen um sie gekümmert, immerhin war sie ihr einziges Fortbewegungsmittel. Tote Tiere, ganze Wildschweine, Lebensmittel und Brennholz, Laubhaufen und morsche Äste, die Schwester oder den kleinen Adam hat sie darin transportiert, ein Leben lang. Jetzt liegt sie selber darin.

Ich habe keine Zeit zu trauern oder mich in schwere Gedanken zu hüllen, bin ganz auf meine Mission konzentriert. Ich darf keine Zweifel aufkommen lassen. In meinem Zustand bin ich versucht, alles als Zeichen zu deuten und der Wirklichkeit zu misstrauen. Die seltsamen, wenngleich herkömmlichen und mir wohlbekannten Geräusche aus den Baumkronen klangen mir vorhin wie besorgte Warnungen, als wollten die Heiligen mich von meinem Vorhaben abbringen: »Tu's nicht«, riefen sie im Chor glückselig leidender Stimmen. »Lass sie hier!« Ich ignorierte sie mit spontanen Litaneien.

Scheibtruhe der Erlösung! Bitt' für uns.
Spaten der letzten Stunde! Bitt' für uns.
Leichnam der Maria! Bitt' für uns.
Leichnam der Regina! Bitt' für uns.
Knochen der Evelina! Bitt' für uns.
Balsam der Johanna! Bitt' für uns.
Hütte der wilden Schwestern! Bitt' für uns.

Voran geht's, schnell voran. Fast laufe ich. Mein Atemrhythmus passt sich der Litanei an und wechselt ins Unterbewusstsein.

Holz des halben Jesus! Bitt' für uns.
Kopf des Zacharias! Bitt' für uns.
Todesmutige Sarah! Bitt' für uns.
Immertreue Klara! Bitt' für uns.
Nachbarin Magdalena! Bitt' für uns.
Flöte in meiner Tasche! Bitt' für uns.
Herrn Pauls zehntausend Euro! Bittet für uns.

Immer weiter. Da vorne ist eine kleine Baumgruppe, sie lädt mich freundlich zum Verweilen ein. Nein danke, ihr Schleimer. Keine Zeit.

Huren meiner Kindheit! Bittet für uns.
Dritte Mutter Vroni! Bitt' für uns.
Slavenka und Ivana! Bittet für uns.
Traurige Ekaterina! Bitt' für uns.
Mama Bulgarin Rumena! Bitt' für uns.
Stille Künstlerin Jana! Bitt' für uns.
Veronika, du Süße! Bitt' für uns.

Die Wolken über der ewigen Weite des Landes versuchen mich zu stoppen, donnern und schmeißen schwere Tropfen auf mich. Wollt ihr etwa die Erde aufweichen, ihr fiesen Himmelspolster? Oder weint ihr um die Frauen? Wartet noch mit eurer Schlacht. Ich muss das zu Ende bringen. So helft mir doch! Lasst mich ziehen! Nur noch eine Stunde, ich bitt' euch!

Himmel all meiner Toten! Bitt' für uns.
Herzzerreißender Elvis! Bitt' für uns.
Zweifelnder Harry Potter! Bitt' für uns.
Koksender Al Pacino! Bitt' für uns.
Singender Franziskaner! Bitt' für uns.

Pizza Napoletana! Bitt' für uns.
Rucola und Grana! Bitt' für uns.

Und dann wieder die gute, alte Mutter der göttlichen Gnade. Bitt' für uns. Bitt' für uns. Bitt' für uns. Ich summe Melodien, die ich gar nicht kenne. Vielleicht funktioniert so ja Komponieren? Blödsinn! Ich bin's, der König der Maulwürfe, Adam, der große Kleine, herausragender Unterschichtler und Weltmeister im Zeittotschlagen. Letzte Nacht ist die Welt untergegangen, jetzt muss ich eine neue bauen. Das ist meine Aufgabe. Los geht's. Immer weiter und weiter. Ein Schritt nach dem andern. Ich entscheide, ich erschaffe. Ich bin Gott. Ich bin ein Mensch. Eine Frau muss tun, was eine Frau tun muss. »Aaaaaahhh!«

Kurz bevor ich das Haus erreiche, fängt es zu regnen an. Netter Versuch, aber auch in diese Falle werde ich nicht tappen. Der Regen will mich stoppen, ins Haus treiben und alles überdenken lassen. Will, dass ich umkehre und die Geschichte dieser Frauen im finsteren Wald, im Unbekannten und Märchenhaften vergrabe. »Nein«, sage ich ihm. Du hältst mich nicht auf, Regen. Niemand hält mich auf!

Jetzt schicken mir die Mächte des Zweifels Halluzinationen, ich werde sie eiskalt ignorieren. Ich bin der Angstfreie. Ich werde mich nicht verführen und ablenken lassen, mein Verstand gehört mir, auch wenn es all meine Geisteskraft kostet, ihn nicht zu verlieren, denn nun geht quietschend die Tür meines Hauses auf und drei Frauen treten heraus. Haut ab, Geister! Es sind Rumena, Jana und Veronika. Kein schlechter Trick. Die, die wie Rumena aussieht, hebt den Arm und will etwas rufen, auf mich zugehen, aber die anderen halten sie zurück. Wie drei Schwestern stehen sie vor dem Haus, halten sich die Hände vors Maul und starren mir nach wie der Hund auf dem Traktor. (Wirkte der nicht auch so unwirklich?) Wie die Bauern, Dörfler und Nachbarn. Alle schauen sie dem Holzapfeladam nach, aber keiner wird ihn aufhalten!

Der Regen wird stärker, ich ziehe weiter, am Magdalenenhaus vorbei. Die paar Höfe unten auf der anderen Seite kann ich gar nicht erkennen.

Die aufgestapelten Leiber in meiner Scheibtruhe starren mit halbgeöffneten Augen ins Leere. Marias Körper wackelt unaufhörlich mit den ruppigen Bewegungen des alten Blechvehikels, des heiligen Leiterwagerls, des Leichenwagens. (Als sie das mit dem kleinen Adam machte, musste sie extra für ihn wackeln, damit sein langes A zu einem Stakkatolachen zerhackt werden konnte …) Ich sehe die Tanten durch den Regenvorhang, den mein Blick nur blinzelnd durchdringen kann. Tante Marias rechtes Bein hängt triefend raus, ich hebe es über den Wannenrand zurück und drücke es nach unten. Bald sind wir am Ziel, der Weg den langen Hügel hinauf ist eben, sie werden schon nicht rauskippen.

»Keine Angst, ihr Frauen«, rufe ich. »Keine Angst! Bald haben wir's geschafft. Bald könnt ihr ruhen. Schaut, da hinten, euer Wald! Und dort steht das Haus eurer Tante, die euch versorgt hat! Habt Geduld, bald sind wir da! Trinkt von dem Wasser, es ist Manna vom Himmel!«

Jetzt kippt der Regen ins Übermaß. Es ist lächerlich. Ich blicke nach oben – ist da ein Feuerwehrhubschrauber, der einen Löschwassersack über mir öffnet? Ich kann gar nichts erkennen, da oben ist alles grau in grau. Fette Tropfen prasseln als dichter Schleier mit einer Wucht vom Himmel, die mich bremst und meine ganze Kraft einfordert. Eine undurchdringliche Wand stellt sich mir entgegen, ich schiebe sie mit tonnenschweren Schritten vor mir her.

Auf der Anhöhe gabelt sich der Weg, der rechte zeigt ins Dorf, der linke zum Friedhof. Das ist mein Weg, und jetzt geht's bergab.

»Hahaaa«, lache ich laut und laufe los. »Gleich sind wir da! Da vorne ist die Kirche, schau, Tante Regina! Schau!!«

Ein Glücksgefühl erfüllt mich, schenkt mir neue Zuversicht und pumpt meine Kraftreserven hoch. »Jahaaaaa«, rufe ich unsinnig und trinke dabei von dem kalten Regenwasser.

Hinter der Kapelle, unter dem Dachvorsprung, stelle ich die Scheibtruhe ab, schnappe mir eine Schaufel, gehe zum Holzapfelgrab, steige über den Zaun, der eigentlich recht schön ist, und lege los. Jetzt ist der Regen mein Freund, ob er das will oder nicht. Der Anfang geht leicht, und wenn es trocken und hart wird, spuckt mein Assistent eine Ladung Wasser drauf und hilft mir, zügig voranzukommen.

Ich könnte Totengräber werden. Offensichtlich habe ich ein natürliches Talent dafür. *Holzapfel – Bestattungen & Leichenfeiern.* Ich könnte meine eigenen Gedichte vortragen oder gar singen: The best things in life are free …

Für einen kurzen Moment schaffe ich es, mich abzulenken, während mein Körper brav im Robotermodus funktioniert. Er ist mir ein treuer Diener, mein Körper. Irgendwann werde ich ihn ruhen lassen, aber nicht jetzt. Noch muss er einer Pflicht, einer letzten, nicht aufschiebbaren nachkommen. Und wie es aussieht, weiß er das auch. Noch eine Schaufel, und noch eine Schaufel. Die nasse Erde mit den Regen- und Kompostwürmern, deren madigen Alltag ich gerade durcheinanderbringe, duftet nach Ursprung, nach Leben, nach Kindheit, Spaß und Plackerei, nach Natur und … Tod.

Da – etwas Hartes, schon nach ungefähr einem Meter. Der Sarg meiner Mutter? Ich erinnere mich an ihr Begräbnis. Da muss noch ein zweiter sein, gleich daneben, der ihrer Mutter Klara. Das Bild ist in meiner Erinnerung eingebrannt und hängt dramatisch vor mir. Sarahs Sarg war viel heller, und ja, er war der rechte, also muss das der ihrer Mutter sein. Ich schaufle ihn frei und breche ihn auf. Öffne ihn. Da liegen ihre Überreste. »Hallo Großmutter«, sage ich, dann kraxle ich nach oben und laufe zur Scheibtruhe. Der Regen lässt nach. Vor dem Friedhof stehen wieder die drei Geisterfrauen, pitschnass. »Haut ab!«, rufe ich und werfe ein aggressives »Aaaahhh« hinterher. Ich fahre das Leichenwagerl zum Grabzaun und lege die toten Schwestern davor auf den Boden.

»So, Evelina«, sage ich ruhig und pragmatisch wie ein routinierter

Altenbetreuer, packe das Bündel mit ihren Überresten und springe ins Grab, nehme ihre Gebeine heraus und lege sie zu ihrer Schwester. Kopf an Kopf, beim Rest bin ich weniger sorgfältig.

»Na, was sagt ihr jetzt? Jetzt seid ihr vereint, und nichts kann euch mehr trennen. Ihr habt euch sicher viel zu erzählen. Ich werde euer Totenbett verschließen und dann deine Töchter direkt darauflegen – okay, Evelina? Klara? Die Sarah liegt hier, gleich neben euch. Ihr seid jetzt zusammen, alle fünf!«

Und genauso mache ich es. Erst Regina, dann Maria, deren Körper noch viel zu lebendig wirkt. Regina ist so schmal, dass ich sie nebeneinanderlegen kann, ohne zur Seite graben zu müssen. Marias rechte, fleischige Hand lege ich über Reginas knöchrige linke, die mittlerweile weniger steif ist, aber vielleicht habe ich auch jegliche Sensibilität abgelegt und gehe brutal mit den Leibern um, die, so sage ich mir, wenn ich erschrecke, weil Marias Auge mich anschaut oder Reginas Knochen knacksen, nur noch Körper sind, leblose Materie. Äste, Bioabfall …

Da liegen die Holzapfelschwestern.

Wie soll ich mich verabschieden? Ist noch etwas zu sagen?

Noch einmal gehe ich rüber zur Kapelle. Da sitzen die drei Geister auf einer Bank. Täuschend echt sehen sie aus, halten einander die Hände und nicken mir zu, lassen sich nicht abschütteln. Ich weiß nicht, was ich davon halten soll. Ich ignoriere sie, muss meine Arbeit zu Ende bringen, also nehme ich den Rucksack und gehe zurück zum Grab, klettere nach unten, beuge mich über Tante Maria und drücke die letzten Tropfen der Handcreme erst auf ihr nasses Gesicht, dann auf ihre Hand. Sanft massiere ich die weiße Creme in ihre Haut ein.

Ich muss sie lassen, jetzt muss ich mich trennen. Muss mich disziplinieren. Sie sind ja nicht mehr da … Ich erledige hier nur die Drecksarbeit …

Keiner dieser Gedanken hilft mir, ich muss nur handeln, das Angefangene zu Ende bringen. Ich wollte noch Flöte spielen und ein paar Zeilen lesen, ich habe mir doch für genau diesen Fall ein paar Stellen aus der *Lyra des Orpheus* notiert, der Zettel muss irgendwo in meinem Rucksack sein, aber wo?

Blablabla, da, da, da blendet sich mein Denken aus.

Ich lege mich auf die Schwestern, umarme sie beide so fest ich kann und drücke mein Gesicht in Tante Marias Hals. Jetzt kommen die Tränen.

Ich kann nicht genau sagen, wie lange ich so gelegen bin, aber gleich dem ersten Gedanken, der mich zur Vernunft ruft, gehorche ich, klettere nach oben und beginne die ausgehobene Erde auf die Toten zu schieben und zu schaufeln. Jetzt will ich es nur noch hinter mich bringen. Zwischen dem Ächzen und Schnaufen entkommen mir immer wieder ein paar automatisierte Zeilen aus der Mutter- und-Jungfrau-Litanei, und tatsächlich antworten die drei Geisterfrauen auf der Bank stets mit einem chorischen »Bitt' für uns.«

Ich drehe mich zu ihnen um, sie nicken wieder, wie humanoide Roboter …

Nun ist es vollbracht. Ich trete die Erde flach, hole den Besen und kehre rundherum alles sauber. Ich spüre meinen Körper wieder, die strapazierten Muskeln und Gelenke. Meine Kräfte schwinden, die Atemzüge werden kürzer. Ich bringe das Werkzeug zurück und lege meinen Rucksack in die Blechwanne. Betrachte ein letztes Mal die finale Heimstatt meiner toten Familie – ich habe es geschafft, meine Pflicht erfüllt, habe zusammengebracht, was zusammengehört – und schlage fünf Kreuzzeichen. Dann mache ich kehrt.

Wieder nicken die drei Geister mir zu. Diesmal nicke ich zurück. Irgendetwas stimmt nicht mit ihnen. Oder bin ich das? Jetzt werden sie unscharf, und auf einmal will ich nicht mehr, dass sie verschwinden.

Bleibt bei mir, Geister! Helft mir! Ich scheine nur noch einzuatmen. Die dunklen Wolken teilen sich wie das Meer vor Moses, ein grelles Licht wartet dahinter. Die Frauen erheben sich, und genau in dem Moment, in dem meine Hände sich von der Scheibtruhe lösen, schreit die, die wie Rumena aussieht, schrill: »Adam?!«

9

Provinz West / Frühling / Adam

IN EINER WELT, IN der es keine Geister gibt, sind alle Geister echt. Die Frauen legten mich in die Scheibtruhe, brachten mich nach Hause und wuschen mich. Ich schlief viele Stunden lang. Sie erwarteten mich mit heißem Tee und Umarmungen. Sie blieben still (auch Rumena!) und ließen mich in meinem dämmernden Trauerzustand sitzen und liegen und gehen. Als ich sagte, ich müsse noch einmal in den Wald, versprachen sie, im Haus auf mich zu warten. Ich wollte Veronika mitnehmen, aber ich spürte ihre Angst. Es war auch besser so.

Ich ging also zurück, wusste aber nicht recht, was tun. Was sollte ich mitnehmen, was dalassen? Würden die Dörfler alles plündern oder zerstören oder gar Respekt zeigen? Wahrscheinlich würde keiner es wagen, den Wald überhaupt zu betreten. Nun ja, es war egal. Alles war egal. Ich putzte die Hütte, machte die Betten, legte alles Verderbliche nach draußen, außerhalb des ohnehin viel zu niedrigen und morschen Zauns – die Tiere würden sich schon bedienen –, und schaufelte das Grab wieder zu. Ein paar der Lebensmittel steckte ich ein. Ich war zufrieden. Hatte das Richtige getan. Jetzt lag der alte Holzapfel alleine im Wald. Den halben, fast lebensgroßen, blutverschmierten Jesus ließ ich stehen, zur Begrüßung, falls sich doch jemand hierherverirren sollte. Rund um die Hütte hatten die Schwestern ohnehin Fallen gebaut, Ketten mit leeren Blechdosen und Scherben in die Sträucher und Stauden gehängt. Das alles würde über ihren Tod hinaus Wirkung zeigen.

Ich nahm nur ein paar Bücher mit, das Fotoalbum, das Holzkreuz von der Wand, ein paar meiner Kindersachen und den Kopf des Zacharias.

Und so erstaunlich das klingen mag: Alles war gut, wie es war, und ich verließ die Holzapfelhütte leichten Herzens.

Die Frauen hatten in der Zwischenzeit das Haus auf Vordermann gebracht, eingeheizt und Erdäpfel gekocht. Nach dem Essen stellte ich einen Kanister Dirndlschnaps auf den Tisch. Bald wurden wir alle gelöster. Ich war, ehrlich gesagt, richtig froh, die alte Rumena wieder bei mir zu haben – und Jana war noch viel froher. Wir lachten und redeten und schimpften und … furzten, dann erzählte Rumena von ihrer romantischen Verjüngungskur mit dem Doktor, was wirklich süß war. Sie hatte ihren Sarkasmus verloren oder zwischenzeitlich abgelegt; ihre Verknalltheit zwang sie zur Ehrlichkeit. Sie machte sich aber auch über den Doktor lustig, weil er Begriffe wie *Bewandtnis* oder *Mordsspaß* oder *Seinszufriedenheit* verwendet. Veronika fügte noch meckernd *Trottoir* hinzu. Jana fragte Rumena, ob der Doktor ihr vielleicht Medikamente gebe und sie deswegen in letzter Zeit so schaumgebremst sei. Rumena verneinte prustend und sagte nur, das habe ganz andere Gründe, die sie uns schon noch mitteilen werde – sie mache sich eben Gedanken unsere Zukunft betreffend. Mehr wollte sie aber nicht preisgeben, das Ganze sei noch zu unausgegoren, die Zeit noch nicht reif. Zwischendurch steckte Veronika, die mein Lieblingsleiberl mit dem glitzernden *A Love Supreme*-Schriftzug angezogen hatte, mir immer wieder ihre Zunge ins Ohr und wollte mit mir schlafen, worüber die anderen sich sehr amüsierten; sie boten uns sogar an, das Haus für exakt zehn Minuten zu verlassen, aber ich lehnte dankend ab und vertröstete meine Frau auf ein anderes Mal. Sie erzählte dann sichtlich stolz von den Entwicklungen in der Bäckerei, und wir freuten uns alle für sie. Natürlich musste ich dann ausführlich von meiner Reise und dem letzten Tag im Wald mit Tante Maria berichten, was wahrscheinlich zwei Stunden beanspruchte und großes Schweigen, noch größere Augen sowie eine endlose Heulerei zur Folge hatte. Am Ende fand ich sogar meine Notizen, erhob mich feierlich, erkannte, dass ich sehr besoffen war – ich vertrage so gut wie gar nichts – und las das Gedicht aus Tante Reginas Buch vor, das ich mir rausgeschrieben und für die schlimmste aller Möglichkeiten mitgebracht hatte:

Ich möchte schlafen diese Nacht,
da du nun tot bist; schlafen,
schlafen im Gleichklang
mit deinem vollkommenen Schlaf;
vielleicht erfass ich dich so

Da wurden alle ganz still. Eine Zeit lang saßen wir noch am Tisch, dann gingen wir schlafen, alle in das eine Bett.

*

Am nächsten Tag. Es ist sommerlich heiß. Wir sitzen im Auto, unterwegs nach Hause. Endlich. Rumena, die immer skeptisch gewesen war, wenn es um den Wald, meine Tanten oder das Haus ging, fragte mich heute Morgen tatsächlich, ob ich mir vorstellen könne, hier zu leben. Ob es nicht trotz allem besser sei als Großstadt Zone B und C?

»Keine Ahnung«, sagte ich. Die Frage überforderte mich. »Ich weiß nur, dass ich jetzt hier weg muss.«

Wir waren noch einmal am Friedhof, Jana pflanzte ein paar Rosen aus dem Garten auf das Grab, wir standen zusammen davor. Jeder für sich. Still. Ich betete.

Hinter uns waren zunehmend Schritte und andere Menschenlaute zu hören. Auf den Feldern standen Bauern und glotzten in unsere Richtung. Auf dem Weg hierher waren schon Kinder neben uns gelaufen – mittlerweile säumen neugierige Jugendliche den Friedhofszaun.

»Wir müssen los«, sage ich genervt. »Ich muss noch zum Bürgermeister.«

Nur langsam kommen wir voran. Ein paar Sture stehen breitbeinig mitten auf der Dorfstraße und weichen erst widerwillig zur Seite, als Rumena hupt und schimpft und ebenso stur weiterfährt.

Natürlich wissen alle Bescheid, Gerüchte und vermeintliche Neuigkeiten verbreiten sich hier schneller als Ebola und Corona zusammen. Die Leute stehen vor ihren Häusern oder hängen ausgebreitet in den Fenstern, ihre Blicke sind skeptisch und verhärtet, manche auch verhalten, peinlich berührt, andere wieder amüsiert oder aufgeregt, als wären wir Prominente oder unwillkommene Kriegsheimkehrer.

Vor dem Supermarkt steht die nette Verkäuferin.

»Halt an, Rumena, bitte.«

Ich steige aus und gehe auf sie zu.

»Sind sie tot?«, fragt sie leise.

»Ja.«

»Das tut mir leid.«

»Danke. Und danke nochmal für die Handcreme, ich konnte sie gut gebrauchen.«

»Wie geht's dir?«, fragt sie vorsichtig.

»Ganz gut. Und dir?«

»Geht so.«

»Würdest du mir noch einmal helfen?«

»Ja, sicher. Was brauchst du?«

»Ich muss zum Bürgermeister.«

»Der Bürgermeister ist mein Vater.«

»Echt?«

»Ja, komm. Ich bring dich zu ihm. Ist gleich da drüben.«

Nicht einmal hundert Meter spazieren wir zum übernächsten Haus. Die Nachbarn folgen uns wie Schafe dem Hirten. Der Bürgermeister, ein großer, hagerer Mann mit einem Gesicht aus Stein, steht schon am Straßenrand.

»Das ist der Adam, Papa.«

»Ich weiß, wer er ist.«

»Guten Tag«, sage ich und reiche ihm meine Hand zum Gruß, den er jedoch nicht erwidert. »Meine Tanten sind gestorben.«

Er nickt.

»Ich habe sie auf dem Friedhof in unserem Grab beerdigt. Was bin ich schuldig?«

»Auf eigene Faust, ohne Bestatter? Hm. Jeder Todesfall muss bei der Behörde gemeldet werden, sonst ist es nicht offiziell. Dann gibt es keine Sterbeurkunden.«

»Ich brauche keine Sterbeurkunden, es gibt ja auch keine Geburtsurkunden. Meine Tanten waren keine Offiziellen.«

»Hm.«

»Sonst irgendwelche Kosten? Ich will alles geregelt haben und mich darauf verlassen können, dass das Grab sicher und unbeschadet bleibt.«

Er wirft einen kurzen Blick in die Runde, dann auf seine Tochter, schließlich macht er kehrt und geht ins Haus. Das Mädchen deutet mir, ihm zu folgen.

Im Vorhaus wirft er einen großen Generator an, der extrem laut, wie ein Traktor, dahinrattert. Tankstellengestank erfüllt die Luft. Er setzt sich an seinen Küchentisch und klappt einen Computer auf, tippt und liest und tippt und liest mit zusammengekniffenen Augen. Draußen pressen sich grobe Gesichter dreist ins Küchenfenster.

»Du hast für die letzten fünf, sechs … sieben Jahre keine Friedhofsgebühren bezahlt. Die behördlich vorgeschriebenen Nutzungskosten betragen fünfzig Euro jährlich. Macht also dreihundertfünfzig. Plus fünfundvierzig Euro Pönale. Grund: Zahlungsversäumnis.«

»Und der Zaun?« Der verdammte Generator zwingt uns, unnatürlich laut zu sprechen.

»Den hat die Gemeinde errichtet.«

»Ich weiß. Er gefällt mir und ich möchte mich an den Kosten beteiligen. Ich will niemandem auf der Tasche liegen.«

Der Bürgermeister tippt weiter einfingrig in die Tastatur und blickt angestrengt auf den Bildschirm, ehe er monoton vorliest: »Materialkosten: Zweihundert. Arbeitszeit: Eins komma fünf Stunden.«

Ich nehme mein weißes Kuvert aus der Gesäßtasche, da sind von den zehntausend Euro, die mir meine dritte Mutter, Veronika, hinterlassen hat, noch eintausendfünfhundert drin.

»Hier sind tausend Euro. Grabnutzungsgebühren für die letzten und die nächsten sieben Jahre. Plus dreihundert für den Zaun. Passt das so?«

»Das passt.« Jetzt streckt er seine Hand aus, das Geld begrüßt er gerne.

»Und versprechen Sie mir, dass sowohl Grab als auch der Wald unberührt bleiben?«

»Ich kann nur für mich sprechen –«

»Sie sind der Bürgermeister.«

Er grinst. »Ja, ich bin der Bürgermeister, aber du weisst ja, wie die Leute –«

»Ich verspreche es«, fällt seine Tochter ihm ins Wort. »Ich werde mich um das Grab kümmern.«

Der Bürgermeister blickt finster, beinahe schockiert, auf sein Kind. »Warum solltest du das tun? Hat er dich angefasst?«

»Was?! Nein, weil es das Richtige ist«, sagt sie streng. Und wieder nickt sie mir zu.

»Das freut mich, vielen Dank«, sage ich beruhigt und lege die tausend Euro auf den Tisch. »Ich hätte gern eine Quittung, wenn's recht ist.«

Zähneknirschend kritzelt der Bürgermeister ein paar Zeilen auf ein Papier und donnert einen Stempel drauf.

»Ich danke Ihnen. Auf Wiedersehen«, sage ich, diesmal ohne ihm meine Hand zu reichen. Den Gefallen, mich erneut herabwürdigen zu lassen, will ich ihm nicht tun.

Er steht auf und bewegt sich nicht vom Fleck, das ist mein Zeichen.

Draußen empfängt uns eine Rotte von bestimmt zwanzig oder dreißig Gaffern. Widerspenstig und selbstbewusst begleitet mich die Bürgermeistertochter zum Auto.

»Das war mutig. Und bedeutet mir echt viel«, sage ich.

»Kein Problem.«

»Bist du dir da sicher?«

»Ja. Die reden alle nur.«

»Wie heißt du?«

»Ich bin die Sonja. Deine Tante war die Maria, oder?«

»Ja. Die, die bei dir einkaufen war, hieß Maria.«

»Und ihre Schwester?«

»Regina.«

»Okay. Ich werde mich auch um den Grabstein kümmern. Mach dir keine Sorgen. Ich mach das gern.«

»Wieviel wird das kosten?«

»Nichts«, sagt sie kopfschüttelnd.

Ich mache einen Schritt auf sie zu und sage leise: »Es sind nicht nur die Tanten … Alle fünf Holzapfelfrauen liegen jetzt in dem Grab: Evelina, Klara, Sarah, Regina und Maria.«

»Okay. Das muss ich mir aufschreiben. Wenn du willst, gebe ich dir meine Telefonnummer.«

»Ja, klar. Gerne. Du bist ein Engel, weißt du das?«

»Nein«, sagt sie und errötet.

»Und wenn doch Kosten anfallen sollten, gibst du mir Bescheid, in Ordnung?«

»In Ordnung. Bist du reich?«

»Nein. Im Gegenteil.« Ich ziehe das Kuvert aus der Hose. »Das ist der letzte Rest einer kleinen Erbschaft.«

»Verstehe.« Sie nimmt mir das Kuvert aus der Hand und schreibt ihre Nummer darauf. »Arbeitest du?«

»Ich schlage mich so durch. Die Stadt ist … sehr komplex. Ich kümmere mich um dies und das. Ich will Pfleger werden.«

»Pfleger? Was willst du pflegen?«

»Menschen.«

»Aha. Wow.«

»Warst du einmal in der Stadt?«

Sie schüttelt den Kopf.

»In der kleinen Stadt?«

»Nein.«

»Sei froh«, sage ich und lächle. »Du hast hier ja alles. Meine Frau, die Veronika, war dafür noch nie in einem Wald. Oder einer Kirche.«

»Was? Wie alt ist die?«

Ich lache und zeige auf sie. Die Frauen, meine drei Geister, stehen aufgereiht vor dem Auto, umringt von schaulustigen Dörflern, die stillschweigend warten oder Fotos von uns machen.

»Das ist die Sonja, sie hat mir schon vor ein paar Tagen beim Einkaufen geholfen. Sie will sich auch um das Grab kümmern. Ist das nicht nett? Veronika. Rumena. Jana.«

»Hallo«, sagen alle. Rumena bedankt sich und umarmt sie kräftig, wobei sie sicher ein paar Tränen in ihrem Nacken hinterlässt. Sonja lässt alles geschehen, wirkt jedoch unsicher und ein wenig überrumpelt, da ist aber auch ein leichtes Glitzern in ihrem Gesicht; vielleicht genießt sie ja ihren kleinen heldenhaften Moment im Mittelpunkt des Geschehens und ihrer Dorfgemeinde. Wir geben einander die Hand und verabschieden uns freundlich.

*

Das Auto des Doktors hat eine Musikanlage! Rumena sitzt am Steuer, ihr Fenster ist runtergefahren, sie raucht und singt eine schiefe Melodie über ein altes englischsprachiges Lied, das ich nicht kenne. (Ich sage alt, weil ich davon ausgehe, dass alle Lieder alt sind. Aus der dekadenten Ära, nehme ich an. Wer schreibt heute noch solche Lieder? Wer produziert noch Platten? Nun ja, was weiß ich schon – meine Stadt ist nicht die Welt …) Da singt eine Frau Strophe um Strophe um Strophe, ich verstehe fast nichts davon, jedenfalls endet sie immer mit dem Zusatz, sie würde sich an alles allzu gut erinnern. Es ist schön, das Lied, einfach und kreisförmig, und seine monotone Emotionalität lullt uns langsam ein.

Rumena grölt und greint, freilich unbewusst, sie ist offen und ehrlich, so naiv und verletzlich, wie man nur in Gegenwart echter Vertrauensmenschen sein kann. Ich liebe das. Und wie! Es erinnert mich an die ausgelassenen, fröhlich verzweifelten Schlagerabende meiner Kindheit mit den Mädchen der Sunshine Bar. Rumena drehte die Musik immer so laut, dass die Lautsprecher krachten, die Nachbarn sich beschwerten und die Polizei kommen musste, wir tanzten wild und tranken und sangen alle zusammen, meistens Lieder über verzweifelte Mädchen mit tiefen Augen und überhöhten Träumen, über dramatische Liebesenden und die Hoffnung auf Neuanfänge, und natürlich kämpferische Beschwörungen von Frauen, die sich selbst und allen anderen Frauen von Schönheit, Stärke und heroischer Unbesiegbarkeit sangen. Wie dumm diese Lieder doch waren – und doch schön. *I remember it all too well …*

Veronika kauert neben mir, still und verunsichert, ein Kind der Stadt in einer fremden und unfreundlichen Welt, mitten in den Fängen von Mutter Natur, dieser lieblosen, tyrannischen, alten Hexe. »Das weite Land ist ganz schön trostlos«, sagt sie, während wir aus dem Fenster schauen und ein Dorf ums andere hinter uns lassen.

Jana lacht und öffnet ihr Fenster, raucht sich eine an und stimmt in Rumenas zweifelhaften Gesang ein. Ich bin so froh, dass sie gekommen sind. Manchmal passiert genau das Richtige.

Der kühle Fahrtwind bläst mir ins Gesicht. Über den Feldern ziehen Wolken in allen erdenklichen Grautönen auf. Veronika greift nach meiner Hand und öffnet die ihre. Da steht, gerade noch leserlich: *Jeder Tod ist ein Weltuntergang.* Sie lächelt mich an und lehnt ihren Kopf an meine Schulter. Wir legen unsere Handflächen aneinander und lassen die Finger langsam in die Zwischenräume gleiten.

Quellen

»Eines Morgens kreisten«: Alexander Sacher-Masoch / Zeit der Dämonen

»Und du sahest Wölfe«: Johann Wolfgang von Goethe / Lyra des Orpheus S.259

»Buona notte bambino«: Rocco Granata

»Sei mir gnädig, Herr«: Psalm 6

»Maria«: Novalis / Der tausendjährige Rosenstrauch S.317

»Wenn alles eben käme«: Friedrich de la Motte Fouqué / Rosenstrauch S.320

»The best things in life are free«: Buddy DeSylva, Lew Brown

»Uns zum Himmel zu erheben«: Gotteslob 927 / S.965

»Ich möchte schlafen diese Nacht«: Juan Ramón Jiménez / Lyra S.406

»All too well«: Taylor Swift

Bernhard Moshammer
DIE HOLZAPFEL SCHWESTERN
Roman

Frauen im Wald, die sich um sich selbst kümmern und niemandem mehr vertrauen – in einer Welt, in der das Gesetz des Stärkeren regiert. Der große Erzähler Bernhard Moshammer entwirft in seinem neuen Roman ein archaisches Sittengemälde, er singt das Lied der menschlichen Natur – aber es ist kein sanftes Wiegenlied.

Mitten im Wald führen die Schwestern Maria und Regina Holzapfel ein karges, archaisches Leben; ohne Strom, ohne technische Errungenschaften schlagen sie sich durch. Wir schreiben das Jahr X nach dem Kollaps; was den Kollaps herbeiführte, lässt der Roman offen, aber der Mensch ist in Moshammers Geschichte sich selbst überlassen.
Eines Tages bekommen die Schwestern unerwarteten Besuch: Halbschwester Sarah stößt zu ihnen und erbittet hochschwanger Einlass. Das Leben der Schwestern ändert sich schlagartig, Sarah bringt den kleinen Adam zur Welt, Maria entdeckt durch das Kind die Liebe, Regina versinkt noch mehr in Verzweiflung.

ISBN 978-3-903184-96-1
Auch als E-Book erhältlich.

Gedruckt mit freundlicher Unterstützung durch

KULTUR NIEDERÖSTERREICH

Umschlag: Boutique Brutal
Druck und Bindung: Finidr s.r.o.

ISBN 978-3-903460-27-0

Weitere Titel und unser Gesamtverzeichnis
finden Sie auf www.milena-verlag.at